U0579257

# 化蛹为蝶

聂作平 著

四川文艺出版社

**图书在版编目（CIP）数据**

化蛹为蝶 / 聂作平著. — 成都：四川文艺出版社，2020.6

ISBN 978-7-5411-5711-0

Ⅰ.①化… Ⅱ.①聂… Ⅲ.①长篇小说－中国－当代
Ⅳ.①I247.5

中国版本图书馆CIP数据核字（2020）第092023号

HUAYONGWEIDIE

# 化蛹为蝶

聂作平　著

| | |
|---|---|
| 出 品 人 | 张庆宁 |
| 责任编辑 | 周　轶 |
| 封面设计 | 叶　茂 |
| 内文设计 | 史小燕 |
| 责任校对 | 段　敏 |
| 责任印制 | 桑　蓉 |

出版发行　四川文艺出版社（成都市槐树街2号）

网　　址　www.scwys.com

电　　话　028-86259287（发行部）　　028-86259303（编辑部）

传　　真　028-86259306

邮购地址　成都市槐树街2号四川文艺出版社邮购部　610031

排　　版　四川胜翔数码印务设计有限公司

印　　刷　四川华龙印务有限公司

成品尺寸　169mm×239mm　　　　开　本　16开

印　　张　15.25　　　　　　　　　字　数　230千

版　　次　2020年6月第一版　　　印　次　2020年6月第一次印刷

书　　号　ISBN 978-7-5411-5711-0

定　　价　58.00元

# 目录

# 第一章

## 1

张海峰跳楼那天，陈远林没午睡。

跳楼是意外，没午睡也是意外。

多年以来，陈远林一直就有午睡的习惯，哪怕只在办公桌上趴十分钟，或是团在椅子上眯一小会儿，都行。不然，整个下午就疲惫不堪。十年前，陈远林还在街道办时，有天中午有接待，没像往常那样在办公桌上趴一会儿。下午，市上的丁副市长突然来调研，街道办主任汇报工作时，一旁的陈远林竟然忍不住打了个哈欠。丁副市长放下手中的笔，摘下老花镜，盯着陈远林看了足有五秒钟。好在，街道办主任急忙解释说："丁市长，陈主任昨晚加班加到两点钟。"丁副市长这才慢慢戴上老花镜，低低地哦了一声。后来，区上提拔陈远林到建设局主政时，丁副市长还问："陈远林，就是我去调研时打哈欠那个年轻人吗？"

细究起来，陈远林的午睡习惯可以追溯到二十多年前的高中时代。这习惯，显然是拜赖老师所赐。陈远林记得，高三的一天中午，他去办公室找赖老师。办公室的门半掩半开，赖老师仰躺在藤椅上，肥胖的身子把宽大的藤椅铺得满满的，一件灰色的衬衫鼓鼓突突，腰上的肉像要从藤椅的缝隙里拼命挤出来。那时候，赖老师已经六十多了，从校长岗位上退下来后，又返聘回校，担任高三年级文科班的语文老师兼班主任。赖老师头向上仰，靠在那面贴了一长串课表的墙上，发出一阵阵沉闷的鼾声，像夏日午后滚过的惊雷，又像出了故障的摩托。

陈远林不敢惊动他，只好在旁边站着。站了一会儿，左看右看，看到办公桌上有一张前两天的报纸。他坐在赖老师面前，拿起报纸。直到他把报缝里的广告也读了一遍，赖老师才终于醒了，满意地伸了个懒腰。就是那天，赖老师很认真地告诉陈远林，哪怕午睡十分钟，也对身体有很大好处。"身体是革命的本钱嘛，身体都没有了，你还怎么干革命？所以啊远林，"赖老师伸出粗短的手掌，亲切地拍了拍陈远林的肩膀，"马上就要高考了，天气热，人更容易犯困。你呢，你的成绩我不担心，就担心你的身体。你身子太弱，回去让你妈给你多吃点，吃好点。中午呢，你一定要睡个午觉。孔夫子看到他的学生宰予睡午觉，批评他朽木不可雕也。孔夫子其他都对，唯独这件事啊，他完全错了。"

对赖老师的话，陈远林一向言听计从。从第二天起，他就开始学习午睡。午睡果然香甜而有效，下午再也不疲惫昏沉了。陈远林还记得，高考第一天中午，他照例也午睡了。午睡之前，他叮嘱父亲一点半准时叫醒他。下午的考试时间是两点半。考点没设在他们子弟校，而是更远的三中，他得骑半个小时自行车。然而，父亲竟没有叫醒他。陈远林醒过来时，已经两点了，家里空荡荡的，一个人也没有。父亲不在，母亲也不在，甚至就连那条总是趴在门前吐舌头的大黄狗也不在。

陈远林又气又急，飞快地蹬着自行车往三中赶。在距家门不远的拐弯处，差点撞到了一辆收破烂的板车上。等他狼狈地从地上爬起来，膝盖一阵疼痛，捞起裤腿一看，皮破了一大块。

好在，半分钟不到，张海峰的父亲就从巷子里经过，他送了张海峰到考场刚回来。他摇下车窗玻璃，诧异地问："林仔，林仔，你怎么还不去考试？"陈远林痛苦地咧着嘴，不知道如何回答。张海峰的父亲把车靠在路边，拉开车门下来，看了看陈远林膝盖上的伤，赶紧拉开副驾车门："快上来，再不走就来不及了。要不要我扶你？"

张海峰父亲那辆奥拓，是云海村第一辆私家车，也是整个光明农场不多的几辆私家车之一。等到奥拓驶进三中，距开考时间已经只有五分钟了。如果骑自行车，那是一定要迟到的。按规定，迟到十五分钟以上，就不能再进考场。那就意味着十年寒窗苦读，一瞬间都化为泡影。

后来，陈远林曾问母亲，为什么那天家里没人，为什么没人叫醒他？母亲有些语无伦次，一会儿说到诊所拿药去了，一会儿又说去姐姐家了。那一天，陈远林发现，原本身板挺直的母亲明显地佝偻了，她的眼睛躲躲闪闪，像一只怕人的小老鼠。陈远林又问父亲，父亲理直气壮地从嘴里蹦出两个硬邦邦的字："忘了。"说完，还充满挑衅地盯了陈远林两眼。陈远林气得跺脚，父亲又说："就是忘了。"

后来的后来，陈远林总算弄明白了，父亲其实就是有意想让他迟到，想让他因迟到没法进考场。那样一来，自然就考不上大学。考不上大学，也就不会离开北山、离开云海，这样当然就能如他所愿，一直守在他身边。

弄明白这一点时，陈远林马上就要大学毕业了。他和父亲之间爆发了一场战争。他拍着桌子指着父亲的鼻子说："天底下就没见过你这么自私的父亲！"

父亲一把扔出手中的茶杯："你是我老子还是我是你老子？"

陈远林气得转身就走，出了门，还听到父亲在堂屋里咆哮。巷子里，他碰到迎面而过的张海峰的父亲，笑嘻嘻地问他："林仔，你老爹又在发酒疯了？"

盛夏时节，暑气蒸腾，整个云海宛如在灶上蒸了半天的蒸笼，陈远林在村子里走了不到五分钟，汗水就湿透了背心，只好又折回家。

推开门，只见母亲跪在地上，小心捡拾父亲打碎的茶杯碎片。父亲看到陈远林，倒没再说什么。甚至，还主动从冰柜里取了一瓶冻啤酒递给陈远林。陈远林默默接过去，一张嘴，用牙咬开瓶盖，咕咚咕咚喝了大半瓶。父亲站在陈远林面前，沉默了一下，说："要不要花生米，我给你拿一袋？"

陈远林摇头。这时，门外有人大声叫老板老板，父亲转身走到窗前，给客人拿东西。陈远林看着父亲的背影，突然发现，原本精壮的父亲，腰似乎一下子弯了许多。

他捏着剩下的半瓶啤酒，发了半天呆。

第二天，陈远林赶回学校，他准备和女朋友林如凤好好谈一谈。虽然，他一直不想谈，也不愿意谈。可没办法，随着毕业日益临近，他不得不谈，硬着头皮也要谈。

<br>

## 2

张海峰跳楼前，风言风语实在太多。毕竟，出了这么大的事，几十条人命说没就没了，不仅北山区和云海村一夜之间闻名世界，相应的，就连"滑坡""堆纳场"之类的词都上了百度热搜。

救援工作结束时，距事件发生已过了十天，陈远林这才有机会去看看母亲。前几天，母亲打过几次电话，陈远林都挂掉了。不是在开会就是在救援现场，实在不方便。挂了电话，趁上厕所时，给母亲发了两次短信，问她有什么事。母亲回答说：没事。你注意身体。不要太劳累。

陈远林略一盘算，他有六七天没见着母亲了。这在以往倒没什么，虽然这些年来他和林如凤的小家与父母的家都在北山，相距不过十几公里，但十天半月不见面也是经常的事。然而，这回却不一样。毕竟，父亲走了，留下母亲一人。那天匆匆离开殡仪馆后，直到现在才抽得出身。

云海村村民被疏散在几个安置点，中心广场是其中一个。下班前几分钟，陈远林拨通了林如凤的手机，想让她一起去。林如凤的声音却很冷："什么事？"

陈远林话到嘴边又咽下，只好说："我晚上不回来吃饭。"

话还没说完，那头嗯了一声，已挂机。

陈远林捏着手机无声地苦笑了一下。他发现，这两年，不知从什么时候起，自己已经习惯了苦笑。笑完，还要轻轻地摇一摇头。

宽阔的中心广场上，搭起了数百顶蓝色帐篷，帐篷侧面是白色大字：民政救灾。正是吃晚饭的时候，十几个义工推着餐车发放盒饭，人们排着长长的队等着领盒饭，看上去倒不像是有什么意外的样子。领到盒饭的，就坐在绿化带上或是蹲在地上慢条斯理地吃。有几个先吃完了，抬出音箱，在空地上跳起了坝坝舞。

还有心情跳舞的，那多半家里无人死伤。不过，陈远林觉得，这样干还是有些不妥。就好比邻居在办丧事，你却在隔壁大声播放"今天是个好日子"。哪怕今天对你来说的确是个好日子，也该低调些才对。

陈远林左右张望，没有在领盒饭的人群里找到母亲，摸出电话正想打，一只手突然伸过来，在他肩膀上拍了一下，把他吓了一跳。

拍他的是一个瘦骨支离的老年男子，头发灰白，胡子也灰白，如同秋天里悬崖上干枯的野草。他说："林仔，你妈在帐篷里哭呢。"

一边说，一边伸出竹枝般的食指，点了点十米开外的那些帐篷。

老年男子姓梁，陈远林叫他七爷。陈远林记忆中，梁七爷好像二三十年前就这么瘦，这么老，永远孤苦无助的样子。他住在村子背后靠近公路的一座东倒西歪的小房子里，靠捡破烂为生。直到前些年，政府为他办了低保，他才算过上了稍微安稳的日子。所以，他对在政府任职的工作人员，有一种天然的亲近。

在梁七爷指引下，陈远林找到了母亲的帐篷。母亲坐在帐篷门前的一张小凳子上，倒是没哭，脸上却明显还有泪痕，双目呆滞而空洞。陈远林低低地叫了她一声妈。母亲这才注意到了面前的儿子，慌忙站起来。这时，有什么东西从她怀里掉到地上，陈远林捡起来，是一张老照片。照片上，父亲和母亲笑得很灿烂。

陈远林认得，那张照片是十余年前他和林如凤结婚时拍的。那天，父亲和他的一帮朋友喝高了，兴奋得有些语无伦次。其实，只有陈远林明白，父亲的兴奋不仅因为自己结婚，更因为自己终于如他所愿，回到了北山。

陈远林坐在母亲面前，母子俩一时相对无言。

好半天，母亲才说："林仔，你胡子长了，头发也长了。"

陈远林说："这十来天，太忙。"

母亲说："眼睛里也是血丝，你还是要睡够觉。"

陈远林说："我一直都睡午觉的，再忙，也要眯十分钟。"

说了几句，又没话了。

过了半晌，陈远林问："妈，缺不缺什么东西？要是缺，我去给你买。"

母亲摇摇头。

帐篷里有一张钢丝床，一张折叠桌子和两把折叠椅子。桌上，放着几只奄奄一息的苹果。

陈远林问："妈，你没去领盒饭？"

母亲说："吃不下，不想吃。"

陈远林说："那我去外面给你买碗肠粉。"母亲爱吃肠粉，陈远林是早就知道的。

母亲还是摇头："你坐一会儿就回去吧，我要吃，我会去买的。"

陈远林只得止住脚，他把从地上捡起来的照片往桌上放，母亲伸出手，示意把照片给她。

母亲接过照片，呆呆地看了看，突然带着哭腔说："要说缺，就缺你爸……"

陈远林悚然一惊，一下子站了起来，随即，又无力地坐了下去。

钢丝床的一端，放着一只黑色的骨灰盒。

这时，陈远林发现帐篷的光线变暗了，转过头去，一个高大的人影站在门口，眯眼细看，是张海峰的父亲。

张海峰的父亲端着一只海碗，里面盛着些肠粉："林仔，你回来了？我给你妈端碗肠粉尝尝。我自己做的。"

陈远林说："帐篷里不是不能生火做饭吗？"

张海峰的父亲说："我到街上买了只电磁炉。顿顿吃盒饭，真的受不了。"

临走，他压低声音对陈远林说："林仔，峰仔也回来了，他压力大啊，你帮我劝劝他。"

陈远林点点头。

几分钟后，在中心广场旁边的停车场，陈远林果然看到了张海峰。

两个人打了招呼后，立在各自的车旁抽了一根烟。

# 3

陈远林和张海峰是一起长大的发小。不仅他们是发小，他们各自的父亲甚至各自的爷爷都是发小。陈家和张家比邻而居，已经有七八十年历史了。双方知根知底，连对方家里有几根板凳、几个碗、几个盆都一清二楚。

云海村地处特区城乡接合部。管辖云海村的是东平镇，后来改为东平街道。东平街道隶属于北山区。《东平镇志》上说，东平镇最早设镇是在二十世纪三十年代初，一条从宝安县通往东莞的交通要道上，一片原本荒凉的野地，从几家供来往客商打尖的小食店开始，慢慢形成了气候。一个姓陈的举人——陈远林的父亲曾经非常自豪地说，"和我们是一家呢，还没出五服的。"——为这条初具规模的街道取了个名字：东平圩。

那时，陈远林家和张海峰家就比邻而居了，不仅比邻而居，甚至还共用一堵墙壁。只不过，那时候还没有陈远林和张海峰，甚至连他们的父亲都还没有呢。到了二十世纪七十年代，北山农场扩张，陈远林和张海峰的父亲都进了农场，家也从东平圩搬到了云海村。身份和居住地变了，不变的是两家仍然相邻。

张海峰的父亲头脑十分灵活。一九九二年春天，邓小平视察南方，及后，特区的报纸刊发了记录这次视察的长篇报道《东方风来满眼春》。他把这篇报道研究了足有一个星期，从中嗅到了市场经济即将带来的巨大机会。于是，他先是请事假病假，后来干脆从农场辞了职——陈远林记得，张海峰的父亲递交辞职报告那天晚上，父亲忧心忡忡地跑到隔壁，劝说张海峰的父亲把辞职报告收回来。父亲苦口婆心地说："我们这身份，说是工人，又在田里干活；说是农民，又是领工资的。身份确实有点尴尬，可不管怎么说，到底是铁饭碗啊，你怎么能说扔就扔了呢？依我看，你还是赶紧去给场长认个错，把报告拿回来几把扯了吧。要不然，你以后一准后悔……"

张海峰的父亲哈哈大笑。他正光着膀子喝酒，高声叫老婆取来一个杯子，给陈远林的父亲也倒了半杯："来，老陈，干一个，你的好意我领了。只是，开弓没有回头箭啊。"

那天晚上，陈远林的父亲从张家回来，不断地唉声叹气，并向一家人预言："我看啦，老张这步棋大错特错。你们别不信，过不了两年，就有他哭的。"

可是，没等两年，张海峰家就已经发了起来。张海峰的父亲从倒腾服装、纽扣、电池开始，滚雪球似的越做越大，他们家买了云海村的第一辆摩托，第一台大彩电，第一套音箱，以及第一辆小汽车。托第一辆小汽车之福，陈远林才在高考第一天下午准时赶到考场。要是没有那辆小汽车，陈远林后来的人生轨迹恐怕全都得改写。

倒是陈远林家的日子，随着农场的不景气而日渐困难。陈远林上高中时，在张海峰父亲的劝说和帮助下，陈家破墙开店，经营了一家小杂货店。开了段时间，"陈记杂货店"更名为"多而美超市"。这名字是陈远林的父亲亲自取的，陈远林放假回家，看到那块花花绿绿的招牌，简直有些哭笑不得。

陈远林一直还记得张海峰的父亲提议他们家开杂货店的情景。那天，母亲有点事到大姐家去了，回家比惯常稍晚了一些，自然，晚饭也就晚了那么半个小时。父亲瞪着眼睛，大发雷霆，母亲在厨房里一声不吭地忙着。陈远林在隔壁房间温习功课，为了不被父亲的吼声打扰，他甚至扯了一张卫生纸揉成团塞进耳朵。然而没用，父亲的声音一如既往地尖利而粗暴，像是有谁用铁铲在铁锅上用力地刮来刮去。

那时候，陈远林内心深处只有一个想法：赶快高考，赶快考一所外地的大学，离这个家越远越好。

后来，当父亲坐在桌前就着一把蚕豆喝酒，终于在酒精的安抚下不再吼叫时，张海峰的父亲来了。

多年来，陈远林早就清楚父亲的性格，甚至为他的性格感到羞愧。那就是他对家人，尤其对母亲，几乎没一句好言好语。三两句话不对，轻则吼叫咆哮，重则拳脚相加。然而到了外人面前，哪怕只是一个十来岁的孩子，他也立即变得彬彬有礼，满面笑容。至于在张海峰的父亲这种成功人士面前，更是恨不得随时把笑容挂在脸上永远不收回去。

是故，许多不清楚真相的人听说陈远林的父亲居然要打老婆时，都以为是谣传，至少是夸张。

张海峰的父亲声音洪亮，像个大领导一样在狭窄低矮的房间里慢慢踱着步，挥着手教导陈远林的父亲："人嘛，就要敢去想敢去做，你当年劝我找场长认错，收回辞职报告……"

陈远林的父亲忙赔着笑脸："唉，那是我没眼光。"

张海峰的父亲不理会，自顾说："如今政策这么好，你要是还赚不到钱，那就只能是你自己的错了。农场种些水稻木瓜荔枝龙眼，养几头牛几头猪，有什么前途？你没别的本事，你就开家杂货店也行啊。你院子前面那间屋不是空着吗？收拾一下，就是一间现成的杂货店啊。没钱？不要紧，我不会看着你不管，我们两家，几十年老邻居了，我借给你，你随时还我都行。"

就这样，一个多月后，陈远林家开了一家小杂货店。杂货店就在他家院子旁，原本是一间用来堆放杂物的小房间。

开了杂货店后，父亲也像当初张海峰的父亲一样向农场请了长假。每天一大早，他就起床穿过院子，打开杂货店的门。

陈远林还以为父亲是努力想把杂货店经营出个名堂，直到有一天，他偶然发现父亲大清早就坐在柜台后面，有滋有味地就着杂货店里的牛肉干喝酒，一张原本黝黑的脸喝得像扑了一层红粉。陈远林愕然不已，越发盼望早日高考，早日到外地上大学，至于这外地到底是哪里，反正，只要不是北山，不是特区，都行。

## 4

从幼儿园开始，一直到小学、初中和高中，陈远林与张海峰一直同班。

先前，两个人总是背着书包一同上学放学。

云海村有一座庙，不仅庙大，且香火很盛。庙中大殿上的塑像是一个年轻女子，叫陈仙姑。据说，陈仙姑是清朝咸丰年间的一个奇女子，自小父母双亡，却精通医术，热心搜集各种药方，常常为本地人义务诊病。有一年，瘟疫盛行，她救助了数以百计的乡亲，自己却不慎染病身故。她的善良感动了上苍，得以位列仙班。

云海及附近几个村庄，陈仙姑的故事妇孺皆知，每个村子都建有一座规模不等的仙姑庙，云海村这一座，是其中最大最宏伟的，已经有上百年历史了。每年三月，陈仙姑生日这天，村民都要齐聚庙里，举行盛大的祭祀仪式，不仅要放鞭炮，还要舞狮子。中午时分开始的流水席，一直摆到下午日落时分。

陈远林自小体弱多病，母亲便在某年陈仙姑生日那天，把他抱到庙里，按多年来的习惯，认陈仙姑做了干娘。因为这个缘故，村里认识陈远林的小孩，都管他叫陈仙姑。

陈远林当然不喜欢这个充满戏谑意味的绰号。每当有人这样叫他时，他总是假装没听见或是怒目以对。

令他愤怒的是，有一天，几个低年级的小孩，居然也在后面陈仙姑陈仙姑地叫，陈远林怒不可遏，冲上去抓住最近那个，劈头就是两记耳光。没想到，下午放学，当他和张海峰像往常一样走在回家路上时，他被几个社会青年拦住了。那是被他打了耳光的小孩的哥哥及其朋友。

陈远林被要求下跪道歉。他自然不肯答应。转眼之间，他的书包被扯下来扔到了路边的鱼塘里，脸上身上也重重地挨了几下。原本走在一起的张海峰霎时不知去向。但是，只一会儿工夫，气喘吁吁的张海峰带着他父亲手下的几个帮工拿着木棒赶来，几个社会青年这才落荒而逃。陈远林鼻血横流，愣愣地站在路边。他的头顶上，一株枝叶茂密的鸡蛋花正开出满树淡黄的小花。

大概从高一起，两人不再一起上下学。原因比较简单，因为中学离家较远，陈远林骑自行车，张海峰的父亲则给他买了一辆摩托车。自行车自然没法与摩托车并驾齐驱。张海峰曾经劝陈远林不要骑自行车，可以坐他的摩托车："反正摩托车都是坐两个人，我顺道就把你捎到学校好了。"

陈远林总是笑一笑，说："骑自行车可以锻炼身体。"

过了不久，张海峰和班上的一个女生走得很近，摩托车后座上，总是坐着那个长发飘飘的妹子。有一次，陈远林和张海峰闲谈，陈远林说："要是当初我坐你的摩托车，现在，你恐怕得把我换下来吧？"张海峰愣了愣，勉强笑笑。

　　从那以后，两人的关系明显不如从前。

　　张海峰成绩很差，高考时，很自然地落了榜。陈远林一向是子弟校的学霸，高考时却发挥失常，只考进了广州的一所师范院校。赖老师痛心疾首地跺着脚："远林啊，我一直认为你是北大清华的料，最次，也能上个中大武大浙大，没想到，临场发挥如此大失水准。"当然，陈远林没有告诉赖老师，甚至没告诉任何人，那个差点迟到的下午，他坐在考场上，心乱如麻，的确发挥不正常。

　　张海峰开始跟着他父亲学习做生意，陈远林则前往省城，两人之间的交往越来越少。直到有一天下午，陈远林和班上文学社的几个同学一起，在教室里讨论油印刊物上的稿子时，突然听到一个熟悉的声音在窗外喊他，扭头一看，西装革履的张海峰笑嘻嘻地趴在窗户上。

　　张海峰说他是来广州进货的，恰好进货的地方就在陈远林学校对面，因此来看看老朋友。陈远林和同学们讨论稿件时，张海峰在一旁饶有兴趣地听，甚至还不时插几句，陈远林只得把他介绍给那几个同学。

　　张海峰是个自来熟。等到陈远林中途去了一次厕所回来时，张海峰已经和那几个同学，尤其是一个叫王青青的女生聊得很投机了，正在用不无夸张的语气讲他经商的趣事，惹得王青青不时发出一阵吃吃的笑声。

　　到了晚饭时间，按陈远林的想法，是要请张海峰到小食堂里随便吃点。那时，家里一个月只给陈远林两百块钱，陈远林要吃饭，还要从嘴里省点钱买书，经济紧张得不行。谁知，张海峰大手一挥，宣称他请客，去吃海鲜。并且，他邀请的不止陈远林一个人，而是在场的包括王青青在内的七八个人。

　　陈远林还没来得及表示反对，王青青已经迫不及待地答应了。陈远林看看张海峰，又悄悄扫了一眼王青青，一下子恍然大悟：就是这短短半个多小时，两人已经有感觉了。他自然不能不知趣地表示反对。更何况，还省了招待张海峰呢。

　　当天晚上，不仅吃了海鲜，还喝了一箱啤酒。那时，陈远林酒量还没像后来那样操练出来，最多也就两瓶啤酒的量。回学校的出租车里，风一吹，竟吐了。

再看看车里，没有王青青，也没有张海峰。"他们呢？"陈远林傻乎乎地问。

"你说谁？"也不知是谁嘀咕了一句，再也没人吭声。果然吃人嘴软。

假期里，陈远林看到张海峰时，张海峰和一个女子手挽手走在云海村街上，陈远林一看，那女子正是他的同班同学王青青。陈远林悄悄问张海峰："峰仔，摩托车后座上的人呢？咋办？"

张海峰拍了陈远林一巴掌："那时候年轻，不懂事，小孩子过家家一样，不算数的。"

"这回呢？"

"这回肯定算数。你别瞪着我，我发誓。"

"别，我不听，你留着发给王青青听吧。"

令陈远林意外的是，几年后，张海峰和王青青真的结了婚。

那时，张海峰已经不跟着父亲做生意了。他的父亲总是比一般人要快一拍。他说，像我们这种做小生意的，顶了天，也就挣点小钱，要想有社会地位，还是要进体制。自古以来，穷不和富斗，富不和官斗嘛。

可是，张海峰没上过大学，又如何进体制呢？这事也难不倒他父亲。在他父亲运作下，张海峰先是在村里担任不脱产的村干部。几年后，通过一次招考，顺理成章地进了街道办，后来又调到区上。再后来，一步步升迁，几年前，升任区城管局局长，成为北山的一方诸侯。

陈远林曾听到张海峰的父亲喝了酒和自己的父亲闲谈，张海峰的父亲不无得意地说："老陈，你看看，你儿子读了大学才当局长，我儿子没读过大学，不也当局长？"

父亲半是认真半是开玩笑地说："唉，你们张家人的心眼儿，全云海谁比得上啊？不要说全云海，怕就是全北山，也没谁比得上的。"

# 5

陈远林开的是一辆十来万的卡罗拉，张海峰开的却是一辆七十多万的宝马。作为一个区局的局长，亮锃锃的宝马很打眼，据说也有领导提醒过张海峰。张海峰却有一个令人没法再接话的理由："车不是我的，是我爸的，他经商几十年了，多的钱没有，好车还是买得起两台。"

所以，张海峰的座驾在北山区的局长圈里总是很显眼，总有几分鹤立鸡群的意味。陈远林也想过提醒他，转念一想，还是算了。毕竟，两个人早不再是小学中学的发小，而是北山区两个局的一把手。平时在公共场合迎面相逢，两人也只是礼貌得有几分冷漠地点个头说声你好。只有都回云海村看望父母时，如果恰好遇到了的话，才会站一会儿，抽一支烟，随便聊几句无关痛痒的闲话。

陈远林先掏出烟，扔了一支给张海峰，张海峰伸手去接，没接住，那烟便掉到了地上。陈远林另摸一支，准备再扔过去，张海峰却从地上捡起烟来，掏出火机点燃，重重地抽了一口。

后来，陈远林在脑子里像放电影一样一幕一幕地回忆张海峰跳楼前与他见的最后一面时，这一细节让他悚然一惊。因为，张海峰是个看重生活品质、非常讲究的人，放在以往，烟掉到地上，他绝对不可能捡起来再抽。

两个人隔着两三米的距离，各自倚在各自的车门上，闷声抽烟，许久没说话。远处，从体育场边的空地上，传来一个热情奔放的女子的歌声："套马的汉子你威武雄壮，飞驰的骏马像疾风一样……"那是跳坝坝舞的伴奏。这座离草原足有几千里的城市，却流行这种风格的歌曲，陈远林不免觉得有几分好笑。

"怎么样？"老半天，陈远林问。

"还能怎么样？"张海峰苦笑，"七十几条人命，几百座建筑，还能怎么样？"

陈远林看了张海峰一眼，才几天没见，他明显更憔悴了，也瘦了一圈。

张海峰原本很瘦，但自从进了体制，官越做越大，人也就越来越发福，用他父亲的话来说，那隆起的大肚子，里面都是酒膘。"你以为陪吃陪喝不是工作吗？让你天天去陪吃陪喝，要不了三天，你就要求饶了。"有一次，陈远林听到张海峰的父亲在村子里的云海广场上，和一群老头老太聊天时这样总结。

"你也不必太焦虑。"陈远林说。

张海峰没说话，长长地叹了一口气，才说："我他妈怎么就这么倒霉啊，早知道这样，整死我也不去城管局，你说说，你那个社会局不就什么事都没有吗？"

陈远林只好说："不要想得太多，相信组织吧。"

张海峰却突然发火了，他把手里的半截烟头狠狠地扔到地上，又伸手在车门上拍了两下，大声说："陈远林，我用不着你来教训我，谁他妈都别想教训我。大不了……就是个死嘛，有什么稀罕的！"

陈远林瞠目结舌，望着张海峰上车关门，马达一阵轰鸣，宝马一溜烟地窜了出去。

良久，陈远林又苦笑着摇摇头，慢慢上车。

第二天中午，张海峰跳楼了。

张海峰家住市区一个面朝大海的高档小区，二十三楼。

当翻过露台上大半人高的栏杆纵身跳下时，一身黑色夹克的张海峰像一只黑色的大鸟从天而降。另外一栋楼的一个五六岁的小朋友正趴在窗户前往外张望，他看到了张海峰越坠越快的身体，扭头对他妈妈大喊："妈妈妈妈你快看，外边有一只鸟，一只很大很大的鸟。妈妈快看，鸟在笑呢。"

他妈妈漫不经心地转过头来，什么也没看到。

那时，张海峰的身子已经结结实实地碰触到了坚实的水泥地。只有离得很近的人，才听到了一声不太清晰的闷响。

还有人嘀咕了一句："谁这么没素质，又在朝外面扔垃圾。"

# 6

尽管救援工作已经结束了，但只要闭上眼睛，惨烈的现场就会又一次像潮水般地扑向陈远林心头。有好几次，半梦半醒之间，他又看到了被松软泥土冲塌并掩埋的村庄和厂房，当然还有那些原本活蹦乱跳的人，他们半身陷在泥土里，无望地挣扎，呼喊，却听不到任何声音。那时，他总是吓得一个激灵，一下子从床上坐起来。有两次，他的动作太大，把老婆林如凤也惊醒了，林如凤侧头看他一眼，又默不作声地睡下去，把背朝向他。穿着蕾丝花边睡衣的林如凤露出大半个光洁性感的后背，倘是以往，陈远林一定会有想法。但那时，陈远林心如止水。他也把背朝向林如凤，努力让自己尽快入睡。哪怕入睡后，还会再一次被噩梦惊醒。

张海峰跳楼那天中午，陈远林像往常一样，准备在书房的躺椅上小睡一刻钟。然而，刚入睡，他又一次梦到了救援现场，又一次从躺椅上吓得跳了起来，甚至，不小心把书桌旁的一只小文件夹也打翻在地。

整理文件夹时，陈远林在里面发现了两件久违的东西。其一是一个硬皮封面笔记本，这是他大学时的诗集。他翻了翻，那些年写的诗已经发黄了，如同流逝的岁月留下的痕迹；其二是从诗集里落出来的一大叠照片。全都是大学时拍的。他一一翻看照片，脑子里回忆哪一张是哪年哪月在哪里所拍。其中一张，居然有张海峰。一身名牌的张海峰站在陈远林和王青青中间，踌躇满志地扬起下巴。陈远林想了半天，想起那是有一年春天，文学社组织到越秀公园赏花，恰好张海峰来找王青青，于是一同去了。赏完花，张海峰照例大方地提出由他请客。吃完饭，陈远林却不顾张海峰、王青青的反对和其他同学的异样目光，坚持实行了AA制。

赏花照上的众人中，还有一个是林如凤。只是，那时林如凤还不是陈远林的女友。性格沉静的林如凤似乎总有些不合群。那天晚上，当陈远林坚持要实行

AA制时，唯一响应他提议的只有一个人，那就是林如凤。

林如凤的响应，让陈远林感觉到一种异样的温暖。从那以后，他们走得近了，终于在最后一个学年里，两人确定了恋爱关系。陈远林后来问林如凤为何要响应他提出的AA制。林如凤说，她看不惯张海峰有几个臭钱就做出一副老大的样子。

那时候，作为一个中文系学生，陈远林狂热地迷上了写作，主要写作体裁便是诗歌。其实，如果严格追溯的话，对文学的热爱最早还是起源于高中时期，启蒙者也就是他的语文老师兼班主任赖老师。

赖老师说过，他年轻时也喜欢文学，还在省报上发表过散文。有一次，赖老师将陈远林喊到家里，哆嗦着打开一只年代久远得已看不出漆面颜色的箱子，从箱子里取出一个文件袋，从文件袋里翻出几张折叠整齐的报纸。"看看，陈远林，你看看，这就是我当年发表的散文。"

陈远林看到，省报最后一版上，的确有一篇数百字的散文。标题下面，署着赖老师的名字：赖端和。

大一那年，陈远林也在省报上发表了作品，不是散文，是一组诗，版面显然要比赖老师当年大许多。这消息经由张海峰传到了老家云海村，村里人搞不懂发表作品与报纸报道有什么区别，纷纷说："陈家的林仔不得了，省委的报纸都登了他呢。"令陈远林好笑的是，那年暑假，居然有几个年长的妇女来到家里，和母亲小声说话，说几句，又朝陈远林看一看。陈远林不知她们在搞什么鬼，人走后才听母亲说，那是人家看上他了，上门为他提亲呢。

又过了两年多，也就是大四那年五一节，陈远林放假回云海村，那天恰好父亲要到东平镇进货，陈远林就替父亲看守杂货店。非常偶然地，陈远林在杂货店的柜子里发现了一个软皮笔记本。笔记本的前面十多页，记的都是杂货店进货与销售的账目。字迹歪歪斜斜的，且每一个字都写得超出了笔记本上的格子，一看就知道出自小学毕业的父亲之手。

令陈远林万万没想到的是，在笔记本的最后几页，父亲用同样歪歪斜斜的字，全文抄录了陈远林发表在省报上的那组诗。

陈远林呆住了。他捧着笔记本站在杂货店窗前，心中百感交集。杂货店的窗户正对通往村子中央的那条古老的石板路。石板路旁是一条水沟，沟边，开满了龙船花。村子里静悄悄的，一个人也没有。过了好半天，他听到父亲在外面大声喊："林仔，快出来帮我搬货。"

陈远林急忙把笔记本放回原处并保持原样，力图不让父亲发现翻动过的痕迹。他走出门看到父亲正从一辆租来的三轮车上往下搬货，矮小的父亲吃力地一步步挪动着往家里走，让陈远林无端地联想到一只蚂蚁正在搬运一粒大米或是一条青虫。父亲的汗衫被汗水打湿了，皱皱地贴在胸前，隐约还能看出几个洗得发白的红字：东平镇老年协会。

就是那一天，陈远林决定听从父亲的意见，毕业后分回特区，分回北山。

这个决定做得很艰难。

毕竟，不是他一个人的事，还得说服女友林如凤。

# 7

那天下午区上有个会。

陈远林家离区管理署大院，开车也就十五分钟。每天中午，他都是两点准时离家。这天也不例外。尽管因为偶然发现了从文件夹里掉出来的诗集和照片，那天中午他罕见地没有午睡。

头略有些昏沉。陈远林有点失悔，想想自己也是过了不惑之年的中年人了，怎么还像年轻时一样容易激动，一本诗集几张照片就让自己浮想联翩，乃至竟然没有午睡。

下午的会说不重要也重要。其实说白了，重要不重要，要看是哪个领导主持。就陈远林这个级别来说，市上主管部门的会当然重要，区上工委书记和管理署主任的会，却比市上主管部门的会还重要。至于分管副主任的会，那当然也重要。

下午的会既不是书记和主任的会，也不是分管副主任的会，按理说，就不那么重要了。不过，陈远林接到通知后，还是决定亲自去。一则，两个副局长都被派到了云海村。虽说救援已经结束，善后工作却还漫长得很。二则，对下午主持会议的刘副主任，陈远林一向有些忌惮。

陈远林洗了把冷水脸，抽了一根烟，头脑略微清醒了一些。看看时间，马上就两点了，他拿起文公包往门外走。

手机响了。一开始，他以为是于小晴提醒他下午开会的事。于小晴是局办副主任，平时负责联系他。

看看名字，却是王青青。

王青青虽然与自己和老婆都是大学同窗，平时往来却不算多。大多时候，也只有逢年过节，两家人都回云海看望父母时才会碰到。

王青青是广西玉林人。陈远林的一个姑姑就嫁在玉林，中学时，陈远林的父亲曾带他去玉林看望姑姑。那座城市给陈远林的印象就是人们空前地热爱狗肉，说起狗肉米粉和荔枝狗肉，似乎每个人都两眼放光。尤其是夏天，几乎家家户户都要吃狗肉。十来天里，陈远林吃得胖了一圈儿。回到北山后，对狗肉的鲜美犹自念念不忘。他把玉林狗肉讲给张海峰听，张海峰却大叫残忍变态。陈远林这才想起，张海峰从小就喜欢养狗。

比较搞笑的是，刚认识王青青时，为了讨好王青青，张海峰爱屋及乌地表扬王青青的老家玉林。他根本没去过玉林，所有关于玉林的记忆都来自几年前陈远林的讲述。不过，张海峰有一个本事，但凡有点影儿的事情，他就能讲得头头是道，好像有多年的历练。当着陈远林等人的面，他给王青青大讲玉林狗肉有多美味，荔枝狗肉多么具有创意，对身体多么好，他又是多么热爱。讲得陈远林睁大了眼睛，实在忍不住，趁给大家续水时，悄悄在张海峰腰上拍了一下。张海峰满不在乎，反倒嬉皮笑脸地问陈远林："对了，林仔，你姑妈就在玉林，你也去过，我说的都是事实吧？"

不久，王青青特意让家里给她寄来一大块腌狗肉，找家小店红烧了，请张海峰和陈远林等人吃。狗肉上桌，张海峰一脸苦相，陈远林幸灾乐祸地说："峰仔，你最喜欢的玉林狗肉，你一定得多吃点。"王青青一连给张海峰碗里夹了好几块，张海峰只好不动声色地一杯接一杯地喝酒，两杯酒之间，趁着嘴巴里满是辛辣的酒精味儿，赶紧把王青青夹的狗肉吃下去。

事后，陈远林悄悄问他："玉林狗肉好吃吗？"

张海峰一本正经地说："当然好吃。你以为那是狗肉的滋味吗？那是爱情的滋味。"

大学毕业后，王青青当然没有回玉林，而是分到了特区。按理说，师范大学学生，应该分到中学做教师。像陈远林的第一份工作，就是回到曾经的母校，也就是北山农场子弟校当初中语文老师。王青青却是例外。在张海峰父亲的运作下，她分到北山区一家银行。工资比老师高不说，还清闲。后来，王青青生了一对双胞胎，银行那份工作也处于半退休状态。上午十点钟去坐一会儿，下午三四点钟就溜了。银行行长与张海峰父子都有很深的交情，尽管有人说闲话，行长就当没听见。并且，更重要的是，因为张海峰父子的原因，王青青能把不少企业老板拉到她们银行去开户存款，业绩在那儿摆着，其他人也只有羡慕嫉妒恨的份儿了。

电话里，王青青的声音带着浓重的哭腔，又像是被吓坏了，她说："陈远林，张海峰出事了，你快来啊！"

陈远林悚然一惊："啊，海峰怎么了，我昨晚不是才见过他吗？"

王青青开始哽咽："他……跳楼了。"

"什么什么？"

"他，张海峰，跳楼了！"王青青的啜泣变成了大哭。

陈远林捏手机的手开始发抖："天啦，他人呢？"

"三医院。"

听说在三医院，陈远林稍感宽了点心，那就是说人还没死，还在抢救，也就还有希望。

"我马上过来，你别着急。事不出已经出了，要冷静，一定要冷静。"

陈远林发动汽车出小区后，接连打了两个电话。一个打给林如凤。林如凤就职的公司在市区，离三医院不远。再说，她和王青青也是同班同学，还同一个宿舍的，她去安慰一下王青青，比自己更方便。

林如凤听说张海峰跳楼的消息，也有些意外。末了，却有几分刻薄地说："他这一跳，不就是畏罪自杀吗？"

说实话，在王青青的电话里得知张海峰跳楼的消息时，陈远林脑海里一瞬之间闪过的也是"畏罪自杀"四个字。尽管这样，林如凤如此明确地说出来，他还是有几分不悦。他说："别说了，你也赶紧到三医院吧。畏不畏罪，组织上会有结论的。"

另一个电话打给于小晴，让于小晴去参加区上那个会。

于小晴问："刘主任要是问的话，怎么回答？"

陈远林说："两个副局长还在云海，我这边有点急事要处理。就这么说吧，我以后再向他解释。"


## 8


陈远林赶到医院急救室门厅时，就知道事情并不乐观。所谓抢救，只是在走过场。

门厅里只有几个人，其中一个是他的妻子林如凤。一个苗条的女子把头趴在林如凤怀里，双肩不停地抖动，发出一阵阵低沉而绝望的哭泣。不用说，那是王青青。林如凤低头拍着王青青的背，小声安慰她。旁边，站着三五个人，大概是王青青或是张海峰的同事，每个人都面色凝重，不言不语。或看墙壁，或看地板，或什么也不看。

良久，林如凤抬头看陈远林时，陈远林发现她的双眼红红的，显然是陪着王青青流了不少泪。林如凤这个人，表面上很刚强，其实，内心倒是蛮善良的。刚才在电话里还在讽刺张海峰畏罪自杀，这会儿又陪着王青青流泪伤心。

陈远林看到一个医生从急救室走出来，急忙上前拦住他，悄声问他怎么样。

医生双手一摊："120在现场就诊断已经死了，家属不听，无论如何要拉到医院抢救。有什么用呢？我们又不是神仙，能起死回生。"

"人在哪里？"

医生朝外面努了努嘴："出门倒右，最后面那个院子，太平间。"

陈远林走到太平间外面，想了想，还是没进去。说实话，他有些害怕。尽管大白天的，太阳正明晃晃地照耀着大地，可他还是后背发冷。他站在太平间外面，哆哆嗦嗦地摸出烟来抽了一根。

抽完烟回到急救室门厅，王青青红肿着双眼，已经没哭了，愣愣地望着林如凤。林如凤握着她的手，还在安慰她。

就在这时，陈远林的手机响了，一看，是于小晴打来的。

于小晴很着急，声音压得很低："刘主任发脾气了，怎么办？"

陈远林想了想："你先开着，我马上就过来。"

陈远林向林如凤招招手，示意她过来。林如凤有些不情愿地走过来，瞪了他一眼，没吭声。

陈远林说："区上有个重要会议，我必须马上赶回去。你留下来陪陪王青青吧，千万别再出什么事了。还有，那几个人是王青青的同事还是张海峰局里的？这事情得马上通知张海峰他们局里和分管领导才行。"

林如凤说："这么急着走，是怕连累你吧？"

陈远林有些气恼："你怎么这么说，我是真的有会，刘副主任的会。"

陈远林明白，尽管林如凤和王青青是同窗且还是同舍，可两人的友谊其实并不深厚。尤其是两人都分到北山，两人的老公又都在北山当局长，明里暗里，两人有意无意像在比拼。没想到，张海峰一跳楼，林如凤反倒替王青青说话了。

女人大概就是这么一种情绪化的动物吧。陈远林想着，远远地看了王青青一眼。其实，林如凤把他说中了。刚才抽那支烟时，冷静一想，张海峰正处在风口浪尖上，他一跳楼倒是一了百了，可那些和他走得近的，跟他有沾染的一个没出现，他陈远林倒是屁颠屁颠地赶到医院，以后人们议论起来，哪怕自己身正不怕影子歪，可人言可畏，说不定就给议论出些什么幺蛾子来了。

更何况，下午这个会还是刘副主任主持的。

提起刘副主任，陈远林就有些犯怵。哪怕在书记和主任面前，陈远林也不至于如此。

当年，丁副市长到北山下属的东平街道调研，身后跟着一个精瘦的小伙子，一句话没说过，却端茶递水，开门关门，把丁副市长照顾得无微不至。那就是丁副市长的秘书小刘。后来，丁副市长高升到省上，小刘也跟着到省政府办公厅，当了一段时间的副处长，再下来，就是北山区的管理署副主任了。

刘副主任到任时，区上的局长副局长们都在，那时陈远林还是招商局副局长。关主任把他们一一向刘副主任介绍，陈远林总觉得刘副主任有几分面熟，却说不清在哪里见过。终于，介绍到他时，刘副主任上上下下看了陈远林两眼，笑道："陈局长和我是熟人了，我十年前跟丁市长下来调研，那天陈局长在会场上睡着了。啊，当然，听说陈局长是加了好多天的班才这样的。"

众人一起哄笑，陈远林这才想起刘副主任就是当年跟随丁副市长的秘书小刘。因为有丁副市长这座靠山，尽管人家比自己年轻好几岁，却已经是副主任了。刘副主任一番话，也不知道是故意调侃还是有其他用意。不过，无论如何，也让陈远林心里有几分不舒坦。他只不过在十年前打了个哈欠，刘副主任却把它夸张为在丁市长主持的调研会上睡着了。不知情的人听了，尤其是不知情的领导听了，会怎么想？会怎么看自己？难不成还会有好印象？

多年来在体制内的经验让陈远林明白，人家常说外交无小事，其实，官场也无小事。有时候，一件看上去无足轻重的小事，完全可能影响你一辈子。比如当年那个哈欠，不就十多年了还有人记忆犹新吗？

出于这个原因，陈远林对刘副主任敬而远之。幸好，刘副主任并不分管他。

不过，自从去年开始，区上成立了一个产业升级领导小组，组长便是刘副主任。按理，陈远林的社会管理局并不是主要构成部门，但他也被纳入领导小组，因而就不得不参加由刘副主任召开的各种协调会。刘副主任是做过领导秘书的，很看重官场的讲究。比如他召开的协调会，各个相关部门，一般情况下，都得一把手参加；如果一把手出差在外，至少也得二把手参加。

陈远林紧赶慢赶来到会议室门外，听到刘副主任正在讲话。他打算从后门溜进去。然而，轻轻推了推后门，竟推不开。他只得硬着头皮往前门走。这时，于小晴在背后低声叫他："陈局。"

陈远林转过身，看到于小晴红着脸站在走廊上，他有些奇怪："你不开会，怎么跑出来了？"

于小晴涨红了脸："被刘主任给轰出来了。"

陈远林一愣。局长副局长有事，让办公室主任代开会，这也不是今天才有的，也不是北山才有的，虽说的确有些不妥，可也不至于把人轰出来啊。这不是太过分了吗？

陈远林心里很不舒服，他尽量压制着情绪，信手推开大门，低着头走进去，一头走，一头两眼扫描，想寻找立有社会管理局名牌的位子。扫了一圈，竟没有一个空位，也没看到社会管理局的名牌。

正在纳闷，台上讲话的刘副主任轻轻敲了一下桌子："社会管理局的是吧？既然迟到了，那就没有座位了，站着开吧。"

陈远林脑袋里"嗡"的一声，尽管知道刘副主任不喜欢他，可也没料到他竟会在大庭广众之中如此羞辱自己。他手脚无措地站在主席台旁边，汗水从额头上渗了出来。

不到两分钟，他头有些昏，伸出手去扶面前那张桌子，不想却一下子滑倒在地。

倒在地上之前，他听到刘副主任阴阳怪气地说："不会是又一连加了四天班吧？"

9

输完液，陈远林决定回家。尽管医生认为，最好还是在院里住两天，多输几次液。大的毛病倒是没有，就是过度劳累，引起轻微的心肌炎。主治医生是个和气的大姐，早年还在北山农场医院干过，和陈远林也认识。又说："你们抢险救灾，又要安置灾民，也是够累的了。"大姐的一个弟弟也在北山某个局当个副职，所以知道得清楚一些。

陈远林愤愤地想，人家一个不相干的医生，都晓得我们这些一线干部为了救灾安置，天天加班以至累出了心肌炎，可你刘副主任却高高在上，这不太他妈官僚了吗？

只是，想归想，他不会向任何人说。说了不仅于事无补，反而可能一传十十传百，并在这种口耳相传中越传越走样。到时，就不仅仅是一句牢骚那么简单了。

陈远林回到家，天快黑了，林如凤还没回来，也不知道是在陪王青青抑或公司有应酬。

自从由副局长提为局长，或者更准确地说，自从陈远林小心地向林如凤流露出调往省城的事暂时搁一搁之后，林如凤先是和陈远林大吵了两架，之后，天天下班回家后都不见人影，往往要九十点甚至十一点才回来。开初，陈远林问她原因，她还面无表情地说四个字：公司有事。后来，干脆眼一瞪："我爱这么晚回来，你管得着吗？"噎得陈远林哑口无言，反倒像自己做错了事一般，坐在沙发角落发呆。陈远林不由想起前段时间微信上的一个段子。段子说：一等男人家外有家，二等男人家外有花，三等男人去找野花，四等男人情人领回家，五等男人老婆不在家。陈远林幽幽地想，我怎么就成了五等男人呢？也只好苦笑，摇摇头，而已。

陈远林也曾怀疑过林如凤是否在外面有了情况。但根据他对林如凤多年来的了解，不大可能。林如凤并不是一个花心的女人，她不回家，还是在和自己赌气。其实，如果许诺现在就立即办理调动手续，所有矛盾都可能迎刃而解。

陈远林回想起两个月前的一件事。那天晚上，陈远林有个应酬，回家较晚，且有五分酒意。林如凤已经睡了。陈远林洗漱一番上床，轻轻拉开薄薄的被子，林如凤醒了，翻个身，继续睡。朦胧的夜灯下，林如凤半裸的身子洁白性感，陈远林有几分冲动。他犹豫着把手伸了过去，林如凤把他的手推开。他再犹豫了一下，又把手伸过去，林如凤又把他的手推开。如是者三，林如凤不再推他的手。

没想到，两人的感觉都特别好。陈远林这才想起，大吵两架之后的冷战，已经持续了一个多月了，一个多月里，两人虽然还是睡在同一张床上并盖同一床被子，却各自夸张地缩着各自的身子，两人中间的距离，足以躺下另一个人。

完事后，林如凤柔声说："远林，你还是赶紧办调动吧。"

陈远林一愣，还没来得及说话，林如凤又说："机不可失，过了这个村就没这个店了。"

陈远林知道这事有些对不住林如凤，他吞吞吐吐地说，"可是，我这局长才当了不到两年，屁股都还没坐热就调动，也不太好吧？"

林如凤火了，继续之前两人吵架时的论调："你就那么看重你那个正处级？省城那也是大型国企，也是处长，年薪几十万，不比你在北山拿几千块钱却一天到晚忙到黑当公务员强？"

陈远林没吭声，自知理亏似的听着林如凤数落。末了，等林如凤不吭声了，他才说："如凤，你让我至少再干个一年半载吧，不然，我确实不好向领导开这个口。"

林如凤一下子激动起来，光着身子坐在床头："你以为北山就这么离不开你吗？我给你说，不晓得有好多人巴不得你走，好给他们腾位置。"

陈远林内心也承认林如凤说得有理，可是，他有自己的原则。何况，要让他马上向领导递上请调报告，他确实抹不下这个面子。当然，就像之前他答应林如凤和她一起调到省城一样，那时候他还只是副局长，而且副局长已当了五年了，提出调动，应该不会让人意外。没想到，一年前他提了局长，这时候屁股还没坐热就调动，情况就不一样了。并且，从内心深处来说，他也有些舍不得这个位置，在北山干了这么多年，天时地利人和都有了，事业也算顺风顺水，这时再挪个窝到一个陌生的单位，谁知道前途怎么样？

只是，他反复向林如凤解释，林如凤却生气地认为这是陈远林想当官，恋栈。她说："大学毕业时，我爸爸找人把我们分到省城，你却把我一起裹挟到了北山，我爸就已经很生气了。去年，你同意了调省城，他又去找郑叔叔帮忙，好不容易人家才找到机会把我们两个一齐调过去，你又要放鸽子，你让我爸怎么想？我怎么跟我爸说？我爸又怎么跟郑叔叔说？"

陈远林承认林如凤说得在理，但他就是下不了决心也抹不开脸面马上向领导递交请调报告。尤其是对向来很欣赏他的关主任和朱副主任。

陈远林只好起身到隔壁房间睡下。从那以后，两人便分房了。

那一个多月里，陈远林也曾有两三次萌生了向领导提出调动的念头。有一次向分管他的朱副主任汇报工作，汇报完后，他喝了口水，艰难地想把他的想法向朱副主任提出来，但话到嘴边，又艰难地咽下了。陈远林刚到社会管理局时，朱副主任就是社会管理局的局长，算是陈远林的老领导，对陈远林一向很赏识。办公室的一个工作人员进来找朱副主任签一份文件，他低下头去，露出满头白发，其实年龄也只比陈远林大六七岁，刚刚五十而已。陈远林默默地站在旁边看了一会儿，还是端起茶杯，拿上工作笔记，带上门，走了。

接下来，云海村便发生了那场震惊全国的灾难。

从进入灾难现场那一刻起，陈远林就明白，看来，他真得让林如凤失望了。现在，他根本不可能向区上提出调动。不仅于理不合，于情，心头也有一道过不去的坎。

他自己一家数代都是云海人、北山人，这里是他的桑梓、家园；云海遭遇如此大难，他如果撇下云海，自顾前往省城奔前程，先不要管别人怎么看他，他首先就过不了自己这一关。

林如凤没在家，家里黑灯瞎火的。并且，一个只有夫妻二人的家庭，一旦男主人和女主人分房而睡，这个家就已经不是家，倒像是合租的男生宿舍和女生宿舍。

## 10

陈远林打开冰箱，里面除了几个鸡蛋和不知什么时候放进的去，已经冻得变了颜色的一棵白菜，什么也没有。好在，这年头有个宝贝叫外卖。很快，陈远林就在手机上点了餐。半个小时不到，陈远林坐在茶几旁开始吃晚饭。甚至，他还找到一瓶喝了一半的白酒，倒一杯，一个人吃喝起来。

林如凤虽说出身于高干家庭，从小家里就有保姆做饭，可她对烹饪却有很大兴趣，且做得一手好菜。两人自结婚后，家里一直由林如凤做饭，只是雇了一个清洁工，每个周末上门来做一次大扫除。结婚这么些年来，陈远林已经习惯了林如凤的口味。除非有重要到推不开的应酬，否则，陈远林一般不在外面吃饭，一定回家吃。

但自从大吵一架之后，林如凤便不再做饭了。一开始，陈远林还有些不习惯，每当他吃着盒饭时，就会不由自主地回味林如凤做的白切鸡、虾饺、蜜汁叉烧和鱼香茄子煲。不过，人也是一种易于改变的动物。接连点了一星期外卖后，林如凤的粤式家常菜渐行渐远了，甚至有些模糊了。陈远林觉得，如今外卖发达，大概也是年轻人不愿意结婚且结了婚也容易离婚的原因之一。以前，对一个不会做饭的男人来说，找一个会做饭的女人结婚，意味着生活有了依托，如同小船有了港湾。现在，只要打开外卖APP，最多半小时，热气腾腾的饭菜就送到你家门口，真正衣来伸手饭来张口。何况，还有那么多外卖可以选择，再能干、再会烹饪的老婆，怕也不可能做得出这么多花样吧？

至于性呢，好像倒是男人和女人谁也离不开谁。可有一天，陈远林看一篇文章说，国外已经研制出了具有一定思维能力的玩偶，不仅外形和真人相差无几，皮肤还有温度，甚至还会和人做简单的交流。陈远林想，要是AI再进一步，到时候，人类的婚姻与家庭是不是也要跟着解体呢？

一边胡思乱想，一边小口喝酒，大口吃菜。外卖的白切鸡虽然赶不上林如凤的厨艺，也还凑合。尤其是饿了，吃起来也蛮香的。

这时，陈远林听到了敲门声。他以为是林如凤忘了带钥匙，打开门，愣住了。

门口站着一个七八十岁的老人，头发花白，却精神矍铄。陈远林忙说："赖老师，怎么会是您？您要有什么事，打个电话给我就行了啊。"一边说，一边把老人让进屋。

赖老师就是教陈远林学会了午睡的赖端和。当然，不仅教会了他午睡，还教了他三年高中语文，也是陈远林对文学产生兴趣的启蒙者。十多年前，赖老师结束了农场子弟校的返聘。可他身体好，又闲不住，便出头组织了一个老年协会，经常搞些舞狮啊象棋比赛啊之类的活动。高中毕业后，陈远林一直与赖老师保持着联系。他还记得，到省城读书的第一个星期，就给赖老师写信报平安，反倒是家里的父母，他压根儿没想到写信。直到一个月后，他收到父亲发来的电报，才想起还没给家里说一声呢。

分配回北山后，陈远林经常会去赖老师家坐坐，看看。有时候，有些拿不定主意的大事，还要和老头儿商量一番。别看老头儿年过八旬，可姜是老的辣，眼光毒着呢。至于赖老师组织的老年协会，很多事，都和陈远林就职的社会管理局有关，于公于私，两人都有交往。

赖老师大声说："我来看一个朋友，突然想起你就在这个小区，就顺道来看看你在不在。要在，我就进屋坐坐，要不在，我立马走人。犯不着给你事先打电话，你也忙。怎么了？一个人喝酒？这些天云海村够你们忙的吧？我看你，好像人都瘦了一圈。"

赖老师坐下来，陈远林给他取来碗筷和酒杯，替他倒上酒，师生相对把盏，一连喝了三四杯。陈远林知道，赖老师固然可能是来看他的朋友，顺道来家里坐坐，但更大可能，多半有什么话要说。

果然，赖老师放下酒杯说："这酒不错，我喝好了，你慢慢喝。远林，张海峰到底怎么回事？"

陈远林想了想说："赖老师你都知道了？"

"怎么不知道，整个北山都传遍了。这么轰动的大新闻。他会不会真的是畏罪自杀？"

与陈远林自小就是学霸不同，张海峰学习成绩很差劲，高中时，几乎就是班上最后一名，直到高二时一个同学做双杠运动摔下来跌坏了脑袋，从此他才被动地进步成全班倒数第二。不过，张海峰也有他的优点，比如为人热心仗义，尤其对老师很尊重。

陈远林记得，高三那年，赖老师路过东平镇一条小巷，一家人养的一条大狗，一声不吭地窜出来，把赖老师的大腿咬得血肉模糊。赖老师找到狗主人，狗主人却不理不睬，说得急了，还差点出手打了赖老师。赖老师实在气不过，在课堂上说起这件事，感叹说："师道尊严，一失于斯。真是斯文扫地啊。"陈远林等人听了，虽然也替赖老师鸣不平，也就口头上说说罢了。谁知，第二天，张海峰却带了他父亲手下几个人找上门去，活生生把那条大狗打死了。那家人不服报警，要张海峰赔偿，张海峰反过来要那家人赔赖老师的医药费。那时候，张海峰的父亲生意正做得风生水起，到处都是朋友，包括辖区派出所所长和公安分局局长，都是他家座上客。调解自然不了了之。

赖老师虽然没拿到医药费，可那条咬他的大狗却死在张海峰棒下，算是替他出了一口恶气。赖老师和人喝了酒，满面通红，说："要是说陈远林是我的颜回，那张海峰就是我的子路。"张海峰不知道子路是谁，跑去问陈远林："子路是哪一级的？赖老师教过他？"陈远林大笑："你自己看书呀。"

是故，赖老师对张海峰的关心，也算其来有自。

陈远林字斟句酌地说："赖老师，是不是畏罪自杀，得由组织上下结论，我说了不算，也不好说。"

赖老师想了想，点点头："那倒也是。唉，你说，怎么偏偏是他张海峰当城管局长就出了这么大的事故？远林，你告诉我，我听人说，张海峰和堆纳场的赵老板关系不明不白？是不是这样？"

陈远林当然知道这些说法，也清楚张海峰和赵老板肯定有些见不得人的勾当，但他摇摇头："老师，我真的不太清楚。自从云海村出了事，社会上的各种流言多的是，老师也不必去理会。"

赖老师却说："远林，我理解你，你也是北山的一方诸侯。你不告诉我真相，我理解。只是，张海峰哪怕真的畏罪自杀，也不关他父亲母亲的事吧？依我说，你和张海峰是发小，两家又是世交，你要有空，还得去看看他父母。"

陈远林曾想过要不要去看望张海峰的父母，一联想到人言可畏，怕别人把自己和张海峰扯上关系，就没去。赖老师一说，他有些羞愧。再说，脚正不怕鞋歪，张海峰即便真有罪，难不成看望一下他父母也跟着有罪了？想到这里，他说："老师，我刚开完会回来，一会儿就去张家看看。"

"是啊，该去看看。他父亲对你们家还是有不少帮助的。说远点，当年要不是他父亲用车把你送到考场，你连考场都进不了，哪里还有后来这些篇章？人嘛，不能忘本对不对？"


# 11


陈远林酒量不错，白酒能喝个七八两。虽然与赖老师两人，一共也只喝了不到五两，但也没法开车了。小区门口，他要给赖老师叫出租车，赖老师却摸出自己的手机，熟练地点击屏幕，还说："你看我虽然八十几了，还没落伍吧？你们会用的滴滴啊饿了吗啊淘宝什么的，我都会。"

陈远林笑着说："老师牛啊。"

赖老师也笑了："不是老师牛，是生活牛，时代牛。"

陈远林送走赖老师，也叫了辆出租车。

车上，脑子里老是浮现出张海峰笑嘻嘻的模样。一会儿是少年时的瘦子，一会儿是中年时的胖子。两张脸，两具身体，不停地交替出现。陈远林不由有些伤感，心里叹道，峰仔，你这是何苦啊。

说起来，陈远林最初喝酒还和张海峰有关。那是高三下学期，还有一个多月就要高考了。那时高考的日期是七月七、八、九号，不是后来的六月七、八、九号。天气已经十分炎热，陈远林天天泡在题海书山中。张海峰呢，自知考不上大学，而且学校和老师此时也不怎么管这些基本没希望的学生。他们也就乐得自由自在，像一群散养的鸭子，想来就来，不来也无人过问。

那天晚上，许久没出现在教室的张海峰却黑着脸来找陈远林，要陈远林陪他出去一趟。

陈远林不明所以，而且也被题海战术弄得头昏眼花，欣然跟着出去。一出门，张海峰叫陈远林坐上摩托车后座。陈远林有些诧异："这可不是我的位置啊。对了，后座美女呢？"

张海峰不吭声，拉上陈远林一溜烟出了校门，来到不远处的一家小酒馆。桌上摆了三四个菜和一瓶酒。陈远林问："怎么回事？"

张海峰说："我失恋了，你要是我兄弟，就陪我喝个痛快。"

陈远林不想喝酒，以前从没喝过。但他饿了，想吃肉，尤其是那盘让人吞口水的白切鸡。

两人终究还是把那瓶白酒全喝下去了。喝完后，两人坐在一条小巷边的花台上，一会儿就昏睡过去。醒过来时，陈远林看到喝得稍多的张海峰和他的摩托车都不见了。一轮明月从对面的田野上升起，照耀着那片青郁的荔枝林。

后来，陈远林才知道，喝醉了酒的张海峰去找他的前女友讨说法，在前女友家里，和前女友的哥哥打了一架。他顺手抄起一个酒瓶，往前女友哥哥的头上猛然一击，把人打成重伤。

尽管有张海峰的父亲四处找人，张海峰还是被刑拘了。据说，原本是要判刑的，一则他还是学生，二则因为他父亲的能量，最终治安拘留七天，罚款数千了事。

被拘留甚至险些被劳改，对张海峰来说自然是个不大不小的挫折。但也不是没有其他收获。很多人认为他敢作敢当，是一条真正的汉子。后来，张海峰在仕途上春风得意时，身边聚了一群各色人等组成的兄弟，私下里，都称他老大。

与性格外向得有些锋芒毕露的张海峰相比，陈远林内敛得多。当然，这内敛也是随着年龄和地位的变化慢慢形成的。与大学时代相比，后来的陈远林好像变了一个人。就拿喝酒来说吧，大一时，陈远林父母给的生活费很少，几乎没钱下馆子，更没钱喝酒。大二起，陈远林开始勤工俭学，先后给学校旁边小区的几个孩子做家教，收入猛增，下馆子的频率明显增加。那时候，他常去校门外的一家小餐馆喝酒。和许多人喜欢人多闹酒不同，陈远林经常是独饮。他喜欢酒精上头，面红耳赤之际的那种感觉。那时候，他诗思泉涌，捏着笔在一个硬皮笔记本上写诗。那个没有午睡的中午，他从文件夹里发现的，就是那个厚厚的笔记本。

一般说来，独饮的人大多不会喝醉，因为没人劝也没人灌，喝到一定程度自然就适可而止。陈远林却是个意外，人多时他倒多半不会喝醉，反而一个人独饮，不知不觉就自己把自己灌醉了。他刚与林如凤确定恋爱关系时，有个周末，林如凤回家了，他又到那家小餐馆独饮，一边就着简单的菜喝劣质的酒，一边在笔记本上写诗。

林如凤却提前来了学校，到宿舍和图书馆找他不着，又正值饭点，猜想他多半在小餐馆。等林如凤匆匆赶过去时，才发现陈远林已经把自己灌醉了，趴在餐桌上，旁边是那个摊开的笔记本，墨迹才干，是一首写给林如凤的情诗。

当林如凤读到"热爱着凌晨时分的寂寞与安详/热爱着香烟，烈酒，大地和美人/以及屋后花园里，那一窝辛勤的蚂蚁"时，忍不住低下头，在陈远林的脸上吻了一下。陈远林从梦中惊醒，可能以为是蚊子在叮他，伸出巴掌拍去，迷糊中不知轻重，巴掌打在脸上，发出一声脆响。林如凤乐得哈哈大笑。旁边的人一齐转过头来，还以为是林如凤打了陈远林一巴掌。

后来，林如凤和陈远林开玩笑，问他："你诗里写过的要给我的花园呢？在哪里？"

陈远林信心满满地回答："你放心，要不了几年，我们就能买有花园的房子。"

那时候，他们快要毕业了，林如凤的父亲通过关系，确定了把他们两人都分配到省城一家效益非常好的大型国企。他们一致认为，人生一片光明，未来行情看涨。

谁知，因为陈远林父亲的原因，两人却离开了省城，分到了特区最边远的北山农场子弟校。林如凤做了两年教师，实在没有任何兴趣再做下去，辞职下海，到一家公司做人力资源。陈远林呢，三年后通过公务员考试，进了政府机关。

进了政府机关后，陈远林有意识地控制饮酒，他再也没有喝醉过，不管是群饮还是独酌。

促使他下决心控酒的，是另一个区的一个局长出了事。那个局长很年轻，据说还有些背景。一次酒后，不顾朋友们劝说，坚持酒驾回家。没想到，在路上和另一辆车发生擦刮。擦刮倒也不严重，如果低调点，赔几百元钱就过去了。可局长不是喝了酒吗，不仅不低调，反而高调之极。幸好，在警察赶来之前，他的家人先赶到现场，向被擦刮的车主赔礼赔钱，把局长拖回家。

这事原本以为就这样结束了。谁知，那个被擦刮的车主，在局长大吵大闹时，悄悄地录了视频。第二天就把视频复制下来，送到了公安局和市纪委。

市上一个主要领导得知后，非常生气，立即批示让局长停职，并顺带查查他近年来的情况。这一查不打紧，没想到拔出萝卜带出泥：局长有严重的经济问题。很快，局长被双规，之后又移交司法机关，一年后判了有期徒刑十年。知道这事的人都感叹，这就是一台酒惹出来的大麻烦。

陈远林倒不觉得这真是一台酒惹出来的大麻烦，而是局长本身不干净，为人也太跋扈，这样干，怎么不出事？不过，陈远林还是暗暗告诫自己，酒一定要少喝，无论如何不能喝醉。七八两的量，最多也只喝个三四两就行。

尽管如此，陈远林还是破过一次例。

那是两年前，陈远林还在招商局做副局长。招商局工作的一大重心，就是和各种各样的投资商打交道，为他们服务。那年，有一个台商，打算来北山投资建一个大型电子企业。台商有一大爱好，嗜酒如命，甚至早餐也要喝两口。他随行的秘书等人，专门给他带了两大箱台湾有名的金门高粱。台商和陈远林谈得挺投机，除了年龄相仿外，台商也曾是个文学青年，曾经狂热地喜欢罗大佑和余光中。恰好，罗大佑和余光中也是陈远林年轻时的偶像。饭桌上，两人越谈越投机，台商甚至趁着酒兴唱了一曲《鹿港小镇》。不过，台商发现陈远林酒喝得很节制，有些不满，就将了陈远林一军："陈局长，你要是多喝一杯，我就多投一个亿。"

虽然大抵是开玩笑，但陈远林权衡了一下，为了给台商更好的印象，他拿起杯子就喝，一连喝了十二杯。喝完，在倒下之前，没忘记提醒台商："周先生，记住了，我多喝了十二杯，你可得守信用，多投十二个亿到北山啊！"

台商虽然并没有真的多投十二个亿到北山，但从此对陈远林格外友好，后来还把他的两个朋友也引荐给陈远林，那两个朋友也先后到北山投资办厂。

没想到的是，陈远林在酒桌上喝趴下的消息，被别有用心的人传到了刘副主任那里。刘副主任本来对陈远林有成见，也没做更多调查，在一次干部大会上，不点名地批评说，某些领导干部，越来越不像话，贪杯好酒，竟然在接待台商时喝得当场趴下，甚至还进医院打点滴。幸好，那时候还没对公务员饮酒作出规定，不然，依刘副主任的脾气和他对陈远林的成见，多半不会只是批评一番就了事。

局长们都知道说的是陈远林，有几个还转过头去看他。陈远林很不爽，也很委屈。他觉得不能背这个锅，可刘副主任没点他的名，虽然明知就是说他，他也不好上门去解释。思前想后，有一天在分管他的朱副主任办公室，他灵机一动，就把情况向朱副主任讲了一下。朱副主任说："我知道了，你放心，有机会我会在书记主任面前给你澄清，不让你背这个锅。"

## 12

在等待出租车的五分钟里，陈远林蹲在路边抽烟，刚抽了两口，就看到一辆车驶过来停在小区门口。车门打开，走出一个熟悉的身影。是林如凤。

陈远林叫了一声："如凤。"林如凤才发现蹲在路边刚站起来的陈远林，却没有走过来的意思。陈远林只好自己走过去，闻到林如凤身上有一股酒味儿。

"喝酒了？有接待？"

"你不也喝酒了，你也有接待？"

陈远林看到送林如凤那辆车转了个弯开走了，一时间也拿不定，这车到底是滴滴还是林如凤的朋友或同事。他想问，又觉多此一举。林如凤看出了他的心思，讽刺说："怎么，想看看那车是什么牌子吗？来，拿去看吧。"说着，向他晃了晃手机。手机的页面是滴滴打车。

陈远林忙岔开话题："王青青怎么样？没事吧？"

"还能怎么样。看看她那对双胞胎儿子，以后这日子怎么过呀。张海峰这个王八蛋，他倒是一了百了。"林如凤叹了一口气。

出租车来了。陈远林一边拉车门，一边问林如凤："我去看看张海峰他爸，你要不要一起去？"

林如凤犹豫了一下，也跟着上了车。

车上，陈远林一直在想如何安慰张海峰的父亲，也设想过几种可能见到的情景。可真到了现场，还是有些意外。

家里出了这么大的事，张海峰的父亲等不及政府统一安置，也不想再住在人来人往的中心广场，于是另外租了房子。北山区本来就是特区最边远的城乡接合部，张海峰父亲租的房子，已经不在城里，而是地道的乡村，是一片荔枝林尽头的几间平房。房前，有一片种了些花木的庭院，庭院外，有一口鱼塘。一条曲曲折折的石子公路从外面穿过来，一头扎进荔枝林。

院子里有不少人，坐的站的，都有。张海峰的父亲坐在人群中间的一张竹椅上，抽着烟，正和众人说话。见了陈远林夫妇，大声地打招呼："陈局长，你怎么找到这里来了？"

听起来，张海峰的父亲声音洪亮，似乎与往常没有什么区别，完全不像儿子刚跳了楼应有的悲痛样子。原本和张海峰父亲说话的那几个人见有客人来，都纷纷告辞而去。原来都是周围的邻居，可能并不清楚张海峰的父亲是谁，只是见搬来了新邻居，顺道过来看看打个招呼而已。

在院子里坐下来，张海峰的父亲张罗着要去泡茶，陈远林急忙拉住他，并掏出烟来双手递给他，又打燃火机给他点烟。院子里灯光昏暗，借助打火机腾起的火焰，陈远林这才发现，张海峰父亲面容惨白，两眼红肿。

坐下来后，半晌无言。陈远林只好找些话说："阿伯，身体还好吧？"

张海峰的父亲似乎一下子又恢复了平静，用手拍拍自己的胸口："蛮好的蛮好的。"

陈远林又问："海峰那边，是怎么处理的？"

张海峰的父亲抽了口烟："他是公家的人，云海村出了这场大事，他想不通，就这么走了。局里派了几个人处理后事，明天火化。你姨还不知道这事，我怕安置点那边人多嘴杂，马上托朋友租了这房子搬过来。"

正说着，张海峰的母亲从屋里走出来，见了陈远林夫妇，热情地问长问短。末了，说："林仔，你们俩年岁也不小了，怎么还不要孩子？你看我们家海峰的大双小双，都上小学三年级了。你们可是同一年的老庚呢。"

陈远林还没说话，张海峰的父亲吼住了她："你懂什么？就知道这些家长里短的，人家林仔胸怀远大……"

张海峰的母亲不满地嘟囔了一句，起身到隔壁邻居家串门去了。

陈远林趁机也站起来向张海峰的父亲告辞："阿伯，那我们也走了。你要保重身体。"

张海峰的父亲惨然一笑，伸出手："谢谢你林仔，海峰出了这事，同学朋友没一个人来，你是第一个，多半也是最后一个。你放心，我挺得住。我没儿子了，可我还有孙子，我还有两个孙子。我不怕。真的，我不怕。"

说是不怕，陈远林却能感觉到，他的手在微微发抖，手心凉凉的，像刚从雪地里拔出来。

走过池塘进入荔枝林时，荔枝林里很暗，陈远林想摸手机照明，才发现手机落张海峰父亲家了。他叫林如凤站在荔枝林边上等他，他回去拿手机。

折回院子，院子里空无一人，邻居家传来电视声和人声，隐约还听到张海峰母亲的笑声。陈远林摇头苦笑，他想，一旦得知张海峰出事的消息，对他母亲的打击该有多大啊。

走到堂屋门前，陈远林看到张海峰的父亲背对大门坐在一张椅子上，头埋得很低，双肩不停地抖动，发出压抑而低沉的哭声，像一只绝望的兽。陈远林心里一沉，急忙从小桌上拿起手机，轻手轻脚退了出去。

当他穿过鱼塘，抬头看时，天空有几颗闪闪烁烁的星星，还有一轮冷清的月亮。

林如凤站在荔枝林尽头，大约夜风有些凉，加上天黑，她紧缩着身子，轻轻跺着脚。陈远林见了，心中生出一些怜爱，默默走过去，握住林如凤的手，扶着她走过了那段树影幽深的荔枝林。等到再一次见到街头橘色的灯光，看到来来往往的车流，陈远林正要松开林如凤的手，林如凤感觉到了，没松开，反而微微用了些力。陈远林看看林如凤，林如凤面无表情，也不吭声。两人就手拉着手站在路边，直到一辆出租车开过来停在面前，他们才松开手上了车。

一直到家，两人都没有说话，似乎都在享受这种难得的沉默。进门后，林如凤拉着陈远林，直接进了卧室。

完事后，灯光昏暗，林如凤的眼睛似乎闪着光，她终于说了从离开张海峰父亲家之后的第一句话，她说："救灾也结束了，你爸也不在了……"

陈远林心里一紧，他知道林如凤又在说调动到省城的事。他艰难地咽了泡口水，说："我知道的。可是，如凤，你想，现在我一时之间更不可能调动了。"

林如凤猛地扭头过来，刚才两人疯狂时，不小心把精心化的妆弄花了，昏沉的夜灯下，看上去竟有些狰狞："你什么意思？"

陈远林说："如凤，你听我解释。首先呢，你看，张海峰跳楼死了，他和我是发小，又是世交，我敢打赌，他肯定不干不净。我这时要求调走，人家会不会说我和他一样，也有问题？现在正是多事之秋，到时就怕说不清楚了。"

陈远林把怕受张海峰跳楼影响说在前头，并夸大了后果，其实也打了小九九。他希望把自己不调走的原因说得功利一些，也希望林如凤能通过张海峰跳楼的悲剧理解自己。可是，林如凤也不是好忽悠的，她说："就你，你当了副局长局长也好些年了，你贪污过受贿过？你难道还怕离任审计？"

陈远林只好接着说："其次呢，我是云海村长大的，对这地方有感情，受灾的也是街坊邻居，现在云海和北山正在艰难时期，我一拍屁股调走了，不要说我是个党员干部，就是个普通工作人员，心里也不好受……"

林如凤哼了一声，讽刺道："哟，刚才还在为自己打小算盘，一下子又变得这么高尚了？"

陈远林尴尬地笑笑，想抽烟，习惯性往裤兜方向一摸，才发现还没穿衣服。

陈远林穿衣服时，林如凤说："陈远林，我这是最后一次劝你。你要不肯调，我一个人也要调。"

陈远林想哄她，装作嬉皮笑脸地凑过去："那哪里行啊，秤不离砣，公不离婆，我哪能离开你呢。"

　　林如凤没理他，自顾说："你看着办吧。你也可以把这理解成最后通牒。"

　　陈远林默默走到阳台上去抽烟。举目一望，灯火闪亮。他想起跳楼的张海峰，心里说：你既然连死都不怕，为什么还怕活呢？

# 第二章

## 1

　　"要是早晓得那天要出事，哪怕门票十万二十万一百万，我都带她去看冰雪节。没钱，我去卖肾都行。"

　　后来，每当江小雨说起那场突如其来的灾难，总是像祥林嫂一样埋怨自己："你们不晓得，我是四川西部山区长大的，最烦的就是雪。每年秋天到第二年春天，四五个月，要下几十场雪。大雪把山路都封了，天寒地冻的，一家人只有坐在屋里烤火发呆。吃的呢，只有土豆。煮土豆、烧土豆、烤土豆、蒸土豆，土豆片、土豆丝、土豆坨坨，吃得你看见土豆就是一嗓子酸水。所以，我哪里稀罕看什么冰雪？还他妈什么冰雪节。再说，更重要的是，那门票一百五一张，两个人就是三百。我确实有点舍不得。可是，谁知道，偏偏那天中午就出事了……"

　　江小雨来特区十年了，到云海村，也有五六年了。

　　江小雨的老家是四川西部的一个山地县。说起县名，恐怕十个人倒有九个半都不知道，但说起县境内那座山，却是很多人都听说过的。那座山叫二郎山。横亘在四川盆地与青藏高原之间，过了二郎山便从汉区到了藏区。二十世纪五十年代，有一首流行到全国人民都会哼几句的歌："二呀嘛二郎山，高呀嘛高万丈……"最近这些年，二郎山又成了自驾游和骑行者入藏的必经之地。

　　江小雨的老家在二郎山下的青石关，老辈人讲，这里曾经是茶马古道上的一座关隘，清朝时，驻有背着刀枪的官兵呢。那座关隘有一座破败的城楼，小时候，江小雨常常趴在城楼上望着远处银光闪闪的雪山发呆。那时候，最远只跟阿爸卖鸡丝菌去过一趟县城的江小雨最渴望的事情就是坐上汽车，随着曲折如长蛇的公路去远方。

远方有什么？江小雨并不太清楚。只知道远方有城市，城市里有高耸的楼房，有宽阔的大街，有衣着光鲜的城里人。反正，远方的生活一定不像这个一年里有四五个月大雪封山的小地方那样，每一种东西都熟悉到像左手摸右手：雪山是熟悉的，林子是熟悉的，公路是熟悉的，小河是熟悉的，破败的关楼是熟悉的，赖在关楼上不肯飞走的白云和乌鸦是熟悉的，家里三层的木楼是熟悉的，阿爸酒后的大笑和阿妈没钱给江小雨买冬天要穿的水靴时的泪水也是熟悉的，就连每一年从屋后那片树林里长出来的一朵朵鸡丝菌，也和上一年甚至上上一年没什么两样。

高三填报志愿时，别人会估计自己的分数并根据兴趣爱好综合考虑填报大学；江小雨呢，他是照着一本地图册填的。凡是地图上距青石关越远的地方，就填在越前面。后来他还记得，他填了包括黑龙江佳木斯大学和新疆石河子大学在内的一些高校。特区那所大学，他也填了。但在地图上量了一下，没有到黑龙江和新疆那么远，就把它们填在了第二批次。

当然，那些志愿一点用也没有，全都白填了，他离佳木斯大学这种三本院校的录取线，也还差了好几十分呢。老师和同学都不意外，江小雨自然更不意外。只有阿妈略有些意外。在阿妈眼里，江小雨无疑就是世界上最好的儿子，聪明，能干，听话，有孝心。她常给江小雨和其他邻居讲江小雨小时候的一件事，以此证明儿子的聪明。

江小雨七八岁时，有一天，在青石关楼下遇到城里来旅游的一家三口。小孩拿了一辆小汽车，小汽车装上电池，就在关楼的青石板路上呼呼地跑。可是，一不小心，小汽车从台阶上栽下去，再也跑不动了。小孩子大哭，他爸他妈一边安慰一边给他修理，修了十几分钟，急得满头大汗，小汽车还是一动不动。小孩子哭得更厉害了，他爸作势要打他，他却一屁股坐在地上打滚。江小雨在旁看了半天，小声对那女的说："阿姨，我帮你修吧。"女的半信半疑，姑且死马当作活马医，迟疑着把小汽车递给江小雨。江小雨接过去鼓捣了一番，再次将小汽车放到地上并扭开开关，小汽车又像之前那样呜呜地叫着跑了起来。小孩子破涕为笑，那两口子也如释重负。

女的从口袋里拿出一盒江小雨不认识的糖果，圆圆的，外面包着一层黄灿灿的纸。江小雨摇头说："阿姨，我不要糖，你给我十块钱行吗？"

女的愣了一下，默默摸出钱夹，掏出一张十元钞票。

江小雨接过钱，说了声谢谢阿姨。刚走开，听到男的在背后叫他，他转过身去，看见男的拿了刚才那袋糖果走过来："把这个也拿上吧。"男的说。

江小雨向男的道过谢，怀里揣着那袋糖果，手里捏着那张十元钞票，一路向村口的小卖部跑去。在小卖部，江小雨花十五块钱买了一把梳子。十元钞票外的另外五元，那是他捡了一个夏天的鸡丝菌，阿爸卖了鸡丝菌后奖励给他的。

梳子是红色的，弯得像初三四的月牙。之前，它和牙刷、牙膏、手电筒以及毛巾、啤酒、香烟一起，静静地躺在小卖部的玻璃柜里，江小雨已经去看过好几次了。他一直以为，至少要等到过年时，把压岁钱和上山挖冬笋后阿爸的奖励都凑在一起，才有十五块。没想到，现在就有了十五块。

江小雨拿着红梳子，一路小跑回家。村子里坑坑洼洼的街道上一个人也没有，两三条狗无聊地趴在拐角处，听到人声，站起来作势想要叫几声，一看是熟悉的面孔，只好悻悻地坐了回去，无聊地摇摇尾巴。

红梳子是给阿妈买的。每天早晨，天刚亮，阿妈就起床了，阿妈起床后，家里的鸡、狗就跟着起床了，然后阿爸和江小雨也跟着起床了。阿妈坐在门槛上梳头，她手中的梳子已经看不出颜色，好些齿都没有了。江小雨有一天悄悄数了数，梳子还有七个齿，不像梳子，倒像用来耙田的钉耙。

江小雨说："阿妈，你怎么不买把新梳子？"

阿妈说："新梳子要十五块呢。"

江小雨把红梳子塞到阿妈手里，阿妈愣了一下，马上厉声问他："你哪来的钱？你不会是去偷的吧？"

江小雨摇着头，把事情的经过给阿妈讲了一遍。阿妈双眼迷蒙，涌出几颗泪珠，一把抱住江小雨："我的儿啊。我的儿啊。"

那一袋包装精美的糖果，其实只有六颗。以后，江小雨才知道，那叫巧克力。六颗糖，江小雨在回家路上就有了安排：一家三口，一人一颗；外公外婆，也一人一颗；还剩一颗，给隔壁文娃子。文娃子与他同年同月的，上了学，又是同桌。除了吃饭睡觉，一天到晚大多时候都混在一起。

晚上，一家人坐在灯下吃糖。小心地剥开那层黄灿灿的纸，糖果像一枚过年时吃的汤圆。只不过，汤圆白白的，糖果却是褐色的，像是开山时从地底挖出的还没有完全成型的煤。

许多年后，当江小雨来到特区，来到北山，再一次看到这种巧克力时，他总会有一种莫名的眩晕，仿佛时光在倒流，又流回了童年时那个甜蜜的夜晚。

# 2

地处山区，耕地本来就少，退耕还林后，江小雨家就只有几块比桌子大不了多少的菜地了。地里的活少了，可一家人要活下去并且还希望一天过得比一天好，那就得另想办法。

捡鸡丝菌是每年必不可少的挣钱方式。鸡丝菌是蘑菇的一种，远比普通蘑菇更鲜美也更珍贵。每年夏天，江小雨家后面那片几平方公里的松树林里，一场细雨后，鸡丝菌就从松树下探出小小的头。那年五六月，其他同学高考复习的冲刺阶段，江小雨正和阿妈一起在山上捡鸡丝菌。

那时，阿爸刚瘫在床上半年。之前，阿爸到城里的一处建筑工地背砖，每天有好几十的收入。就在他暗自庆幸找到一个好工作时，不想有一天背着上百匹砖走上晃悠悠的跳板，一不小心，竟从跳板上摔了下来。这一摔，就摔出了大问题：半身不遂。从那以后，阿爸就像个废人一样，天天半躺在床上。要么喝酒，要么发呆，要么酒喝了呆也发了，就拍着床骂人。从老天爷骂起，再骂到黑心的包工头，一直骂到阿妈为止，却从不骂江小雨。有一次江小雨故意去惹他，他还是不骂江小雨，他只骂阿妈："你这瓜婆娘，你看你生的什么儿子啊？"

除了夏天捡鸡丝菌，冬天挖冬笋外，江小雨家还有一项长年进行的营生，那就是种木耳。

种木耳的地方在江小雨家背后两三公里的森林边上，那里背风向阳。阿爸整理出一块稍微宽些的平地，用几十截栎木作为耳木。从把木耳菌种植到耳木上再到木耳成熟，差不多要大半年时间。其间，每隔几天就要上山搬动沉重的耳木，以便透气，并使温度和湿度一致。此外，还得不时给耳木浇水，并覆盖塑料薄膜。总而言之，这活计烦琐得很。阿爸瘫痪后，阿妈一个人显然无法胜任这工作，江小雨就常常和阿妈一起，一前一后穿过那片阴郁如梦的林子爬到坡地上。

没考上大学，阿妈问他要不要再去复读一年。江小雨坚决摇头。以后的三年里，江小雨就在家里种木耳，捡鸡丝菌，挖冬笋。如果实在没事，就到门前那条小河里捞些小鱼小虾，阿妈用油把它们炸了，留一些给倚在床头的阿爸下酒，另一些端到公路边，向来往的车辆兜售。

如果要说高中三年到底学到了什么的话，江小雨的回答是音乐。是的，高中本来没有音乐课，但他最大的收获或者说唯一的收获却是音乐。

江小雨打小嗓子就好，这得益于阿爸强大的遗传基因。阿爸年轻时，就是远近闻名的山歌大王。用阿妈的话说："不是看他山歌唱得好，就他上无片瓦，下无寸地，我哪会嫁给他？不过，话又说回来，我那也是年轻不懂事，唱得再好听的山歌，也不能拿来吃拿来穿，有什么用？"话虽这么说，可每当阿爸喝了酒大声唱山歌时，阿妈总要停下手里的活计听一会儿。江小雨发现，那时候，阿妈一向浑浊的眼睛，似乎也在歌声中慢慢变得稍微清亮。就像洪水过后的山溪，一点点地澄澈。可是，歌声终止了，稍微清亮的眼睛重又恢复了浑浊，并日胜一日地浑浊。

江小雨高一时，初中部来了一个音乐老师。音乐老师一般都是女的，这个老师却是男的，留着一头比女人还黑还浓的长发。除了正常上课，很多个黄昏，音乐老师就坐在单身宿舍前那株榕树下弹吉他，边弹边唱。江小雨第一次看见那场景便呆住了。他当时还不知道那叫吉他，他把所有有弦的乐器都叫琴。琴声和歌声让江小雨觉得，这位总是显得有几分忧郁的音乐老师高冷得有些不食人间烟火，一下子便把他和喋喋不休的语文老师、刻板的数学老师和严肃的政治老师区别开来。

江小雨想了许多办法认识音乐老师，终于在两个月后，第一次摸到了吉他。总而言之，高中三年，江小雨从音乐老师那里，断断续续地学会了弹吉他，知道了什么是民族唱法什么是通俗唱法什么是美声唱法。更重要的是，他知道有一种音乐叫摇滚。他狂热地迷上了摇滚。他也想蓄一头长发，就像音乐老师那样——准确地说，是音乐老师刚来时那样。因为，到校不到两周，校长就从委婉提醒到直接要求，要音乐老师把长发剃了，要像个人民教师的样子。音乐老师扛了一个月，到底还是扛不住，一气之下，跑到街上剃了个光头。当然，江小雨只是想想而已。一直要等到高中毕业，江小雨才终于留了一头长发。

那三年里，江小雨就是青石关的一个异端。他披着一头长发钻林子捡鸡丝菌或是挖冬笋，或是在松林边缘翻动那些沉重的耳木，上面刚挂满黑色的木耳，像一只只正在聆听的耳朵。这时候，江小雨就忍不住大声唱两句："我曾经问个不休，你何时跟我走？可你却总是笑我，一无所有。"

三年后，阿爸死了，临终前，他很清醒，他一只手拉着江小雨，一只手拉着阿妈。他说："我在床上睡够了，我懒得再睡了。小雨啊，阿爸对不住你，你都二十一了，我还没给你娶婆娘。以后，只有靠你自己了。"又示意阿妈，"把酒瓶拿过来，我还想再喝一口。我听老人说，阴间是不卖酒的。"

姐姐几年前出嫁，嫁到了邻县镇子上，这年刚生了一个男孩，阿妈就去照看外孙。阿妈要江小雨一起去，姐姐也在那边镇子上给他找个事做，要不就去学一门手艺，理发，修摩托车，或者，就去跟姐夫学杀羊。姐夫是个杀羊的屠户，哪怕隔了五米远，也能闻到从他身上发出的一股子羊臊味儿。江小雨吓得直摆手，说："姐你饶了我吧。我哪里也不去，我就在青石关种木耳，实在不行，我就到县城去背砖。"

说到背砖，阿妈的脸一下子阴了。江小雨明白她想起了阿爸。阿爸要是不去城里背砖就不会出事，也就不会瘫痪三年后去世。江小雨忙说："阿妈，我是打个比方。"阿妈的脸这才慢慢阴转多云。

到特区打工的念头，起自那个秋雨绵绵的下午。那天吃过午饭，百无聊赖的江小雨信步从家里穿过窄窄的街道，不自觉地走到了村口的国道上。秋雨下了多日，此时方才放晴。一枚淡黄的太阳，似乎被大山挤得有些扁了，阳光轻轻晃荡，像是温度有限的液体。

江小雨坐在石头上抽烟，青烟从他的指缝间钻出来，和阳光搅和在一起。他忽然有些伤感。一晃，高中毕业三年了，自己也二十一了。当年，班上只有四个同学考上师专，这时候已经毕业出来当老师了。他呢，还窝在青石关种木耳。

后来，他就看到了那个蹲在路边修自行车的青年。

那人一身骑行者打扮。对这种打扮，江小雨不陌生，几乎每天都能看到。不过，这个青年比较狼狈，浑身上下都是泥点，脸上也是。双手呢，由于在泥地里修自行车，更是沾满泥水，像是刚插了秧从田里爬上田埂似的。大概因为总是修不好，他显得有些焦灼。天色已经不早了，河道里吹来一阵阵深秋的冷风，呜呜的，如同深夜里山中的兽在低吼。

江小雨左右无事，便走过去帮他修。两人又忙了十多分钟，自行车终于修好了。青年脸上露出笑容，掏出烟，一人一颗，站在路边聊了起来。

看起来，那青年和江小雨年龄相仿。江小雨问他从哪来的，他说："镇海，特区镇海。"

"一路骑过来的？"

"可不是。这都出来有一个月了。"

青年说，他要一路骑到拉萨，再从拉萨飞回镇海。

江小雨满眼羡慕。那青年便劝江小雨："你这么年轻，就这样守在家里，没啥意思，不如趁年轻，到外面闯一闯。"接着，那青年又给江小雨介绍，说特区如何好，如何遍地是机会，如何适合年轻人奋斗打拼。最打动江小雨的是那青年的这样一句话："你看我爸，九二年，小平南方视察之后，我爸觉得机会来了，不顾我妈反对，把科长辞了南下镇海经商，十几年下来，就开办了两家工厂，现在我们厂里的工人多达一千多。你要是愿意，我代表我爸欢迎你到我们厂。凭你这聪明劲，最小也能当个工长。"

两人一连抽了三四根烟，那青年必须告辞赶路了。他说，他同行还有两个伙伴，都在前面的宿营地等他。临走，掏出笔，给江小雨写了名字和电话。这时，江小雨才知道，他叫王宇。

王宇的自行车渐渐消失在前面的拐弯处，江小雨独自回家。当他穿过死气沉沉的街道时，他终于下定决心：去镇海。

和江小雨同行的还有从小一起长大的文娃子。那天早上，天刚蒙蒙亮，两人一人背着一个包袱站在关楼前等车。文娃子的妈死活要让文娃子把烧饭的锅背上。她说："你无论走到哪里，你总是要吃饭的吧？把锅带上吧，江小雨，你也回家去把锅带上。"

江小雨和文娃子又好气又好笑，却没办法拒绝。文娃子只好把那只火熏火燎多年的锅拎在手里，上车后，惹得售票员一再提醒他小心点："你那锅黑得跟煤炭一样，万一弄到别的乘客衣服上，洗都洗不掉。"

到县城转车，步行途经一条临河的小街。江小雨从文娃子手里把锅拿过来，向着河滩用力扔了出去。黑乎乎的锅在空中划出一条黑线，落到乱石上，发出砰砰的脆响。江小雨恶狠狠地说："老子就是饿死，也不能带口锅出门。"

在弥漫着烟味、汗味、盒饭味、方便面味以及狐臭味的绿皮车厢里挤了三十多个小时后，刚走下火车，江小雨头有些晕，就像在船上坐久了，下船时晕陆一样。一会儿工夫，等他走出火车站，他觉得眼睛不够用了。绿化带里的热带植物，宽阔的街道，两旁耸立的楼房造型奇特，来来往往的人流，尤其是年轻女子靓丽而时尚。在山里待久了，站在特区街头，江小雨觉得这里的天似乎要比青石关的天更宽大更辽远。

两人来不及找工作，第一件事就是去看大海。两人转了几趟车，终于来到了大梅沙海滩上。望着辽阔而蔚蓝的大海，两人目瞪口呆，文娃子喃喃地说："好多水啊，好多水啊，一百条天全河里的水，怕也赶不上这里的一个角落。"

江小雨目瞪口呆之后，突然大哭起来。文娃子不解地问他："好好的，你哭啥呢？"

江小雨抽泣着说："我也不知道。"

"那你为什么哭？"

"我就想哭。"

"有谁欺负你了？"

"没有啊。"

"那你为什么哭？"

"我高兴得哭。"


3


谈了五年恋爱后，江小雨终于和女朋友符英去民政局办理了结婚手续。之后，两人又花了一笔让江小雨暗地里心痛的钱，拍了婚纱照。那些天里，符英天天都要把那个精美的影集拿出来，不厌其烦地翻看，一遍又一遍。每翻一张，脸上都带着甜蜜的微笑。要是来了朋友，更是不由分说地塞给人家，要人家也翻一翻。人家客气一番，夸奖拍得真好，真漂亮，她就乐呵呵地笑红了脸。至于拍得最满意的那一张，放大到三尺多，打印出来，装在框里。符英把它摆放在屋子里最显眼的地方，每天都要细心地擦拭一番。

这张照片是在大梅沙拍的。二人站在海滩上，符英披着洁白的婚纱，婚纱的长摆被海风轻轻撩起。江小雨一身白色西服，看上去像个浊世佳公子。二人背后，大海和蓝天同款，蓝得肆无忌惮。拍照时，江小雨就发现，这里，就是几年前他刚到特区时，看到大海激动得哭的地方。想起几年前的旧事，江小雨眼眶发潮，符英还以为他是为拍婚纱照而激动，趁着摄影师不注意，悄悄在他脸上亲了一下。符英是个羞涩的人，两人谈恋爱几年了，这还是第一次在外人面前亲他。

当初，背着一个破包袱和一把老吉他从四川来到特区，江小雨和文娃子像没头苍蝇似的在街头乱逛了几天。等到终于对城市从无比的好奇转到熟视无睹时，两人开始找工作。先后干了三四份工作，都不太满意。不是老板太刻薄，就是其他种种不舒服。这时，文娃子就劝江小雨给在青石关有过一面之缘的王宇打电话，到王宇家办的工厂去。江小雨犹豫了一番，答应了。不巧的是，无论如何也找不到王宇给他的那张写有电话号码的纸条，只依稀记得叫什么林达电子公司。要在镇海找一家名不见经传的电子公司，无疑大海捞针。两人只得悻悻作罢。

就在两人只剩下最后两张十元钞票时，文娃子先找到了工作。是到一家工厂当保安。文娃子牛高马大，一看就是守门的料。原先，两人找工作总是共进退，要录用就录用两个人，不行就一个都不去。这时却不得不分手。文娃子倒也讲义气，那家工厂没看中身体单薄的江小雨，他急忙向江小雨表示他也不去。大家是一个地方出来的兄弟，有福同享，有难同当。

江小雨骂他："你把这工作丢掉了，要是这两张十元大钞用完了，我们都去要饭吗？你先进去挣钱，我万一找不到工作，也还有口饭吃。"

文娃子听了，这才背着他的行李，一步三回头地去了那家地处郊区的工厂。

两天后，江小雨也找到了另一份工作：餐馆服务员。

那是位于东平街道的一家湘菜馆。楼下是大堂，楼上有几个包间，同时也是老板的住处。

老板据说是一个台湾人，除了这家餐馆外，还在罗湖那边有厂。江小雨在餐馆干了十几天，老板从未露面。具体经营管理餐馆的是老板娘，一个三十多岁的湖南女子，面容姣好，可惜太胖。如果劈成两半的话，倒能分出两个美女。那天，江小雨背着洗得发白的牛仔包，腋下夹着吉他从餐馆门前走过，无意中看到贴在玻璃门上的招聘启事，就抱着试一试的心态走了进去。

负责招聘的店长是个油头粉面的男子，听了江小雨的来意，不耐烦地挥着手："去去去，我们只招女的，年轻女的。你头发再长，不也是男人吗？"

江小雨怒目而视，正要走开，老板娘正巧走过来，看到江小雨的吉他，眼睛亮了："等等，这吉他是你的吗？"

江小雨点头。

老板娘说："给我们弹一曲好吗？就当面试。"

江小雨坐下来，弹了一曲。

就这样，江小雨留在了那家叫湘人味的餐馆。餐馆人手不多，除了厨师不干杂活外，其他服务员都既要跑堂，还要上菜，甚至帮客人到外面买包烟、买瓶酒什么的。

之前，江小雨和文娃子住在城郊的一家破旧的小旅馆里，六人间，一人一天八元。小旅馆离餐馆有点远，显然不能再住。正当江小雨发愁时，老板娘竟主动提出，让他住二楼的包间。"反正，晚上也不营业，空着也是空着，你就住里面吧。只是没有床，你自己用椅子搭一下。"

当天晚上，江小雨用三张椅子搭成一张床睡了上去。椅子有靠背，得小心把双脚分开，从靠背的缝隙里钻过去。镇海的天气，反正也不冷，最多穿一件外套就成。虽然椅子有点硬，但江小雨觉得比六人小旅馆好多了。至少，一没有小旅馆那股说不清道不明的臭味，二没有此起彼伏的打鼾声磨牙声梦话声，门一关，也算是一个只属于自己的小世界。

令江小雨难堪的是，晚上餐馆打烊后，厨师和服务员都走了，大门一关，整个二楼或者说整个餐馆就只有他和老板娘母女俩。老板娘的女儿只有五六岁，啥事也不懂，早早上床睡觉了。从第二个晚上开始，老板娘就总是找些借口让江小雨帮忙，比如说帮她取一下柜子上的衣架，台灯为什么坏了，马桶的水压小了，等等。开始，江小雨都认真去做。后来，当他发现自己干活时，老板娘衣着暴露，且有意无意往自己身上蹭时，他似乎明白了什么。那时，江小雨还是个处男。老板娘的举动让他口干舌燥又羞愧难当。晚上，当他睡在硬硬的椅子上时，眼前全是老板娘白嫩的身影。早晨起来，他一边做贼似的在厕所里清洗内裤，一边暗骂自己没出息。

和厨师的闲谈中，江小雨得知，老板娘其实是那个台商的小五。老板娘前些年从湖南隆回到特区打工，就在台商厂里上班。台商看上她后，给她开了这家餐馆。但台商已经有大半年没来过了。

离开餐馆的前一个晚上，江小雨刚睡下，老板娘又在隔壁叫他，他想装睡没听见，但老板娘来敲门，他只得起来。老板娘刚洗了澡，头发湿漉漉的，身上散发出一股好闻的香水味儿。老板娘把江小雨叫到她房间，说是她的腰不小心扭了，让江小雨帮她揉揉。

那是到餐馆打工后，江小雨唯一一个没有睡椅子的夜晚。凌晨，他被马路上沙沙的扫地声惊醒，初时还以为睡在椅子上，小心地抽动双脚。朦胧的晨光中，却看到身旁躺着一丝不挂的老板娘。他一下子想起了昨天晚上的事。胆战心惊地帮老板娘揉了腰后，老板娘倒了两杯红酒，一定要让他陪她喝一杯。老板娘说，那天是她的生日呢。喝了一杯，自然会有第二杯。后来，两个人都喝得有些高了，也不知道怎么就抱在了一起。

江小雨坐起身，面红耳赤，他穿好衣服，小心带上房门，从包间里拿出自己的行李和那把光泽日益暗淡的吉他，悄然离开了餐馆。

后来，和符英在一起时，江小雨总有一种负罪感。

# 4

离开餐馆后，江小雨在文娃子的保安室住了几天。白天出门找工作，晚上和文娃子抵足而眠。文娃子得知他离开餐馆的原因后，笑得乐不可支。文娃子用四川话骂他："你个瓜娃子，那么好的事，你居然跑了，简直是脑壳里进了水嘛。"

江小雨急了："你再说，老子和你翻脸。"

"好，好，我不说了。该你喝了。"

那晚，两人就着一盘花生米在保安室喝酒。

第二天，江小雨找到一份新工作，是云海村旁边的一家玩具厂。

江小雨和符英都是包装线上的普工，负责给已经生产好的玩具成品贴上标签，包进包装袋和包装盒。当然，在这之前，还得对成品外观进行大致的检测。这工作倒是不累，只是每天十几个小时，都要坐在流水线前。吃饭只有十五分钟，上个厕所也要小跑，不然车间主任就一脸不快，好像你借了他的米还的却是糠。

玩具厂一大半都是女工，江小雨的前后左右七八个位置，只有他和另一个四十多岁的中年大叔是男人。有一次，文娃子轮休来找江小雨，给门口的保安三说两说，保安居然让他进了车间。他看到一屋子女工，下来后，对江小雨说："小雨，你倒整安逸了，这么多女同事。找个女朋友太方便了。我说你今后不要忘了哥们儿，给哥们儿也介绍一个吧。"

江小雨却说："尽是女的，连个一起抽烟说话的人都不好找，烦都烦死了。"

的确，刚到工厂几天，就有两三个女生先后对江小雨表达了好感。但江小雨却不来电。江小雨以前从没谈过恋爱，除了老板娘，他连女人的手都没牵过。所以，老板娘引诱他发生了那事后，他竟吓得连滚带爬地离开了餐馆。

但是，从见到符英第一面起，江小雨就喜欢上了她。

符英的工位与江小雨相邻。江小雨进厂那天，车间主任把他引到工位，并把工作内容告诉他，末了，指着符英说："有不明白的地方，你可以问她。"

符英正在给一个芭比娃娃穿衣服。听了车间主任的话，她抬起头来，对着江小雨微微一笑。江小雨看到她满口白生生的牙齿和扑闪闪的眼睛，好像车间里一下子变得更明亮了。

江小雨把对符英的感觉告诉了文娃子，文娃子歪着头想了一会儿说："你这是爱上人家了。我给你说，你一定要抓住时机赶紧下手，要不然，其他人下手就没你的戏了。"

江小雨有些犹豫："万一她不答应，岂不是很难堪？"

文娃子说："你没听说过吗？天鹅肉总是被最勇敢的癞蛤蟆吃到嘴。哎哟，你打我做啥，我只是打个比方，没说你是癞蛤蟆。你长得帅，歌唱得好，还会弹吉他，你怎么会是癞蛤蟆呢？你要是癞蛤蟆，那白嫩嫩的老板娘怎么会看得上你？哎哎，别打别打。"

没过几天就是月末，那个月单子完成得好，难得老板高兴，一高兴就让食堂加了两个菜，无非回锅肉加红烧肉，并宣布吃饭时间放宽到三十分钟。这种小小的恩惠让全厂员工也像老板一样高兴。平时养成了吃饭快的习惯，哪怕多了回锅肉和红烧肉，也不到二十分钟，一个个都满意地打着嗝吃饱了。离上班还有十来分钟，大家三五成群地站在食堂前的空地上说闲话。

江小雨和符英等人站在花台边，他们组里那个四十来岁的中年人面容忧郁，好像刚哭过。几个人就一边安慰他，一边问他怎么回事。

中年人来自贵州毕节，姓胡，入厂才两三周，一看就是个老实巴交的乡下人。他带着贵州腔的普通话有点难懂，但大家还是听懂了。

他说，他看起来四十几了，其实才刚刚三十二。他原本在家里种地，也就种几亩土豆和玉米。二十五岁结婚，儿子才五岁。老婆孩子父母，一家五口，虽然穷，但天天厮守在一起，也还算苦中有乐。不想，春天时，两个陕西人在村子边上放蜂，前后待了十来天，他老婆竟然就抛下他和儿子，跟着陕西人跑了。他出门追了两天，没追上，只好灰溜溜地回来。胡大叔说："都是穷的。如果不来打工挣点钱，土里种的玉米土豆，最多就能填饱肚皮。不怕你们笑话，有时候手头紧得来老婆买包卫生巾都要先赊着。她彻底绝望了，才跟陕西人跑了。"

老婆走后不久，一夜天降大雨，他家的猪从被雨水淋垮的猪圈里跑了出来。那天恰好他在邻村帮工，没回家，他阿爸就沿着山路去追猪。猪没追到，人却摔到山岩下。送进医院就下了病危通知书，花了两万多块钱才算保住了命。

要是守在家里种庄稼，再趁农闲帮工挣钱，这两万多块可能永远也还不清。胡大叔听村里人说特区打工好挣钱，就和父母商量了一下，决定也去特区。然而，五岁的儿子自从妈妈离家出走后，生怕爸爸也走。每天总是脚跟脚。哪怕睡觉，也要一只手握住爸爸的手才能入睡。

胡大叔说："没办法，我也舍不得他，但必须出来找钱，不然借的那些钱怎么办？有一天我想了个办法。我让我妈悄悄把行李给我收拾好。之后，我对儿子说：'幺幺，我们来捉迷藏好不好？'儿子很欢喜，说：'好啊好啊。那你去藏起来，我数到一百之后来找你。'

"儿子就趴在桌子上慢慢数一二三四五。我在厨房里抓起行李，转身从后门跑出去，一路小跑，跑到院子后面的水塘边，听到么么还在数三十七、三十八、三十九……

"今天我完工得早，我就给家里打了个电话。我家当然没电话，我们隔壁是村长，他有电话。我妈说，么么天天都在找你，房前屋后，竹林果园都找遍了。刚和我妈说了两句，么么听到了，他把电话抢过去说：'爸爸，你到底藏在哪里啊？我找不到你，你快出来吧，我认输了好不好。'"

胡大叔讲到这里，早已泪流满面，听他讲的几个人，也都面有不忍，符英却已哭了起来，抽泣着，肩头轻轻耸动。那一瞬间，江小雨对她生出无限怜爱，想要把她揽到怀里，想给她擦干眼泪，想拍着她的背，轻言细语地安抚她。但最终，江小雨只是走过去，默默地递给她两张纸巾。

从那以后，两人像是有了默契。上班时，偶尔无意间对望一眼，江小雨心里像抹了一层蜜。第一个月发工资那天，江小雨说："符英，我请你吃晚饭好吗？"

符英一点也没犹豫："好啊，啥时候，今天吗？"

晚上，云海村的一条小巷里，两人点了一份烤鱼，江小雨还要再点些什么，符英却坚决制止了他。于是，江小雨又要了两瓶啤酒。

那天，江小雨小心地问符英："胡大叔讲他儿子的事时，你为什么会有那么强烈的反应？"符英低着头，没吭声。江小雨忙说："你要是不高兴，不说也行，我就随便问问。来，你吃鱼。"

符英抬起头说："我妈死得早。从小，我就和我爸相依为命，我爸每次出海打鱼，我都不让他走，他只好编造各种理由来骗我。胡大叔讲的，让我一下子就想起了我自己。"

江小雨说："那你爸还在海南吗？"之前他听符英说过，她是海南琼海的。

符英摇头："不在了。"

"哦？"

"五年前出海打鱼，再也没有回来。"

江小雨望着符英，呆呆地说不出话来，过了半天，他抖索着伸出手，握住了符英的手。符英没有拒绝。她的手和她的脸恰好形成鲜明对比，十分粗糙，像是一张砂纸。流水线上的工人，几乎都有一双这样的手。

江小雨听到自己的声音微微有些颤抖："我们在一起好吗？"

符英说："我们不是已经在一起了吗？"

江小雨的声音颤抖得更加厉害了："我说的是我们永远在一起好吗？"

符英红了脸，低下头，发出细若蚊蚋的声音："嗯。"

办结婚证时，两人的户口都不在镇海，必须到其中一个的户籍所在地才能办理。回四川太远，花费也多，江小雨说，就去海南吧。符英答应了。

那是江小雨第一次也是唯一一次到海南。符英的家在著名的渔港潭门镇，是潭门下辖的一座不大的渔村，村里家家户户几乎都打鱼为生，整个村庄浸泡在一股浓郁的海腥味儿里。

也去看了符英家的房子，是几间岁月久远的老屋，长期无人居住，早已是东倒西歪。门前，蒿草足有半人高，两人走过去，几只鸟吓得从草丛里仓促起飞。

符英说："看吧，我已经没有家了。"又看看江小雨，"我的家就是你了。"

江小雨握住符英的手，又把那两年里已经说过千百遍的话再说一遍："小英，我一定能在特区买房子，给你一个崭新的家。"

符英说："我相信。"


## 5


那些年，江小雨上过两次电视。不是厂里或街道的闭路电视，是特区的卫星电视。尤其第二次，不仅上了特区卫视，还有许多他知道或不知道的卫视，都出现了他的镜头。

第一次上电视，江小雨获得了特区打工青年歌手大赛通俗组第四名。

第二次上电视，江小雨成了特区家喻户晓的名人。在公交车上和大街上，他好几次被人拦住问："你就是那个在地底下压了四天四夜的四川小伙子？啧啧啧，命大福大，真是命大福大啊。"

特区打工青年歌手大赛，江小雨把它称为打歌赛。参加这次比赛，一多半是出于符英的鼓励。

和符英恋爱后，江小雨最大的梦想就是在特区买一套房子，哪怕二手房，哪怕只有一室一厅四五十个平方也行。可是，他当时的卡上，一共只存了几千块钱，还不够买一平方。那时候他最大的心事就是如何多挣点钱。虽然几年前王宇曾给他说过镇海遍地是机会，只要你不笨不懒，不愁找不到赚钱的路子。可是，他思来想去，还真是找不到赚钱的路子。那时他已从玩具厂去了机械厂，学会了操作机床，工资要比玩具厂做普工高一些，加班也不像玩具厂那么频繁。

有一天晚上，他和符英在东平街道散步，经过一座天桥时，看到一个小伙子正抱着吉他唱歌，地上放着一只小竹篮，里面有一些过往行人打赏的零钞，大多是一元两元的，也有两张五元的和一张十元的。他们站在一旁听了好一会儿，江小雨也往篮子里扔了一元钱。符英悄悄说："你唱得比他好得多。"

江小雨心头一动，他说："要不，明天我也出来卖唱？"

符英却有些犹豫："不好吧。万一被厂里的人看到，怪不好意思的。"

江小雨说："那我就走远点，到那边几条街去。再说，就是看到了，也没什么不好意思的，我利用下班时间嘛，一没偷二没抢。"

说干就干。第二天，江小雨到电子市场买了一支话筒，一个音箱。早早吃过晚饭，他就和符英背着这些东西，走到离云海村三四里的一个十字路口，在街心花园前找了块宽些的空地开始卖唱。

用来收钱的篮子，是前一天晚上符英用丝带加塑料带编织的，看上去精致可爱。音箱打开后，江小雨边弹吉他边唱，照例有那首他最喜欢的歌："青春的花开花谢让我疲惫却不后悔，四季的雨飞雪飞让我心醉却不堪憔悴。轻轻的风轻轻的梦轻轻的晨晨昏昏，淡淡的云淡淡的泪淡淡的年年岁岁……"

那天晚上，一共挣了两百八十五块钱。不过，有两百块钱属于符英。

两人都没想到的是，符英编的那个篮子很出彩。有一个女孩见了，捧在手里反复观看，并提出要买："一百块卖给我好吗？"江小雨摇头，女孩说："那两百块好吧？"江小雨还是摇头，符英忙说："行，卖你吧。"并接过女孩递来的两百块钱。

两人在出租屋里清点完钞票，江小雨说："看来，我还是不如你啊，我一晚上唱了差不多二十首歌，平均每首歌还不到五块钱。"

不过，女孩对篮子的喜欢，也启发了符英。当天晚上，她就熬夜编了两只篮子。第二天晚上，一只篮子用来收打赏，一只篮子则注明：出售。每只一百元。

从那以后，只要不是有什么特殊情况，比如大雨或台风，或是有推不开的饭局，江小雨和符英都会准时在晚饭后出现在街心花园前。他们听说，市中心已经不能像这样摆摊卖唱了，幸好北山属于郊区，云海还是城中村，对此，有关方面并没有做出强行规定。只要不太过分，就没人管。

卖唱挣得的打赏和卖篮子赚得的利润，两人一分不用，单独开了一张卡，每过一段时间，就拿着一大坨一块的两块的五块的十块的去银行。大半年后，卡上有了两万多。当时，房价还不像后来那样坐了火箭般飙升，加上北山又是远郊，房价在特区垫底，一平方大概也就一万左右。两人盘腿坐在床上慢慢计算，半年买三平方，一年就能买六平方，那最多十年，就能买一套六十平方的小套二。当然，可以按揭，那就根本不需要十年，也许两三年就可以了。越算，心里越明亮。两个人忍不住抱在一起滚到床上。

有一天，江小雨像往常那样站在十字口街心花园前唱歌。一个戴眼镜的中年人仔细听他唱了两首，往篮子里扔了五十元。符英的眼睛睁大了。卖唱大半年来，这是给得最多的一个。江小雨也向他点头致谢。中年人说："小伙子，我听你唱得不错，特区正在举办首届打工青年歌手大赛，你可以报名参加。"江小雨连连摇头："不行不行，就我这没受过专业训练的，怕人家笑掉大牙。"

中年人又说："听我的，你真的唱得不错。报名还有三天，就在区社会管理局。或者你到社会管理局官网下载一个表，填好再传过去就行了。"

江小雨还是摇头："真不行，我要上了场，多半会尿裤子。"

中年人没说什么，笑了笑，走了。

江小雨没当回事，符英却记在心上。次日晚，她极力劝江小雨去参赛，她说："哪怕拿不到名次，你也没什么损失，我看了启事，不收参赛费的，是市上举办的。而且，我还看网上贴吧里有网友说，拿到前三名的歌手，有机会被特招到文化馆搞专业。你想，要是真有这么好的事，你就是有户口有编制的镇海人了。"

江小雨心有所动，但还是摇头，只是摇得不像之前那么坚定。没想到，符英却从网上下载了报名表，原本只需在网上填好再回传就成，可她不放心，还到打印店里打印了一份，逼着江小雨用笔一一填好。之后，两人各自换休半天，一同把表送往区社会管理局。

在收报名表的社会管理局文化科，江小雨和符英惊讶地看到了两天前劝他参赛的那个戴眼镜的中年人。中年人也认出了他们，微笑着说："送报名表来了？"

那个中年人就是陈远林，那时，他的职务是区社会管理局文化科科长。

接下来三个月，是江小雨一生中最快乐也最有成就感的日子。他背着那把红棉吉他，从初赛、复赛一路杀到决赛，又在决赛的小组赛斩关夺将，进入了引人注目的前十强。

那些日子，特区卫视对大赛有过多次报道，江小雨自弹自唱的片段也出现在屏幕上，虽然一闪而过，可毕竟那是千家万户都在看的卫视啊。甚至，就连四川老家的阿妈和姐姐姐夫都看到了。江小雨完全想象得到，在邻居面前，阿妈将会多么骄傲，就像小时候他给她买了那把红梳子一样，她一定要在人前念叨很多年。

江小雨也开始憧憬，如果真的能进入前三强，并且像网友们风传的那样，进入前三强就会被特招进文化馆，那岂不意味着自己将获得特区户口和正式的体制内工作，岂不是就一步登天了？几个月前连想都不敢想的事，居然有可能成为活生生的现实，江小雨甚至有一种做梦的眩晕。

有两次，他和符英在街上小餐馆吃肠粉，店主认出了他，把他夸得跟一朵花似的。末了，无论如何也不收钱，江小雨感动得差点掉眼泪。符英和他开玩笑说："以后，你要习惯当明星了。嗯，我看啦，一会儿我得去给你买个墨镜戴上。"江小雨大笑，搂住符英："那你就是我的经纪人。"两人一路打闹着往租来的家走去。

工厂老板对他也空前地好，主动给他说："你要是需要强化训练或者要排练，只管说，我全准假。不算事假，一分工资不扣。你要是有一天像旭日阳刚兄弟那样走红，也是我们厂的光荣啊。"

那一年，两个农民工组建了一个叫旭日阳刚的组合，受到无数网友追捧，先在央视的《星光大道》获得亚军，后来又在次年春晚上唱了一首《春天里》。说实话，江小雨不是没想过，自己是不是也正在走上旭日阳刚的路。只是，他很低调，他忙对老板表示感谢。又说："我不行，我没受过专业训练，能够进入前十强，已经超过我参赛时的理想了。"

这倒也是事实。当时他的想法是，只要能进入决赛就算成功。但人心不足蛇吞象，随着过关斩将，他的期望值也越来越高。有一天，他又在街心花园前碰到了戴眼镜的中年人——那时候，他只知道别人叫他陈科长，却不知道他的名字。陈远林笑着问他："怎么样，还有信心走得更远吗？"江小雨说："肯定想。不过，到底走多远就由不得我了。"

陈远林说："尽最大的努力吧。"

大赛结果让江小雨有些不甘：第四名。江小雨失望地想，要是没进决赛或是没进前十强倒也罢了，这第四名，不是让人难受吗？前三名有机会进体制，第四名却只有五千块钱。当然，五千块钱也是钱。可与进入体制相比，还是有天壤之别啊。很快，江小雨就不难过了。因为，前三名进文化馆的说法，本就是没影儿的事。

这情况，是他向陈远林打听到的。

江小雨还是在街心花心拐角处遇见了陈远林。他问陈远林："陈科长，他们都进文化馆了吗？"

陈远林有些摸不着头脑："他们，他们是谁？"

"就是大赛的冠亚军和第三名。"

"他们为什么要进文化馆？"

"不是说，前三名都要特招进文化馆端铁饭碗吗？"

陈远林大笑："谣传。这你也相信。如果真有这样的政策，当初大赛的简章上怎么会一句也不说？"

陈远林走远了，江小雨既失落又有种说不出的欣慰。他想，反正就是前三强也只不过奖金多三千元而已，那看来真没什么太遗憾、太失望的了。


# 6


大赛的风光只持续了几个月。几个月后，人们早就把这事给忘了。有一次，江小雨和符英去吃肠粉，服务员冲着他微笑，符英脑子一抽，问："你认识他？"服务员说："好像是参加过那个打歌赛。"符英很兴奋："对对，他杀入了决赛，是第四名。"服务员却不接话，转身忙去了。买单时也没像符英想象过的那样，热情地说"你是明星，免单免单"。从那以后，符英也就不再像之前那样，和人聊天时，总爱把话题往打歌赛和江小雨得第四名上面引。

不想，天有不测风云。打歌赛是春天的事，才到夏末，江小雨就出事了：上班时，他因操作失误，左手拇指被锋利的机器削去了一大半。

江小雨痛得脸色发白。几个工友用一张毛巾把伤口按住，把他架到了一辆运货的小卡车上，开往几公里外的区医院。然而，手忙脚乱之际，谁也没想起应该把卷到机器下面的那半截断指捡起来保存好一并拿到医院，以便有机会断指再植。

就这样，几天后出院时，江小雨竟成了缺大半截拇指的残疾人。江小雨拿出吉他试了试，弹倒还能弹，可左手没了拇指，无论如何，也不像以前那么灵活、顺溜。江小雨阴着脸，半晌没言语。符英看在眼里，急在心上，却又不知道怎么安慰他，只好蹲在他身旁，伸出手去抚摸他的脸。

不想，因这起工伤，竟有了后来云海村的青春KTV。

在特区和相邻的东莞等产业发达地区，大大小小的工厂星罗棋布，其中有可能发生机伤——比如说被机器削掉手指的例子不胜枚举。可以说，工人被削掉手指的事经常发生，并不稀罕。江小雨在失掉了半截拇指后，偶然从报上看到一篇文章。文章说，每一年珠三角地区有四万根手指被机器削断。

"四万根，"江小雨指着报上的文字对符英说，"天啦，要是堆起来，恐怕要堆成一座小山了！你看，我只是四万分之一，并且，我还只被削断了半根。你说我到底是幸运还是不幸？"

江小雨注意到，写这篇文章的人像他一样，也是一个外来打工者，并且，和他还是四川老乡。只是，那人是女的，报上说她出生于1980年，那也就比自己只大三岁。知道这些后，他又回过头来，把文章里面最让他震惊的几句念给符英听："当我的手指让机器压掉了指甲盖时，我内心充满了对机器与打工的恐惧，这种恐惧从肉体延伸到精神。我在五金厂打工五年时光，每个月我都会碰到机器轧掉半截手指或者指甲盖的事情，我的内心充满了疼痛，当我从报纸上看到在珠三角每年有超过四万根的断指之痛时，我一直在计算着，这些断指如果摆成一条直线，它们将会有多长，而这条线在还在不断地、快速地加长之中……"

读了这个叫郑小琼的四川老乡的文章后，江小雨恍然大悟，这事不能自认倒霉。他这是工伤，老板得赔一笔钱。果然，当他回到工厂找老板时，此前一直对他笑脸有加的老板冷若冰霜。

总而言之，在经过了相当复杂的诸种程序后，就在符英都快绝望、劝江小雨算了时，工伤鉴定终于下来了：六级。

"六级是什么意思？"符英问。

江小雨把他从网上下载打印的标准指给符英看，符英探头一看，密密麻麻的几大页，单是六级工伤，就有七十三种情况。江小雨指着第十五条说："就这个，单纯一拇指完全缺失。"

此后，老板没出面，而是他的律师来找江小雨。三个人坐在云海村一家茶楼角落里，那个头发梳得一丝不苟的律师说："既然评定了六级，赵老板说了，那就按六级来给你补偿。你得过打歌赛第四名，也算小有名气，赵老板特意交代，不亏你。"

六级工伤是什么补偿标准呢？江小雨此前已上网查了许多资料，了解得很清楚。不外乎两种方式：一种是继续和工厂保留劳动关系。这样的话，工厂补助十六个月的工资。那时江小雨月工资大概两千元，那也就是三万二千元；然后呢，每个月发放受伤前工资的百分之六十，也就是一千二百元。另一种是一次性了结。各种补助加起来，相当于六十四个月工资，也就是十二万八千元。

律师把补偿情况介绍完，起身上厕所，他说："我去下洗手间，你们两口子好好商量一下，五分钟后回答我。"

符英的意见是按第一种办。她说，虽然只有三万二千元，可以后每个月都有一千二，这样好歹有个保障。江小雨不同意，他坚决要按第二种办。符英还想再说说，律师回来了。江小雨说："就按第二种方法吧。"

几天后，江小雨原本只有一万块钱的卡上，一下子打进了十二万八千元。

符英这才搞明白，江小雨是想用这笔工伤赔偿，外加这两年来两人攒下的两万块钱做买房子的首付。江小雨说："我说过，我一定要在镇海给你一个家。没有自己的房子，哪有家的感觉？这些钱，首付够了。"

这一回轮到符英坚决不同意了。她说："付了首付，那以后每个月的按揭怎么办？"

江小雨说："每个月拿一个人的工资去按揭，另一个的工资生活。我们还年轻，吃得差点，穿得孬点，想方设法存钱，过几年就好了。"

符英说："这钱是你的一根手指换来的。我要是住进用它买的房子，我会睡不着觉。求你了小雨，别买房子。"

江小雨说："我说过，我要给你一个家。买了房子，我们立即结婚。当然，前提是你不嫌弃我这个残疾人。"

符英哭了："我比你更想结婚，我都二十七了。我们同龄的，娃娃都四五岁了。可是，小雨你听我说，你用这些钱开个店做个小生意吧，你大拇指没了，进厂也麻烦。开个店，过两年，我们再买房子结婚成不成？"

江小雨沉默了很久。之后，他慢慢站起来，走到符英面前，轻轻捧起她的脸，在她眼睛上亲了一口。

她眼眶里的泪水盈到江小雨嘴里，咸咸的，江小雨把它咽了下去。


# 7


到底做什么生意，江小雨和符英一时间拿不定主意。

最先想到的是开文具店，地点就选在农场子弟中学门外那条街。可一打听，一间百十个平方的文具店，常年囤的货加在一起，竟然要二十多万。符英不满地说："就那些签字笔水彩笔，订书机三角板，怎么要押那么多钱？"更关键的问题是，学校附近的房子，房租都贵得离谱。两个人关在屋里，点开手机上的计算器算来算去，最后相对无言。

至于开家小餐馆或是小超市，问题也是一大串。除了本钱捉襟见肘，餐馆的话，还涉及更多不可控的因素。比如厨师。江小雨说："我听朋友讲，厨师非常关键，他要把老板做死，老板绝对活不了。我们到哪里去找信得过的厨师？文娃子倒是会炒菜，也在县城餐馆帮过工，可他主厨，怕是要得罪顾客。"

就这样，一晃过了两个星期。有一天下午，符英回来，兴冲冲地嚷着说："小雨小雨，我有个想法，我觉得肯定能行。"

"什么想法？"

"我们开一家KTV。"

"KTV？"江小雨吓了一跳，"英子，你想多了吧？一家KTV，员工都是几十个，那装修，那设备，那房租，没有几百万下得来？"

符英说："你别急，让我说完。"

"好吧，我听着。"

"我们开一家小的KTV。你不是喜欢唱歌吗？而且，你还得过打歌赛第四名，全特区的KTV老板，恐怕没有谁比你更会唱歌了。"

"做生意又不是唱歌。"

"那也是聚人气的一个由头吧？我们就在云海村开一家小KTV。云海村周边，那么多企业，最近旁边又在修科学城，云海村里住的年轻人越来越多，这里离城区远，也没什么娱乐，开一家收费低一些的小KTV，顺带可以喝喝啤酒，我看蛮好的。"

江小雨想了想，也发现符英说得有道理。

接下来，就是打听进入这行业的手续以及找房子，等等。

后来，房子租在了云海村靠山坡处，房前，有一方小小的池塘。夏秋时节，里面都是高高低低的荷叶，点缀着一朵朵白中带粉或白中带红的荷花。一条曲曲折折的乡间公路从远处延伸过来，旁边有一片小树林，公路穿过树林，隐入背后的山坡。山坡上，却看不到树木，满目都是黄土。原来是一座建筑垃圾堆纳场。还好，建筑垃圾多是些挖地基时从地下挖出的黄土，看上去黄得刺目，却没什么怪味儿。

不过，谁也没想到的是，大半年后，就是这座黄土堆垒起来的小山成为灾难的潘多拉之盒。

这是后话。

房子是一座小的三合院，房东老两口年纪大了，儿子在关内，他们也就随儿子长住关内。老房子原本就破败，加上急于出手，房租还算便宜。江小雨找人把房子简单装修了一下，装出五个包间，靠山最近的西厢房两间，外间是客厅饭厅兼厨房，里面是卧室。推开卧室的窗，黄色的土山像是要挤进屋来。

每天晚上，总能看到一辆接一辆的载重卡车，满载着黄色的泥土开上山坡。它们吃力地爬向山顶时，发出低沉的吼叫，像一条条不堪重负的老牛在哀鸣，大地似乎也在轻轻晃动。江小雨和符英只好把窗户关上，白天再打开。婚纱照取回来后，放大精印的那张，就挂在窗户旁的墙上，正对着床。每天早晨起来，符英一边穿衣服，一边对着婚纱照看几秒。江小雨笑她是在用婚纱照给自己加油打鸡血。

总之，在决定开一家小型KTV四个月后，江小雨和符英终于成了青春KTV的老板。两人之外，只请了一个小妹，就是江小雨在五金厂时的同事，叫吴梅。

这其间还有一段插曲。

江小雨受伤后，决定不再回五金厂上班。平时玩得好的几个同事，张罗着要请他吃顿饭算送别。吴梅就是其中一个。最初，江小雨婉言谢绝了。他想起刚到玩具厂时发生的一件真实的事：那时，也是一个同事离职。车间主任让另外两个同事张罗一下，利用星期天休息，大家一起吃顿饭再去K个歌。那两个同事果然张罗得不错，大家AA制吃了饭喝了酒也唱了歌。可江小雨却发现，他们全都忘了通知那个离职的同事。

当然，江小雨也知道，他这是想多了。同事们再说吃饭时，他不好再拒绝，就去了。不过，他提出，他也要参加AA制。不然，他就不来。

那天晚上，大家喝了些酒，说起未来，都有些迷茫。吴梅坐在江小雨旁边，似乎对他的离去很不舍。喝了两杯啤酒后，她涨红了脸，当众向江小雨请求，以后如果做了老板，一定记得把她带上。江小雨笑道："我就一个穷打工的，现在连工也没得打了，还什么老板。"

吴梅说："我听说了，你在找项目。"

凭直觉，江小雨知道吴梅对自己有点意思。所以，即便真的当了老板，也不能把她招来。符英大概也看出了这一点。后来两人商量招人时，符英说："那个吴梅，不是很好的人选吗？"江小雨摇头不同意，符英说："我看她踏实，也能干，可以的。"

开业那天，江小雨邀请了文娃子以及机械厂给他送别的那几个同事；符英邀请了玩具厂几个玩得好的同事，还有两个同学，十几个人，坐在小小的院子里，虽然桌上的菜只有一些从外面买回来的凉菜，啤酒却是管够。酒过数巡，大家一致要求江小雨当场献艺，江小雨也不推辞，取出吉他。虽然左手拇指缺失了，但半年多下来，他也慢慢习惯了。

在江小雨的歌声和琴声中，符英站起来，端着一杯酒，她的脸上先是淡淡的微笑，转瞬之间却有泪珠夺眶而出。她终于忍不住轻轻地抽泣起来。江小雨注意到了，但他没有停下来，他望着符英，继续弹琴，唱歌。午后的云海村很安静，青春KTV地处山脚，不是夜晚，大卡车还没来，除了远处传来一两声喇叭和鸟叫，只有江小雨忧郁的歌声：

> 带着点流浪的喜悦我就这样一去不回，
> 没有谁暗示年少的我那想家的苦涩滋味。
> 每一片金黄的落霞我都想去紧紧依偎，
> 每一颗透明的露珠洗去我沉淀的伤悲。
> 在那遥远的春色里我遇到了盛开的她，
> 洋溢着炫目的光华像一个美丽童话……

# 8

那是一个春风吹拂的晚上。特区地处北回归线以南，冬季本就不冷。早春三月，北方还是千里冰封，特区已是春意盎然。云海村的街巷上，双色茉莉开过了，黄色的悬铃木、粉色的紫荆和红色的三角梅先后进入花期，热烈喧哗。江小雨甚至无端地觉得，如果你盯住这些花仔细看，它们似乎会在风里"呼"的一声站起来鼓掌。

KTV生意不错，他和符英、吴梅忙着招呼客人，又不时给客人送啤酒送饮料送果盘。就在这时，他接到了陈伯的电话，陈伯让他赶紧过去，有重要事情。

江小雨是三天前认识陈伯的。说起来，陈伯的杂货店离青春KTV其实不超过三百米，他以前多次在那里买过烟酒，却只知道那个身材矮小、经常一身酒味儿的老头儿是小卖部老板，并不知道他姓甚名谁。

那段时间，江小雨遇到了KTV开张后的第一桩麻烦事。

有人到区政府告他噪音扰民。

应该说，江小雨已经很注意了。每到晚上九点，他就会把音量调小，有些客人喜欢到院子里喝酒，他也赔着笑脸提醒别人小声些。不过，既然是KTV，不可能没有声音。尤其是那座院子修建时间比较早，墙体单薄，隔音效果差。如果要想隔音效果好点的话，得另外加一层隔音材料。不过，那又是一笔钱。从筹划到开张，江小雨除了把工厂的伤残赔款和不多的积蓄全投进去外，还从姐姐那里借了两万块。符英呢，把老家那几间破屋也卖了。她说，正好她的邻居想给儿子修房子，她家那个地，就是最好选择。房子不值钱，地值钱，也卖了两万多。

符英把钱给江小雨时，伤感地说："我现在真的就是无家可归了。"

江小雨说："我在哪里，哪里就是你的家。我说过，我早晚会在镇海给你一个家的。"

符英就幸福地点点头："我相信。"

如果马上再拿一笔钱出来做隔音，真的很困难。

没想到，这就被人举报到了城管局。区城管局来了两个人，要求他限期整改，否则就关门。江小雨赔着笑脸说了许多好话，人家却不耐烦地打断他："我们执行公务，秉公办事。"

江小雨犯了愁，他还想拖一段时间。他的意思是，如果能不做隔音当然最好不做；即便要做，也等上三几个月，赚到点钱再说。

文娃子来看江小雨，江小雨出门去买酒，文娃子没事，也跟着去了。买酒的地方就是陈伯的杂货店。正在付钱时，符英电话来了，符英说："城管局的人又来了，问到底什么时候整改？再不整改，就要查封了。"

江小雨急得抓头搔耳，文娃子给他出主意，能不能托人到城管局，给他们局长副局长说说情？

江小雨摇头："我哪有这个门路。"

文娃子说："你不是打歌赛第四名吗，你一去，说不定人家都认得你。"

江小雨苦笑："人家哪认得我一个穷光蛋啊。"

"你是名人。"

"我是人民。"

就在这时，喝得两眼通红的店老板忽然插嘴说："你们要找城管局局长？找他做啥？"

江小雨本不想说，文娃子却爱饶舌，把大致情况说了一遍。

店老板拍着桌子大笑："你们遇到我，算是遇上贵人了。实话告诉你，城管局局长张海峰，那是我看着长大的，我们两家做了几代的邻居，我和他家老头子，那是穿一条裤子的死党。"

江小雨有些意外，似乎也有点不相信。店老板急了，指着旁边一个老头："蔡老大，你说说，我说的是真的还是假的？"

蔡老大忙说："当然是真的。他不仅看着张海峰长大，他的儿子，也是区上的局长。"

原来，店老板，也就是江小雨后来所喊的陈伯，就是陈远林的父亲。

陈伯拍着胸脯，大包大揽："就你这点小事儿，我给你办了。"说着，摸出手机，调出一个名字，接着把手机递到江小雨和文娃子面前，"看看，张海峰，对吧？"

不巧的是，打过去却是关机。"是了，"陈伯说，"估计在开重要会议，关机了。领导都爱关机。"

江小雨和文娃子回到KTV，加上符英，三个人一商量，一致认定这事可能还真得依靠陈伯。不过，请人办事，人家又和自己无亲无故，那怎么也得有所表示吧。下午，江小雨又去找陈伯。这一次，他拎了两瓶红花郎和一条中华，算下来，也是小一千了。虽然肉痛，可该出的血还是得出。

陈伯接过江小雨的烟酒，乐得眼睛笑成一条缝，马上就掏出手机："我现在打电话。你听着。"生怕江小雨听不见，还把手机调成了免提模式。

电话通了，张海峰的声音很热情，寒暄了一会儿，才问："陈伯，您老人家是有什么事儿吧？不然也不会给我打电话。"

陈伯就把青春KTV的情况说了一下。张海峰略一沉吟："你让他平时音量小一点，尤其最近几天，多加注意就是了。其他没什么事的。"

张海峰的话江小雨全听得一清二楚。想不到这么麻烦一件事，一个杂货店里醉醺醺的老头儿居然一个电话就解决了，江小雨感慨万千，向陈伯谢了又谢。陈伯却拉住他，无论如何要请他喝一杯。陈伯说："你送我的好酒，我就开一瓶来请你。"

# 9

那天晚上，陈远林怒气冲冲地回了父母家。

父母正在吃晚饭。他妈问他："林仔，吃没？要不要再吃点。"陈远林生硬地说："吃了。"

父母没察觉出他的异样。父亲在喝酒，脸色红润，餐桌上显眼地放着一瓶红花郎。父亲招呼他："林仔，饭吃过了，那就过来陪我喝一杯。"

陈远林坐在桌子对面，拿起红花郎看了看："你不是都喝长乐烧吗？怎么今天舍得喝这个？这一瓶得两百几。"

父亲还是没看出陈远林脸色不对，很有些得意地说："那是哦。要我自己掏钱，我当然只喝二十五块的长乐烧。这红花郎，我们店里有卖，现在已经涨到二百三十八了。两瓶就是四百七十六。"

陈远林又看到桌上的中华，拿起来闻了一下："烟也换了，你不是抽芙蓉王吗？这烟可更贵，一条得四百多。"

父亲说："我这不帮了人家小江一个忙嘛，人家就拿了两瓶红花郎、一条硬中华来感谢我。"

陈远林实在忍不住了，大声说："谁让你去搅和这些事的？"

父亲愣了，把酒杯往桌上重重一扣："我怎么了？"

原来，下午，陈远林参加区上一个会，张海峰也在。会议间隙，大家到楼道里抽烟。张海峰走到陈远林旁边，先是闲扯几句，之后，张海峰看似不经意地说："昨天，陈伯给我打电话了。"

陈远林哦了一声："他找你做啥？"

"也没啥。"

陈远林看着张海峰，张海峰这才说："真的也没啥大事。就是一桩小事情，给一家噪音扰民的KTV说说情。我已告诉兄弟们，不用再去查了。当然，也让那老板自己收敛点。不要总是让人投诉。"

陈远林一下子脸色很不好看。张海峰当然看出来了，他说："瞧你那脸色，我是卖老爷子一个面子，跟你鸟关系都没有，你不要自作多情。"

父子俩的争吵声把母亲从厨房招了出来，母亲听了一会儿，知道了事情原委。她劝陈远林："林仔，不就是一条烟两瓶酒嘛。"

陈远林说："这次是两瓶酒一条烟，下次可能就是一辆车一套房。"

父亲拍着桌子："我没打着你的招牌去办事，我自己找的峰仔，和你有什么关系？"

"你这样做，也是坑了峰仔。再说，人家会怎么联想？我要是没当局长，我管不着，我既然是局长，我就得注意别人的议论。"

父亲说："那么多当官的贪污受贿，你管得了？"

"其他人我不管，我只管我自己。你们要是希望以后到监狱里来看我，你就尽管收，尽管去给人家办事。今天打峰仔的旗号，明天还可以打我的旗号。"

话说到这份儿上，父亲有些后悔了。母亲小心地问："林仔，那你说现在怎么办？"

"我们店里拿两瓶红花郎一条中华烟，我付钱。把那个KTV老板喊过来，叫他拿回去。"

"这不好吧？人家的脸面往哪搁？"

"这我不管，你马上打电话。"

父亲只好给江小雨打了电话。

母亲为江小雨打开门，江小雨走进去，看到陈远林，一下子愣住了，陈远林也愣住了。

陈远林一声不吭地把桌上的烟和酒拿起来，递给江小雨。江小雨满面狐疑："这是什么？"

"你的红花郎，中华烟。"

"那，那是孝敬陈伯的。"

"拿走吧。"

江小雨措手不及，推辞着不拿。

陈远林说："你要不拿走，我明天一早送到纪委，让你去纪委拿。"

江小雨只好接过去。陈父在旁边，满面尴尬："小江，这个，这个……你坐坐，我给你倒水。"

江小雨急忙摇头，抱着烟酒，告辞出门。

此后几天，江小雨一直很担心，他怕那两个戴大盖帽的城管队员又来敲门。还好，他们再也没来过。三个月后，手里稍微宽裕了一些，江小雨赶紧把隔音做了。现在，即使是城管局来，他也不用害怕了。不求人的感觉真好。虽然钱包有点受伤。也值。

再说那天晚上，拎着烟酒从陈远林家出来后，江小雨干了一件有几分孩子气的事。随着陈家大门砰一声关上，小巷里灯光昏沉，江小雨走了两步，有点尿急。他看看四周无人，又回走几步，走到陈家门前，解开拉链，对着陈家的围墙滋滋滋地撒了泡尿。撒完，他踩着一地碎银子般的月光回家。符英看到他拿回去的烟酒，问他哪里来的，江小雨说："撒尿时在路边上捡到的。"

# 第三章

## 1

婚礼前一天晚上，梁娟背着一家人，跑去找陈远林。

按特区乃至小半个广东的规矩，婚礼前一天称为上头。之前，男女双方共同请一个懂行的人选定吉日。吉日一到，男女双方在各自家里，找出几件旧衣服扔掉，以示新生活从明天开始。之后，就女方而言，还有一系列仪式要做。这些仪式让梁娟觉得，它们就像一条条系在自己颈部的绳索，不断收缩，不断用力。她想挣扎，想喊叫，却不知如何挣扎，如何喊叫。

卢阿婆是云海村知名的好命婆。所谓好命婆，即全福之人。全福之人必须具备"父母公婆健在，儿女齐全，夫妻和睦"几大条件。七十岁的卢阿婆父母公婆四人均在，年长的超过一百岁，年轻的也九十多了。她有三儿四女，膝下儿孙数十计，老伴和她生活了几十年，从没人听到他们吵过嘴。

上头那天下午，卢阿婆老练地吩咐梁母把早已烧好的柚叶水端到梁娟卧室，卧室门窗紧闭，屋子中央放着一只全新的塑料盆，盆里预备了一些热水。卢阿婆小心地把柚叶水倒进盆里，示意立在一旁玩手机的梁娟把衣服脱掉。

梁娟扭捏着，半天才脱去外衣，却留着胸衣和三角裤。卢阿婆笑了："娟儿啊，我没给两百个新娘子洗过身子，也给一百五十个新娘子洗过身子，你还怕啥羞呢？明天就是你的大喜日子了。来，听阿婆的话，脱了，全脱了。这个柚叶水啊，洗了之后，你就是成年人了。"

梁娟忍不住笑了："我马上快三十了，我还不是成年人？"

卢阿婆说："女人家，不管你岁数多大，总之只有嫁了人，成了家，才算成年人。"

卢阿婆熟练地把柚叶水浇到梁娟身上，感叹说："娟儿啊，你这身皮肤可真白，白得跟汤圆一样。"

洗完身子，卢阿婆让梁娟穿上一套全新的内衣和睡衣，坐在窗前，她取出梳子，为梁娟细心地梳头。这时，门外的梁母及一帮女客都挤了进来。卢阿婆一边梳头，一边用唱歌的语调念叨："一梳梳到尾，二梳白发齐眉，三梳儿孙满地，四梳梳到四条银笋尽标齐。"

头梳完后，梁母从灶间端来一碗汤圆，一碗糯米饭，一个鸡蛋，以及一碗鸡肉："娟，快吃吧，统统都吃完。"

梁娟看了一眼："这么多，怎么吃得完？"

梁父也进来了，劝道："人家说，上头这天，吃得越多，越有福气。"

梁娟冷笑了一声："我三十岁了才嫁出去，我有啥福气？"

卢阿婆忙打圆场："娟儿，你尽量吃，吃不完的让你爸吃。这叫福气不外流。"

梁娟象征性地吃了几口，把筷子放下，梁母说："再吃点。"

梁娟不吭声，梁父想说什么，终究什么也没说，把东西都端走了。

卢阿婆等人告辞后，天已经快黑了。梁母让梁娟早些睡，她说："人家明天一早就要上门来迎亲。这是你的终身大事，马虎不得，不然落人家笑话。"

梁娟厉声吼道："我早就是一个笑话了，我还怕谁笑话？"

梁母郁郁地拉开房门，回自己房间去了。

天黑了很久，梁娟没开灯，她呆呆地坐在黑暗深处，像是已经融为黑暗的一部分。梁父和梁母先后两次到她门前，蹑手蹑脚地听，没听到任何声音。他们以为梁娟一定累了，上床睡了。两人交换了一下眼色，也如释重负地回去睡了。

后来，梁娟换了衣服，悄悄出了门。她在云海村里胡乱走了两圈后，在村头招手打了一辆车。司机问她到哪里，她说：红谷小区。


# 2


陈远林的家就在红谷小区。

大学毕业刚分回北山时，依父亲的本意，是要让陈远林和林如凤住在云海村老宅，但陈远林坚决不同意。一则，他和林如凤正是如胶似漆的时候，需要有一个隐秘温馨的二人世界；二则，更重要的是，他知道，以父亲的脾气和生活习惯，要不了一个星期，准和林如凤发生矛盾。想到自己夹在中间两头受气的窘境，陈远林无论如何也要自己租房。尽管当时两人的工资都很低，租房就占了两人收入的三分之一。但是，陈远林认为，哪怕为此烟抽得更差些，酒喝得更劣些，甚至少买些书，也值。

几年后，两人多少存了些钱，加上林如凤的父亲出手支持，他们终于在北山区比较偏僻的位置按揭买了一套两室一厅的房子。

梁娟敲门时，陈远林和林如凤刚吵完架。吵架的起因是一双鞋。林如凤一双六七成新的鞋放在垃圾桶上，那鞋是前两年买的，林如凤嫌它有些夹脚，平常也不怎么穿，放在鞋柜里，有些受潮，起了一层霉，便想把它扔了。陈远林却不知道那鞋是要扔的，还以为林如凤不小心放到了垃圾桶上。他倒垃圾时，就把鞋从桶上拿下来，摆到门边的鞋架上。还特意找来抹布把上面的霉点擦干净。

林如凤那天心情原本就不好。起因是林父给她打电话，告诉她前不久托人办理他和陈远林的调动手续没成。两个人一起调，难度太大。"小凤，爸爸慢慢来。唉，再说，也要怪你。当初你要是坚持不去北山，林仔还能把你绑了去？真是早知今日何必当初啊。"林如凤自然不高兴，平时爸对她也是娇生惯养，当即顶撞她爸："你少说几句行吗？爱帮不帮。我就在北山待一辈子。"她爸只好在电话那头又哄她："爸一直在想办法，爸就你一个女儿，怎么会不帮你？"

林如凤回到家，看到那双早晨已经扔进垃圾桶的旧鞋又出现在鞋架上，一下子就火了。她认定，陈远林是在暗示她浪费。"不就一双鞋吗？你有意见就直说，不用这么暗示明示。"

陈远林还没明白林如凤的意思，直到他看到林如凤把那双旧鞋又一次扔进垃圾桶才恍然大悟。陈远林那两天工作上也不顺，当天开会还被刘副主任数落了两句，心里也不爽，回答说："你是不是想得太多了？我有那么无聊吗？"

总而言之，两人就你一句我一句地吵了起来。家务事本来就没个对与错之分，尤其是夫妻之间。怎么吵，怎么都分不出个孰是孰非。

要命的是，前段时间，陈远林的父亲听了农场一个老同事的话，拿十万块钱去买了一笔什么投资回报很高的基金。基金买了，陈远林才知道，劝告他天上不会掉馅饼，只会掉陷阱。父亲却眼睛一鼓，自信地说："他是我三十多年的老同事。他的儿子就是那家公司的副总经理，他要骗也是骗其他人，他会骗我？"第一个月，的确如那个同事承诺的那样，及时拿到了一笔高额利息。父亲得意地抽打着手里的一叠钞票，喝得满面通红，对陈远林和母亲说："瞧瞧，这是什么？红彤彤的票子对不对？你们不是说有风险吗？那我这是什么？"

陈远林本想再劝说他几句，但他知道父亲的脾气，在外人面前很随和，在家里却像个唯我独尊的皇帝。自从陈远林当了科长以后，他倒是对儿子多少要让几分，可在母亲面前，那简直就是说一不二的暴君。

果然，又过了两三个月，陈远林已经把这事给忘记得差不多了。有天晚上，他刚加完班回到家，母亲打来电话，哭兮兮地要他回去一趟，他惊问什么事，母亲说："你爸在家里发疯。"

他赶回家，果然，父亲喝得浑身酒气，地上碎了几只盘子杯子。问了半天，父亲才告诉他，那个集资的公司，也就是他很信任的那个老同事的儿子当副总经理的公司，老板跑路了。陈远林也呆了，傻乎乎地问："那你的十万块钱呢？拿回来没？"

还没说完，他就知道自己的话很蠢。要是拿回来了，父亲还会在家里发脾气？母亲说：不仅陈远林的父亲上了当受了骗，其他的受害者还有好几百人，好多都是农场老员工，都是通过老同事、老朋友、老邻居、老同学的关系进去的。

听说最多的一个，投进去两百多万。既然集资公司老板跑了路，这些人就打算明天到区政府去上访。

母亲说："林仔，你爸怕给你带来不好的影响，不愿意去上访。可这十万块，他只拿了三个月的利息，才几千块，至少要亏九万多。"

陈远林心里很不是滋味儿："早就给你们说过，不要去贪图小便宜，里面有的是陷阱，你们偏不信。算了，再说这些也没用了。你就是把家里的杯子盘子全部扔了，也没有一丁点儿用。"

灯下，陈远林看着母亲吃力地弯下腰，半跪在地上，小心地捡杯子盘子的碎片。灯光太暗，或者还要加上母亲已经老眼昏花。尽管她十分小心，还是被玻璃划破了手，陈远林手忙脚乱地找来创可贴为母亲包扎。他看到，深红色的血已经一滴一滴地滴到了地上。灯光投下来，照射到几片碎玻璃上，竟反射出一些怪异的光。

陈远林走时，把父亲手里的酒杯夺过去，手一扬，一杯酒泼到地上，说："你千万不能跟着他们去上访。也不要在家里发脾气。我给你想办法。你要不听，我就没办法了。"

父亲惊喜地站起来，竟用一种讨好的口吻说："林仔，我就知道你有办法。"

三天里，父亲打了三次电话来问怎么样。陈远林只好说："你不要担心，也千万不要告诉别人。我已经有办法了。"

他的办法就是从他和林如凤小家的存款里取了八万块钱。他本来想取十万，想了想，决定还是要给父亲一个教训。不然，他以后还会干出相同的蠢事来。晚上，他带着八万块钱回到父母家。就像每一次饭点前后回家一样，父亲总是坐在桌前喝酒。以往，父亲见他回来，至多点个头，问一声吃饭没，要不要过来喝一口。这次却从椅子上一跃而起，热情地接过陈远林手里的口袋。父亲迥异于常的表现让陈远林又好气又好笑。父亲说："林仔，来，喝一杯。"

陈远林吩咐母亲把院门关上。然后，他把口袋里的八万块钱取出来，严肃地对父母说："这个事情，只能我们三个人知道，你们要是说出去，我就彻底完了。你们要是不想看到我犯错误被开除，就管好你们的嘴巴。"

父母相视一眼，争先恐后地点头："我们又不是小孩，不会乱说的。"

"这是八万块钱。我费了九牛二虎之力，托了不少关系，人家才肯返还这些。"

"那另外两万呢？"父亲问。

"另外两万，你不是进了三个月利息吗？另外也只有一万多。就当你交学费了吧。"

父亲略有些失望，母亲却如释重负："还是我们林仔有办法，能拿回八万已经不错了，那一万多，就当生病吃药了。"

临走，陈远林又叮嘱他们，千万不能告诉别人。

父亲问："那他们又来约我去上访呢？"

"不去，无论如何不去。"


# 3


从小家账上取出八万块钱给父亲，冒充是从集资公司退回来的钱，这事，陈远林原本是要和林如凤商量的。林如凤不是一个对金钱看得太重的人。以往，对陈远林拿钱给他的父母或是资助他姐姐，林如凤有时候也会说几句，但总的来说，也还通情达理。

不巧的是，那段时间林如凤被派到省城学习半个月，陈远林想在电话里说，偏偏几次通话，不是她那边有外人在，就是他这边有外人在，不方便。他想，那就先斩后奏吧。

林如凤回家后，小别胜新婚，两人一番恩爱，陈远林就把这事的前前后后都讲给林如凤听了。没想到，林如凤的反应却出乎陈远林的预料。

林如凤皱着眉说："我们都是工薪族，八万块也不是个小数字。更重要的是，如果我们调到广州，还得重新买房子，你看家里这账上才有几个钱？难道又去找我爸要首付？你开得了这个口我还开不了这个口呢。"

陈远林听她这么一说，心里也有点气："我啥时说过要找你爸要首付了，再说，调广州这事，八字还没一撇呢。"

林如凤声音开始大了："八万块钱，你也不和我商量一下就拿出去了，你还有理了？"

陈远林一想，确实自己做得不对，就赔着笑说："如凤，他是我爸，我也不能看着他天天在家里摔桌子打碗啊。我还得考虑我妈的感受对不对？"

"那你就不考虑我的感受？"

"我错了，下不为例好吗？"

总之，出了这事后，那几天，两人就有些疙疙瘩瘩的。所以，原本一双鞋也不是什么大不了的事，放在平时，最多问一句就是了，林如凤却有意小题大做，和陈远林又吵了起来。

陈远林明白，这还是八万块钱的心结没了。他不想和林如凤吵，便装傻，一个劲儿地承认错误，把自己的错误说得越来越夸张。林如凤原本冷着的脸，终于被他说得笑了，拍了他几巴掌："你这个活宝。你要是真的知道错了，就拿出实际行动来改正。"

陈远林忙说："好好好，只要你肯赦免我，让我干什么都行。"

"你别想歪了。我还没吃晚饭呢。"

"那，这样吧，"陈远林知道林如凤特别喜欢吃炒田螺，尤其是小区门口那一家，最对她的胃口，"我陪你到小区门口吃炒田螺，一人喝一瓶啤酒如何？"

林如凤却不想出门："我不想再换衣服了。"

"那就点外卖吧。"说着，陈远林就掏出手机点了炒田螺、啤酒，以及两个冷菜。半个小时后，刚才还在吵架的两口子，已经恩恩爱爱地坐在餐厅里喝酒了。陈远林用牙签帮林如凤掏田螺。林如凤笑着说："人家说，无事献殷勤，非奸即盗。"

陈远林也笑着说："我不盗你。我只奸你。"

林如凤伸手在陈远林腿上掐了一把："少来这一套。"

陈远林继续涎着脸："那你要哪一套？杜蕾丝还是杰士邦？"

两口子正在调笑，这时却响起了不知趣的敲门声。"谁呢？这么晚了，还来敲门。"陈远林边说，边起身去开门。

"可能是物管吧。"林如凤头也没抬，继续吃田螺。

陈远林打开门，不是物管，是一个穿戴一新的年轻女子。楼道灯光昏暗，又背着屋子里的光，陈远林一时没认出是谁，便说："你敲错门了吧？"

年轻女子就是梁娟。

梁娟身上散发出一股酒味儿。刚才，就在陈远林叫外卖的那家炒田螺小店，她一个人喝了半瓶白酒。如果陈远林和林如凤也到店里去吃的话，他们就会在店里碰到的。

梁娟说："我明天办婚礼。我要结婚了。"

陈远林这时才认出是梁娟，忙说："梁娟，是你。你要结婚了？祝贺祝贺。"他以为梁娟是来通知他参加婚礼的，又说，"你打个电话就行了，不必亲自跑一趟。"

林如凤在客厅里大声问："远林，谁啊，你让人家进来吧。"

"哦，对，请进，请进。"

梁娟却不进来。她说："我只想当面问你一句话。"

"什么话？"

"事到如今，我真的必须找个人把自己嫁了吗？要不，我是不是真的就没有人要了？"

陈远林表情尴尬，好在灯光昏暗，也没第二个人看到。他一副牙痛似的表情："你看，你这大喜日子，我明天局里有会，我会让我爸我妈来喝喜酒的，他们是看着你长大的。"

陈远林说话的声音很大，他是有意让林如凤听到。

梁娟冷冷地看着他，不说话。

终于，她又开口了："你不要紧张，我不是来纠缠你的。我只想问你，如果现在不结婚，是不是真的就没人要我了？"

陈远林有些恼怒，却又不便发火。好在，梁娟说完，也不等他回答，扭头走了。

林如凤已经走到了陈远林背后："是梁娟？怎么不进来？"

陈远林关上门："她明天结婚，请我们去喝喜酒。"


# 4


很长时间里，梁娟一家都是云海村，或者说北山农场五分场的一大笑柄。

说来话长。

和陈远林、张海峰这些在北山生活了好几代的土著不同，梁娟一家到北山只有三十多年。甚至，他们到中国定居，同样也只有三十多年。

梁家原本是越南华侨。梁娟记得，父亲曾经告诉过她，他们祖上，大概是她的高祖那一代，还是广西钦州的农民。那时候，钦州出了个了不起的人物，叫刘永福。刘永福是黑旗军的首领；而黑旗军呢，又是接受太平天国领导的。太平天国失败后，清军腾出手来收拾黑旗军，黑旗军打不过，只好一步步向南退到了越南。梁娟的高祖就是刘永福手下的士兵，也跟着刘永福来到了越南。后来，黑旗军东山再起，并接受清政府招安，帮助清政府抗击法军。但是，梁娟的高祖却没有随刘永福大军再回广西，而是留在了越南，娶了一个越南姑娘，从此在越南繁衍生息。

梁娟的父亲向梁娟讲起家族历史时，满面自豪与激动，就连平时常有的结巴也不见了。他说，他们梁家，在越南，也曾经是大户人家。那时候，越南是法国殖民地，是法国在远东地区最重要的基地。他们梁家所在的海防，是越南的大港口，街上到处都是法国人开的商号。他们梁家的曾祖，能写会算，会讲汉语，又会讲法语和越语，被海防最大的一家法国商号聘为买办，管理好几十号人的团队。商号既负责把越南所产的咖啡、蔗糖和中国的丝绸、瓷器运往法国及欧洲；也把法国和欧洲特产的洋布、洋油等商品运往越南。梁家虽然不是商号老板，但法国老板给了梁家丰厚的待遇，甚至到了后来，还给了一点股份。

"既然曾祖和祖父他们这么风光，你怎么成了农民呢？"小时，梁娟好奇地问父亲。

父亲有些尴尬。

母亲没好气地说："你祖父那个大烟鬼，吃喝嫖赌样样精通，再大的家业也禁不住他几十年胡乱折腾。"

父亲忙说："也不全怪他，要是法国人不走，说不定要好些。"

父亲矮，瘦，黑，是典型的广西人长相，母亲却不仅有一头自然卷曲的头发，而且鼻梁高挺，眼眶较深，依稀能看出欧洲人的遗传。梁娟长得十分像母亲，小时候，班里的同学都叫她法国人。

梁娟问过母亲，为什么她长得像外国人。母亲说："我奶奶就是法国人和越南人的混血儿，我爷爷呢，他倒是地地道道从广西过去的中国人。"

以后，梁娟长大了，才渐渐弄清楚里面的渊源。

梁娟的爷爷和外公是哥们儿，且在同一家法国商号做事，年轻时将两家的孩子指腹为婚。后来，梁娟的爷爷把偌大一个家败光了，梁娟的外婆想悔婚，梁娟的外公却死活不同意，认为做人不能太势利。这样，梁娟的母亲就下嫁给了已经穷得住在两间破茅屋里的梁娟的父亲。

因为这个原因，再加上父亲其貌不扬，母亲却是远近闻名的混血美人，自打结婚后，父亲就在母亲面前抬不起头。或者说，一辈子也没抬起过头。

梁娟的父亲和母亲结婚前，梁家已经从海防城里搬到附近的太瑞县乡下，在那里种十来亩稻田，艰难地过日子。俗话说，嫁鸡随鸡，嫁狗随狗，嫁个羊儿满山走。梁娟的母亲尽管十二分不情愿，可也只得在梁娟外公的护送下，从城里来到乡村，开始另一种迥然不同的生活。

就在梁娟的母亲挺着大肚子时，越南发生了排华事件。

总而言之，四个月后，当梁娟一家人被中国政府接收安置到北山农场五分场时，刚在新分到的泥坯房里住下来才两天，梁娟出生了。

据说，梁娟是归侨里出生的第一个孩子。

# 5

在越南时，梁家在梁娟的祖父手里走向了末路，但梁娟的父亲少年时还算过了一段短暂的少爷日子。到了青年时，家里彻底没钱了，祖父被人逼债，一气之下，吐血而亡。梁娟的父亲穷途末路，只得租了些水田，学习做农民。对于农活，他本是半路出家，根本不趁手。至于梁娟的母亲，在娘家从未干过农活，完全帮不上忙。

更要命的是，到了北山后，梁娟父亲原本大体还能凑合的农活，这时也派不上用场。

因为北山农场不种水稻，而是以果树、畜牧以及加工为主业。以五分场来说，最主要的工作是养奶牛。

梁娟父母对奶牛可谓一无所知。到北山之前，他们当然也见过牛，但多是黄牛。且也只是远远地见过，并没有任何接触。梁父胆小，他对这种身材结实且有着双角的庞然大物充满恐惧，就像他小时候被邻居家的狗咬过一次，从那以后，直到成年，哪怕看到一条小狗也要小心翼翼地绕道而行一样。

梁母稍好一些。她听她父亲讲过，她刚生下来还没满月，母亲——也就是梁娟的外婆，就生了大病，没有母乳。梁父就托法国朋友搞来奶粉，用奶粉把她养大。说起来，奶牛对她简直有养育之恩。

北山农场五分场三百余户人家，养了好几百头奶牛。牛舍在荔枝林尽头的一片浅丘上，整齐地排成几十行。那时候，农场还不像后来实行公司化运作，而是把奶牛分配到农场员工家庭，由各个家庭养殖，再由农场统一收奶，卖给农场的乳制品公司或是外销。至于农场工人的工资，也与产奶量挂钩。

因为对养奶牛一窍不通，梁家闹了不少笑话，一时间在云海被人作为茶余饭后的谈资。

梁家分到四头牛。梁父和梁母以为，凡是奶牛都可以挤奶。那天，当他们两口子提着奶桶，在牛棚里给一头只有十五个月的青年牛挤奶时，却发现无论如何挤，也挤不出一滴奶，而原本温顺的奶牛竟烦躁不安。恰好，这一幕被邻居王二姨看到了。王二姨笑得前仰后合，她说："你就是把奶给它挤烂，也不可能挤得出牛奶。"

"为什么？"梁父傻乎乎地问。

王二姨说："你这样做，是要黄花大闺女生孩子啊。"

到此，两口子才明白，原来奶牛不是一年四季都可以挤奶的，也不是所有奶牛都可以挤奶的。必须是处于成年牛时期且怀孕产了仔的奶牛，还得在泌乳期才能挤奶。

再比如，奶牛容易生病，一旦生病，就会影响产奶。为了不让它生病或是少生病，保证卫生就非常重要。卫生中有一项工作就是刷拭牛体。也就是每天必须用一种特制的毛刷给奶牛刷身体。这样既能清除奶牛身上的污垢和尘土，还能让奶牛精神愉悦，性情温顺。

但是，梁父却害怕走近这些白色身体上长着黑花的生灵，尽管奶牛不像水牛那样，大眼圆睁，牛角又尖又硬。他还是怕，他胆战心惊地捏着毛刷，弯着身子挥动刷子。同时还得提防奶牛，生怕奶牛一不高兴，突然踢他一脚。有一天，他给一头奶牛刷拭时，奶牛的尾巴甩过来，正好打在他脸上，他吓得大喊大叫，又招来了王二姨和更多的邻居。大家像看把戏一样站在他家的牛棚前，指指点点，嘻嘻哈哈。

梁母很生气，她一把从梁父手里夺过毛刷，自顾刷了起来。梁母不仅五官长得像欧洲人，身材也高大如欧洲人。当她挥动刷子时，她的屁股微微拱着，丰满的胸脯有节奏地上下抖动。围观的人群里，几个男人目不转睛地盯着她。终于，一个老光棍嘴里像含了一块糖，用模糊的声调低声说："养什么奶牛啊，我看她就是一头好奶牛。"男人们一齐发出快乐而暧昧的大笑。

梁母虽然没听清楚，但也从笑声中听出了些名堂，她抬起头，恨恨地朝外面瞪了一眼。这时，一个四十来岁的男人分开人群，挤了进来，围观的人一看是他，都让出一条路。

原来是五分场的钟副场长。

钟副场长大声说：“看什么看，有什么好看的？老梁家没养过奶牛，人家这不从头学起吗？你们不去帮个忙倒也罢了，还在这儿看笑话。走开走开，都走开。”

人群慢慢散了。

梁父正在清扫牛棚，放下手里的扫把，充满感激地喊了一声：“钟场长。”

钟场长大手一挥：“小梁，你忙。”

又走到站在奶牛跟前的梁母身边说：“小文，来，我教你。”

梁娟的母亲姓文，名叫文心雨。

从那以后，隔三岔五，钟副场长就要来梁家牛棚，指点两口子如何养牛。不过，令文心雨很不快的是，每一次，钟副场长总是有意无意地摸摸她的手，拍拍她的肩。因为弄不清楚钟副场长到底是有意还是无意，文心雨也不好发作。终于有一天，钟副场长看看牛棚里左右无人，突然伸手在她屁股上捏了一把，她才觉得事情严重了。

文心雨想把这事给梁父说，可看看梁父矮小的个子和唯唯诺诺的模样，她心里叹了口气，话到嘴边又硬生生地咽了下去。

十多天后的一个下午，梁父和场里的另外一些工人被派到东平镇去搬运喂奶牛的饲料。文心雨在家忙完家务，坐在床边，逗着一岁多的梁娟。梁娟还只会喊爸爸妈妈，爱笑，笑起来脸上就有两个深深的酒窝，和文心雨小时候一模一样。

就在这时，钟副场长突然来了。钟副场长东拉西扯地说了几句话，心神不定地把手伸到文心雨腰上，文心雨瞬间就明白，梁父是被钟副场长有意安排去运饲料的。以往，他都没去过。她同时也明白，预想过的事情终于要发生了。

钟副场长见文心雨没有反抗，于是把手伸到她的胸部，同时把嘴也凑了过来。文心雨闻到一股发酵后的牛粪味儿。钟副场长兴奋得语无伦次：“小文，小文，你和我好，我绝对不会亏待你。真的，我发誓。我老婆死了三年了，我想你，想得睡不着。”

文心雨对钟副场长抛了个媚眼：“你先脱衣服吧，我去洗一洗。”说着，她轻轻拿开钟副场长压在她胸脯上的手，往厨房走去。

等她再次走进卧室时，她看到钟副场长赤身裸体地站在床头，而坐在床上的梁娟，好奇地冲着钟副场长傻笑。

钟副场长急不可耐，又要过来抱文心雨。文心雨把手指放在嘴边，嘘了一声，示意他小声："你别动，先上床，我去把门关上。"

等钟副场长上了床，文心雨突然抱起他放在椅子上的衣服，向门外急步跑去，一边跑，一边大声喊："大家快来啊，钟场长要流氓啊。"

钟副场长愣了足有五秒才反应过来，他又惊又怒，从床上跳下来，往门外去追梁母，跑到大门口，才想起自己光着身子。他只好又退回去。床上的梁娟一边摇着小鼓，一边口齿不清地喊："爸爸，妈妈，爸爸，妈妈。"

怒不可遏的钟副长场骂道："叫，叫你妈的×。"一耳光打在梁娟脸上。梁娟一下子昏了过去。

这件事轰动了整个北山农场，就连农场所在的大半个宝安县——那时还没有后来才成立的特区，当然更没有北山区——也闹得满城风雨。其结果有两个：

其一，钟副场长被撤销副场长职务，开除党籍。据说一个领导在看了关于钟副场长的材料后，极为生气地拍了桌子，说："这不是我们共产党的场长，这是国民党的场长。"

钟副场长被撤职后，派到五分场最边远的地方守鱼塘。守了不到一个月，便疯了。后来几经治疗，既没治好，也不是完全没效果。总之，他时疯时不疯。不疯时，说话做事都像正常人；疯了时，就地地道道一个精神病。鉴于此，农场只好让他退休，每个月领几百元退休工资度日。他儿子嫌他丢人，也不怎么管他，他便整日在云海村里四处游荡。有时，他会突然对着一棵树或是一丛芭蕉或是一只垃圾桶一条狗一只鸡，喃喃自语地说："我一直以为她是你情我愿，谁知道她把我的衣服全抱走了。连内裤都没留。谁知道？你知道？"

多年以后，正是这个前钟副场长、后来的钟疯子第一个发现了灾难的蛛丝马迹。可惜，没有任何人会听一个疯子的话。他说的每一句话，都被当作失心疯，人们只是一笑了之，甚至连一笑都觉得多余。

其二，尽管还有不少人像钟副场长那样，对文心雨垂涎已久，可从那以后，也只好自行断了念想。"那娘们儿，太狠了，稍不小心就搞得你身败名裂。"私底下，男人们这样议论她。

最感动最自豪的是梁父，他黑瘦的脸膛似乎也因老婆的忠贞而熠熠生辉。那天晚上，他把家里唯一一只下蛋的母鸡宰了，炖了一锅汤。晚饭时，他把鸡肉几乎全捞到文心雨碗里。文心雨说："我牙不好，啃不了这么多。"梁父就赔着笑脸说："你把肉多的地方啃了，剩下来的，我再啃一遍。"

文心雨瞪了梁父一眼："你不嫌恶心？"

梁父继续赔着笑脸："相当于你是粗加工，我来深加工。"


# 6


意外的是，梁娟上初中时，梁母，或者说文心雨，到底还是红杏出墙了。虽然大家都意外，但细一想，也还是有因可查的。

那时，原本由农场职工以家庭为单位养的奶牛全收了回去，由农场下属的乳品公司经营管理，梁娟的父母被重新分到果园。

北山地处南方，距苏东坡流放的惠州只有几十公里路途。苏东坡就是在惠州写诗对荔枝大加赞美："日啖荔枝三百颗，不辞长作岭南人。"与惠州相比，北山的荔枝有过之而无不及，几十公里的农场，分布着不少荔枝园。五分场就有一片，面积足有几千亩。

表面看，果园似乎不像养奶牛那样，需要每天忙碌，其实工作也极为琐碎艰辛。其中，除了采摘外，最重要的就是一年反复多次的施肥、打药以及环割。

荔枝花谢后开始坐果，这时就会有三到四次落果。每次落果前几天，必须施肥，才能提高挂果率。到了挂果期，每过十来天，又得对荔枝施肥。当然，其间还穿插着打药灭虫。总而言之，一年的施肥和打药，大概要进行十多次。此外，对有些荔枝树，还得在它谢花后，用一种叫环割刀的刀，在荔枝主枝上环割一圈，这样可以起到保果壮果的作用。

一年下来，每一株荔树下，总得有十多次无微不至的照顾。几千亩荔树园，荔枝一株接一株，每一株一年十几次，那工作量算下来，便是海量。不仅量大，而且工作时，全在茂密的林子里。春天稍好，漫长的夏天，林子里闷热不说，还蚊蝇飞舞，叮得人一身是包。

只干了一年，文心雨便说什么也要离开果园。

可是，离开果园又去哪里呢？

一天下午，文心雨从果园回家时，在云海村外的乡村公路上，发现一辆蓝色的奥拓横在路边水沟里，车窗大开，只有驾驶座上歪着一个浑身酒气的男人，脑门大概是在汽车挡风玻璃上撞了一下，玻璃有一圈细细的裂纹，那男人的脑门上鼓起一个包，一只手也不知被什么东西划了一下，老大一条伤口还在滴血。

那人便是张海峰的父亲张原山。那时，张原山已经从农场出来做生意，开了一家贸易公司，天天不是他请人家，就是人家请他，喝了酒，就开着奥拓从城里回云海。谁知那天可能是多喝了几口，一恍惚，车便开进了水沟，人也受了伤。

同在云海村，文心雨和张原山并不认识，最多有点面熟。文心雨蹲下身去喊张原山，根本喊不醒。文心雨害怕地伸出手在他鼻孔下试了下，还好，有呼吸。她四周看看，正是炎热的中午，一个人也没有。她只好快步跑到前面的小卖部，那里有一些人在乘凉。

两天后，头上和手上还缠着绷带的张原山在村里到处乱走，他想找那天帮过自己的那个漂亮女人。那时，他还不知道她叫文心雨。非常巧的是，一天傍晚，他们在村头那口池塘前的榕树下碰见了。并且，彼此都认出了对方。

文心雨问他："你怎么喝那么多？家里有喜事吗？"

张原山笑着说："喝酒就是我的工作。"

文心雨好奇地问："你这是什么工作？"

张原山就不无卖弄地给她讲，自己如何从农场跳出来，把公职也辞了，现在个人当老板，开贸易公司。那时是九十年代初，敢把铁饭碗炒掉自谋出路的，虽然不是绝无仅有，但也绝对不多，尤其是在农场这种相对很封闭很传统的单位里。这时，文心雨恍然大悟，她说：“原来是你，你原来是四分场的吧？我听说过你，你前两年就辞职了，当时大家都说，搞不好，过两年，你就会哭着求场长让你回来呢。”

张原山得意地说：“那你看我会回去求他们吗？”

半个月后，文心雨到张原山的贸易公司上班，张原山任命她为办公室主任。尽管整个公司只有四个人，一个是张原山，一个是文心雨，还有两个呢，一个是前台小妹，一个是张原山的外甥，高中毕业后没考上大学，也跟着舅舅做生意。

文心雨到张原山的贸易公司之前，张原山去了一趟文心雨家。他是来感谢文心雨的。他不无夸张地和文心雨的丈夫，也就是梁娟的父亲攀谈。那时候，四十出头的梁父看上去足有五十多，和气得没有半点脾气，就连梁娟班上的男生，也当面大大咧咧地叫他老梁，他照样乐呵呵地答应。

“老梁啊，你不晓得，要不是你们家小文仗义，我可能就出大事了。”张原山给老梁送了两瓶好酒，老梁很激动，他这一辈子，从来都是他给别人送礼，别人给他送礼，这还是第一次呢。文心雨下厨张罗了两个菜，两个人虽是初识，却像半辈子的老哥们儿那样，坐在桌前吃喝得很是热烈。

那时候，文心雨最大的愿望或者说梦想，就是不再在农场果园里侍弄那片令她发愁的荔枝林。认识张原山，让她觉得似乎有了一线希望。趁着张原山上厕所的机会，她把丈夫拉进卧室，要他给张原山提提，看能否到他公司去。

老梁很犹豫，一是觉得才认识就提要求，好像有点不大好；二是张原山那贸易公司，虽然听说做得很好，可到底不是铁饭碗，万一今后做垮了怎么办？

文心雨却铁了心要抓住这机会，她说：“到哪个山头再唱哪个山头的歌，天天钻荔枝林，我受够了。你到底说不说？”

老梁的惧内全场闻名，文心雨既然如此指示，他也就只好吞吞吐吐地把意思向张原山说了。

哪知张原山非常爽快地答应了：“我公司虽然小，可现在正是快速发展期，小文也很能干，是个人才。下周，不，明天就可以来上班，就做个办公室主任吧。工资先按一个月一千如何？”

张原山的话让文心雨两口子都吃了一惊，他们当时的月工资，两个人加起来也只有六百多块。

老梁甚至担心，张原山是喝了酒说酒话，张原山像是看穿了他的担心："我没喝醉，我酒量大得很，一个人可以喝一瓶。你放心，我说话算话，明天来还是下周来，我都欢迎。"

就这样，文心雨很快在场里办了停薪留职手续。她总算留了个后手，万一出去混不走，还有机会再转来。不过，这个后手其实是做给老梁看的，文心雨的想法是，只要离开荔枝林，就永远不要再回来。

贸易公司的饭局果然多，前台小妹不会喝酒，张原山的外甥也不会喝酒，每次应酬，张原山就带上文心雨。文心雨长得漂亮不说，酒量也不错，在酒局上为张原山挣得不少面子。

文心雨到张原山公司不到一个月，张原山开车，载着文心雨去东莞谈一笔业务。谈完业务，又是一顿大酒，两人都喝得面红耳赤。返程时，天已快黑了，他们走错了路，不小心绕进了一大片荔枝林。张原山把车停在林子里，下车去小便。小便回来，发现文心雨歪在副驾上睡着了，张原山站在车旁愣了一分钟，然后轻手轻脚上了车，把手伸向文心雨裸露的大腿。文心雨醒过来，下意识地把张原山的手推开。但张原山的手再次固执地伸过来。文心雨犹豫了一下，终于不再推。

当他们离开的时候，夜色已深，酒也醒了大半，两个人谁也没说话。车子徐徐向前，文心雨侧头看去，一轮昏黄的月亮照着一大片黑漆漆的荔枝林。她希望自己有一些负罪感，那样也算对得起老梁，可是，居然一点也没有。

7

陪伴梁娟少女时代的，总是永无休止的争吵。

每当她从学校回到家，一般而言，母亲文心雨总是不在家，而父亲老梁，总是坐在昏黄的灯光下，一个人苦着脸喝闷酒。要等到很晚，母亲才回来。如同父亲一样，她也浑身散发出酒气。唯一不同的是，酒气中还有浓烈的香水味儿。

之后，便是争吵，父亲和母亲的争吵。先前，梁娟不明白他们为什么争吵，后来，她终于听懂了。原来，母亲在外面有人，有情人。她很好奇母亲的情人是谁，又过了段时间，才知道原来就是长年西装革履拎个公文包的张原山。

老实说，梁娟对张原山的印象挺好，每年春节，他总要给梁娟封一个大红包。偶尔在路上碰到，也总是笑眯眯地问长问短，还夸她长得漂亮，跟她妈一个样。反过来看自己的父亲，那个男同学们当面喊他老梁他都不生气的人，活脱脱就是一个潦倒的小老头，除了在农场干活，侍弄那些荔枝树，就余下了一个喝闷酒的爱好。如果那也算是爱好的话。

知道这个秘密后，梁娟甚至在心底生出一种淡淡的遗憾，当然，这遗憾只是转瞬即逝：她想，如果张原山是自己的父亲就好了。

梁娟曾经偷偷把母亲的香水喷了些在衣服上，到了学校，却被语文老师闻出来，把她喊到办公室去批评。语文老师的丈夫是某国有大型企业驻香港的处长，家境很富有。在被她批评时，梁娟才知道，原来母亲用的香水，竟然要好几百一瓶。母亲虽然工资一千多，但她显然不可能买这么贵的香水，这香水，只可能是张原山给她买的。

梁娟对母亲的行为，既有些同情，又有些鄙夷。同情是哪怕从她的角度出发，她也觉得父亲和母亲不般配，母亲就是一朵鲜花，插到了父亲这堆牛粪上。鄙夷是她觉得，母亲可能并不是真的爱张原山，而是爱人家的钱和社会地位。那时候，情窦初开的梁娟相信，世界上一定有一种最纯洁的爱情，与金钱无关，与地位无关，只与感情有关。

初中生梁娟，爱上了高中生陈远林。许多年以后，梁娟还会偶尔回想起自己的少女时代。那是白衣飘飘的二十世纪九十年代，热爱跳舞的梁娟是校文艺队队员，陈远林也是。那年五四青年节，学校决定举办一场文艺晚会。陈远林表演吉他弹唱《恋曲1990》，梁娟和另外几个队员伴舞，张海峰也是伴舞之一。

每天下午放学后，队员们就在教学楼顶上排练。陈远林斜背着吉他站在话筒前边弹边唱，梁娟等人在后面跳舞。

梁娟是在一瞬之间爱上陈远林的，那也是她人生之中的情窦初开。梁娟记得，那个下午，她比往常早去了楼顶五分钟。原以为还没有人来，谁知，刚推开通往楼顶的门，她看到，楼顶上背对着自己，站着一个人。天色向晚，五月的夕阳像烧沸了的水一样泼得到处一片光亮。那个人斜背着一把枣红色的吉他，微风吹拂，他有些长了的头发被风微微牵动。当他回过头时，夕阳落到他的脸上，像是一幅古老油画的局部。

那人正是陈远林。

陈远林听到背后的脚步声，缓缓转过头来，对梁娟微微一笑，露出白白的牙齿，如同从淡黄色夕阳里浮出来的。梁娟有些呆了。

说实话，陈远林虽不丑，却也算不上有多帅，甚至还不如高大的张海峰。不过，说不清为什么，梁娟一下子就爱上了满身夕阳的陈远林。他的微笑，他的黑发，他的洁白的牙齿，他的那时候还显得单薄清瘦的身子，都让梁娟有一种莫名的温暖和诗意。

那天的排练，梁娟老是出错，一连几次踩了和她一组的张海峰的脚，惹得张海峰很不高兴："你怎么啦？老是踩我脚？"

五四青年节那天晚上，文艺晚会如期举行。子弟中学宽阔的操场上，黑压压地坐满了人。当陈远林用略带沙哑的嗓子，就着清亮的吉他声唱起"乌溜溜的黑眼珠和你的笑脸，怎么也难忘记你，容颜的转变"时，梁娟和其他三个同学在后面伴舞。音乐声如同那天傍晚的夕阳，汹涌地奔上梁娟的内心，她忘我地跳着。她突然产生了一个念头：她就是那个服下了巫婆的药之后，鱼尾变成双腿的海的女儿，为了给心上人跳舞，每一次跳动都像踩在刀尖上。她为自己这个念头感动得双眼迷蒙。这一细节让离她最近的张海峰发现了，张海峰很奇怪，趁背对台下时悄声问："你怎么啦？"

梁娟没吭声。她听到台下发出热烈的掌声。她还想继续跳下去，可音乐已经停止了，她也必须停下来。带着难以言说的遗憾，她只得随着音乐的结束停止跳动。

五四晚会一过，文艺队就解散了。梁娟时常一个人走到楼顶，楼顶空无一人。依旧有五月的夕阳，跳动着金黄的波浪。她站在陈远林站立过的地方，仿佛空气中还残留着他的微笑，他的气味。也不知呆立了多久，天色渐渐暗下来了。暗下来的夜色吸引了众多的蛾子和一些蝙蝠，它们在空中无声无息地飞来飞去，像是一个古怪的梦的布景。

　　三天后，陈远林在书桌里发现了一封信，或者说情书。梁娟写的。陈远林匆匆看完，吓了一大跳，做贼心虚地朝四周看看，没有人注意到他。那时距上晚自习还有十多分钟，与他同桌的张海峰还没来。

　　对梁娟，陈远林没有太多好感，但也不讨厌。怎么说呢，就是一个平常的路人甲吧。她不是陈远林喜欢的那种类型，陈远林喜欢的是比较古典的女子，而梁娟的打扮和气质，显得比较潮，一个十几岁的中学生，偏要把自己弄得一身风尘气。当然，更重要的是，此时距高考已经只有两个月了，陈远林必须考个好成绩，这样才能上大学，才能像他想象过一百次一千次的那样，离开北山，离开令他气闷的家。他既没精力、也没兴趣谈恋爱。

　　他先是想给梁娟回一封信，结果，班主任赖老师找他，让他去办公室，陈远林顺手把梁娟的信夹进语文书里，出了教室。

　　等他和赖老师谈完事回到教室门前的小操场上，发现一大群人正在打打闹闹，见了他，都一齐起哄，怪腔怪调地对着他嚷："林，我永远忘不了那个美丽的黄昏，夕阳照在你的脸上……"

　　陈远林脑袋里"嗡"的一声。这是梁娟写给他的情书中的内容。他挤进去，看见张海峰手里挥动着梁娟的情书，兴奋得满面通红。

　　农场子弟中学的教室围成了一个品字形，高三与初三中间，只隔着一个小操场，不仅高三的学生在起哄，初三的学生也在起哄。梁娟脸色煞白，哭着朝校门跑去。

　　陈远林一把从张海峰手里夺过情书，表情愤怒："张海峰，你怎么这样无聊？"

　　张海峰不以为意地说："林仔，不就开个玩笑吗，有什么大不了的。"

陈远林说："这样的玩笑，还是少开为好。"

张海峰说："你怎么重色轻友？"

陈远林面色铁青，一声不吭地回了教室。

陈远林以为，梁娟可能还会来找他。但没有。一直到高考，到他进大学，都没有。这让他既暗暗松了口气，又隐隐有些失落。

没想到的是，大三时，梁娟来找他了。那时，陈远林已经和林如凤恋爱了。

陈远林在学校的小食堂请梁娟吃饭。事前，他老老实实地把从前的事给林如凤讲了一遍，并请林如凤一起吃饭。林如凤说："我才不去当灯泡呢。"看看陈远林有些急，又说，"我相信你。"

陈远林知道梁娟没考上大学，问她有何打算，梁娟说："能怎么办呢？只有先在农场上班，以后再说吧。"

吃了饭，陈远林又给梁娟买好了回北山的车票。分手后，走出去好几步，梁娟突然在后面喊他："林仔。"

陈远林回过头去，微笑着看着梁娟。梁娟毫无征兆地哭了起来。

以后，陈远林听说，梁娟进了农场，分配在养猪场。他有时候也想，梁娟那么讲究，那么时尚的一个女孩，天天和一群臭烘烘的猪打交道，这是不是也太委屈了点？

几年前，陈远林和林如凤结婚，陈远林原本没有请梁娟，梁娟却来了。婚宴上，梁娟竟喝得有几分醉意。她拉着陈远林的手，一定要请陈远林唱歌，她说："你唱，我给你伴舞。"陈远林有几分尴尬地望着林如凤，林如凤笑着说："那你就唱啊。"陈远林说："你怎么也跟着起哄啊。"伴娘好说歹说，梁娟总算不再纠缠了，一个人坐在角落里，一杯接一杯地喝。婚宴结束时，她已经趴在了桌子上，桌下，吐了一大堆。

那时，村子里流传着不少关于梁娟的闲话。她处了好几个男朋友，总是高不成低不就，一晃就二十好几了，还单身。也难怪，一个漂亮女子，性子有点直，还单身，闲话不多才怪呢。

# 8

梁娟决定嫁给刘麻子之前，独自去了一趟越南。去越南的目的，除了她的父母知道真相外，其他人都以为她去旅游。刘麻子还提出和她一起去，并讨好地说："我听说越南玉石好，我给你买几块玉石。"梁娟坚决地拒绝了。她不想让任何人知道她的真实动机，包括父母。当然，他们后来还是知道了，但这并非梁娟的初衷。

事情的起因，得从邻居间的一场争吵说起。梁娟家的左邻姓左，是一个脾气火爆的中年妇女。还在梁娟上初中时，她就因一点琐事和梁娟的妈吵过架，从那以后，每次路上碰到，总要恶狠狠地吐一泡口水。十多年过去了，可能当年为什么吵架双方都已经忘了，但左大妈对梁娟妈的各种仇视与鄙夷却一如既往，甚至变本加厉。因为，梁娟妈长得漂亮，而她却又胖又矮，像一只充了气的皮球。其实，据梁娟父亲讲，左大姐和他们家早在越南时就是邻居，按理，应该互相照顾才是，哪知道却弄成这副鬼样子。

那天，梁娟回家，走到离家门还有几十米远的地方，又听到母亲在和左大姐吵架。左大姐的声音又粗又高，像一门钢炮；与此相比，母亲的声音细小而温婉，不像在吵架，倒像在无力地辩解。

左大姐看到梁娟，更加激发了斗志，她指着梁娟的母亲大声说："文心雨，你当姑娘时就不正经，就偷汉子，你以为我不知道，我在隔壁，你做的事我都听得清清楚楚。你说你们家老梁，明明是广西人，可你们梁娟，为什么长得像外国人？你以为我不知道，你和那个法国佬的事情？你把我惹急了，我把你的底全兜出来。那个法国佬叫阿德里安是不是？海防城里有名的花花公子，你看人家做咖啡生意，有钱，就给人家贴上了，谁知道人家把你玩了，像甩抹布一样把你甩了，你挺起肚子，才不得不嫁给老梁的。你这些历史，你以为我不知道？从越南回来的人，怕是有几百人都知道。"

左大姐越说越得意，嘴角喷着唾沫，文心雨脸上红一阵白一阵，终于走进屋去，把门"砰"一声关上，相当于挂上了免战牌。

那些天，每到夜深人静，梁娟总是睡不着，一遍又一遍地在脑海里回忆左大姐的话。她试图从母亲那里打听些东西，刚把话题往那上面扯，母亲立即严厉地瞪她一眼。她终于不敢吭声了。

梁娟找出一家三口的照片，仔仔细细地对比，越对比，越发现自己和母亲有几分相似，和父亲却是连半点相似之处也没有。

我难道真的是那个法国商人阿德里安的女儿？梁娟在心底问自己。她先是有些不知所措，后来，她回过神来，慢慢有些兴奋。她太想离开养猪场，每天从猪场回来，她都得花三十分钟洗澡，洗完，必须从头到脚喷上香水，可她还是觉得空气中都弥漫着那股难闻的猪屎猪尿味儿。

她决定去越南看看，她是这样说服自己的：我只是去看看。万一我真是那个法国商人阿德里安的女儿呢？说不定他还不知道自己有一个女儿。

没有人知道梁娟去了越南什么地方，见了什么人，做了什么事。一周之后，她从越南回到云海，满面憔悴，好像还带着泪痕。更悲催的是，才走到云海村口那条大街上，她就听说了她走后三天家里发生的事。她们家又一次成为云海村的笑柄。

原来，梁娟走后，梁父也有事进城去了。这天，恰好张原山和文心雨都陪客人喝了不少酒，酒局就在云海村中的彭厨酒家，离梁家不到两百米。张原山说："老梁不是进城了吗？得晚上才回来吧？我到你家坐坐，喝口水。"

结果，两人正在紧要处时，却听到外面传来开门声，文心雨吓得魂飞魄散，张原山急忙笼上裤子，却已无路可走，看看屋子里有一个大立柜，只好拉开柜门钻进去藏起来。

文心雨和张原山相好已有十几年，外面关于他们的风言风语早不是一天两天，老梁哪怕是根木头，也知道其中的奥妙了。只是，他一直在忍耐。他怕事情一旦揭穿，文心雨会离他而去；更怕这个家，从此就散了架。但是，得知女儿去越南的真相后，他彻底绝望了。他不想再顾忌，他要出胸中这口恶气。

老梁进了屋，看到文心雨两颊潮红，神情慌乱，再看看床上来不及整理的床单，心中升腾起一股怒火。他强压住怒火，也不理文心雨讨好递过来的茶水。以往从没递过，这时如此献殷勤，反倒坐实了他的猜测。他找来一根自行车链子锁，把大立柜的门锁上。文心雨绝望地看着他，以为他下一步就是跑到大街上大喊大闹甚至是去找场领导。她颤声问："老梁，你做啥？"

"做啥，晚上有老鼠钻进去，我把它锁了。"

"你锁了我怎么拿衣服？"

"这两天就别换衣服了。"

说着，老梁脱了鞋上床，坐在床头，一心一意地看电视。到了该做晚饭的时候，老梁却全无要去厨房的意思。以往，家里的饭几乎都是他做。

"老梁，该做饭了。"

"我身体不舒服，你做吧。"

文心雨想说什么，终于没敢说。这简直是十年难逢的稀罕事。文心雨也没心思做饭，胡乱烧了两个菜，叫老梁出来吃饭。

老梁说："你把饭给我端进来，我就在卧室里吃。我要看着老鼠出来。"

文心雨只好把饭菜给他端进卧室，老梁一直坐在床上，头也不抬，接过饭菜吃了起来。

接下来两天，除了飞快地跑去上厕所外，老梁一直待在卧室里，或睡或坐，或看电视或发呆。

这天，他吃完文心雨端来的午饭，对愣在一旁的文心雨说："你过来。"文心雨迟疑了一下，走过去。

"脱了。"

"啥？"

"把衣服脱了。"

"干啥？"

"我要打你洞。"

文心雨没动，老梁就站起身，粗暴地除去她身上的衣服。在文心雨记忆中，这是他男人第一次这么粗暴地对待她。文心雨挣扎着说："外面没关门，没关门，万一有人进来。"

"进来就让他们看个够。你又不是没给人看过。"

文心雨听了，不再反抗，任由老梁胡作非为。完事后，文心雨伤心地哭了起来。

老梁瓮声瓮气地说："你哭啥，我还没哭呢。"

文心雨说："我错了。"

"你哪里错了？从来都是我的错，你哪里有错？你一个仙女一样的靓女，嫁给我这又穷又矬的臭男人，那还不是一朵花插在牛粪上吗？"

文心雨说："老梁，我真的错了，我求你放过我们这一回吧。"

老梁想了想，站起身，从裤子口袋里取出钥匙，把衣柜上的自行车锁打开，拉开立柜门，一个人从里面滚出来。正是关了两天的张原山。随着他像一个沉重的麻袋一样滚出来之后，屋子里开始飘浮一股尿臊味儿。

张原山狼狈地坐在地上："老梁，你太狠了，我服你了，我快饿死了，你给我点吃的吧。"

老梁看着张原山："你怎么会在我们家衣柜里？你属老鼠的吧？"

张原山看到一旁放着半碗老梁没吃完的饭，拿起来就吃，吃了几口，终于露出一丝苦笑："老梁，是我对不住你。我认栽。"

"认栽？怎么认？"

"你要我怎么认？"尽管老梁要比张原山矮足足一个头，可老梁一瞪眼，张原山也有些害怕，忙补充说，"要不这样吧，我给你十万，不，二十万如何？"

出钱消灾，对张原山来说不是第一次。

好些年前，那时他和文心雨刚好上不久，正是干柴碰到烈火的时候。有一次，两人刚从一家酒店里走出来，那家酒店不在云海，而是罗浮那边，两人都以为神不知鬼不觉，亲亲热热挽着手走到大堂，却听到有人招呼他："这不是老张吗？你怎么也在这里？"

悚然一惊，转身看时，是陈远林的父亲。那天，他们家有个什么远亲来了，住在那家酒店，陈远林的父亲去看他。谁知，竟撞见了张原山和文心雨。

两人一时没反应过来，回应陈远林父亲的招呼时，手还紧紧地握在一起。陈远林的父亲下意识地看了一眼，他们才松开手。

第二天晚上，张原山就来陈家闲逛，建议陈远林的父亲开一家杂货店。陈远林的父亲愁眉苦脸地说："我倒是想开，可没本钱啊。"

"没本钱你怎么不早说？不是还有我嘛，我们两家，几代人都是朋友、邻居，我的就是你的。这样吧，我借几万块钱给你，赚了你慢慢还我，要是亏了呢，就当我打牌输了。"

很快，在张原山的帮助下，陈家的陈记杂货店就开张了。

陈远林听说是张原山出的钱，还劝告父亲，不要拿人家的钱。这样不好。

陈父却说："我拿了，他才放心。"

陈远林听得莫名其妙，再问，父亲却转移了话题，明显不肯告诉他。

# 9

梁娟回到家倒头便睡，父母喊她吃饭，她不吃；和她说话，她不理。刘麻子听说她回来了，急忙买了鲜花和一大堆零食来看她。

出乎刘麻子意料的是，梁娟不理父母，却理了他。梁娟说："刘麻子，你想和我结婚对不对？"刘麻子嘴里原本叼着一根香烟，急着回答，一口把香烟吐到地上："当然啊当然啊，娟儿，你知道的。"

梁娟说："我可以嫁给你，明天就办婚礼都行。"

"你别哄我。"刘麻子不敢相信这是真的，一副可怜巴巴的模样。

"你得答应我两个条件。"

"你说，我一定照办。"

"第一，你在云海村以外的地方买套房子，不论啥房子，反正不能在云海村，离这里越远越好；第二，把我从农场调到其他单位，只要不养猪，哪怕扫地都行。"

刘麻子矮小，干瘦，身材和梁娟的父亲有几分神似。不过，梁父白净脸皮，五官端正；刘麻子呢，歪眉塌鼻，偏偏脸颊上还分布着大大小小的麻子，看上去，他的脸像是被陨石严重撞击后的月球，越看越惨不忍睹。那时，梁娟二十六七，刘麻子呢，至少也有四十了。

四十岁的刘麻子一直没结婚，不是他不想结。之前，家庭条件差，加上人又寒碜，没有哪个女人看得上他。三十岁之前，他一直在农场干活，从果园干到猪场，曾经和梁娟是同一个班组的同事。

梁娟记得，当时，班组里一位好心的大姐，要给刘麻子介绍女人。刘麻子问她介绍的是谁。好心的大姐说："是我老家罗定那边的一个寡妇，老公前年死了，有两个孩子。年龄嘛，只比你大两岁。"刘麻子听了，摇着大脑袋。好心的大姐语重心长地说："人家条件是不算好，可人家要是条件稍好一点，会看得上你？人啊，要有自知之明，依你的条件，找个女人结了吧，不然，你就一辈子打光棍。"

谁知，刘麻子很生气，大声说："你是断定了我刘麻子这辈子只能找寡妇？实话说，我不相信我一辈子都窝在农场养猪。我发誓，我这辈子一定要娶梁娟这种靓女做老婆。"

众人哄堂大笑，梁娟生气地啐了他一口："你有病啊。"

那时候，特区早已建立多年，全国各省市渴望干一番事业的人，不少都选择了到特区闯一闯。农场离特区中心城区也就四五十公里，可由于农场体制的束缚，再加上人们头脑里铁饭碗的观念，尽管有些人辞职出去闯荡了，但绝大多数人还是安心在农场做个普通员工，一个月挣一千多两千块钱，按部就班地过日子。

谁知道，刘麻子真的盼来了时来运转的那一天。

刘麻子有个亲叔叔，七十年代逃港出去了。几十年来，刘麻子一家早已把他忘得差不多了，他父亲偶尔说起，也认为多半死了。不想，有一天，刘麻子的叔叔竟然从香港找了回来。原来，刘麻子一家以前并不住在云海，而是从东莞那边搬迁过来的。他叔叔不知道这些情况，找了好几年，才终于找到了他们。

刘麻子的叔叔在香港混得不错，开了一家贸易公司；并且，由于没有生育能力，他膝下无儿无女，刘麻子便成为那份偌大家业的唯一继承人。在叔叔的帮助下，刘麻子在东平街道也开了一家贸易公司，作为叔叔公司的分部。养猪场工人刘麻子，从此就告别了梦里也挥之不去的猪粪味儿，西装革履地当了总经理。

当上总经理才两天，刘麻子就托人上门提亲。老梁和文心雨一方面看中刘麻子如今是香港分公司的总经理，更重要的是，就像刘麻子宣称的那样，叔叔一过世，他就到香港继承家产，移民香港；另一方面，又觉得刘麻子年纪太大，形象也太猥琐了些。

谁知，刘麻子第一次登门拜访，就改变了他们对他的固有印象。刘麻子一身笔挺的西服，腋下夹了一个精致的公文包，从一辆奥迪里钻出来，司机小心翼翼地给他拉着门。那情景，一下子就把老梁和文心雨给镇住了。老梁悄悄对文心雨说："狗日的，派头比老张还拿得够。"

等到双方坐下来，两人悄悄细看刘麻子，发现他的麻子似乎也不像从前那样醒目刺眼了。

所以，第一次拜访，就让梁娟父母很满意。他们也有自己的小九九。如今，两口子都渐渐老了，要不了两年就要退休，农场的退休工资不高，吃喝当然不成问题，但要想吃得好一点喝得好一点，那还不现实。要是靠上了刘麻子这棵大树，以后的日子不就好过得多了吗？

然而，梁娟不同意。梁娟说："他就是穿上西装打上领带，我也能闻到他身上的猪粪味儿。"

文心雨有点生气，她说："人家现在是总经理了，再也不用闻猪粪味儿了，倒是你，还得天天在猪圈里进进出出。"

梁娟被母亲说中了心事，气得摔门而去。

几天后，梁娟就去了越南。

对梁娟提出的两个条件，刘麻子满口答应，他伸出粗短的手掌，把胸脯拍得一阵闷响。

第一个问题好办，刘麻子不再是从前那个穷得无计可施的老光棍了，人家是香港远达贸易公司镇海分公司总经理。那几年，特区的房价虽然不像后来那么高，但也由世纪之初的几千涨到了一万多。刘麻子不含糊，第二天就去签合同买了一套两室一厅的房子做婚房。

第二个问题，如果依刘麻子，也好办。刘麻子说，你那个破工作，也挣不了几个钱。不如就到我公司上班，我们天天在一起，一起上班一起回家，多好。工资嘛，至少比你在养猪场多一倍。

梁娟不同意。梁娟根本不想天天面对刘麻子那张麻脸。再说，在骨子里，她认为应该找一个体制内的铁饭碗才行。

那就需要调动。她在农场虽然是养猪工，可也属于全民所有制，相应的，可以调到国企去。为了找到适合的单位，刘麻子也没少费心思。他动用一切想得到的关系，四处求人，四处送礼，四处找人喝酒。最终，事情也让他给办成了：梁娟被调到距云海村不到三公里的一家国营机械厂。

机械厂是二十世纪七十年代兴建的。一圈灰色的围墙围着一个不大的院子，大门上，有几个用钢条弯成的圆圈，每个圆圈里一个字，几个字组合起来，就是：国营北山机械厂。梁娟看着生满了铁锈的大门和半边缺失的"机"字和"械"字，再看看厂里年久失修的花台和办公楼，心里有几分不乐意。

刘麻子忙安慰她："我们骑骡子找马，第一步是先从农场调出来，再慢慢找更好的单位。要想一步到位，太难。"

梁娟想了想，只好同意了。

几天后，梁娟就去机械厂上班，分到了装配组，就是拿个铁锤，在一些钢结构上敲敲打打，算是一个辅助工种。车间里，行车来往，焊花飞溅，其间还回荡着冲床和刨床以及铁锤发出的各种刺耳的尖叫。梁娟却觉得，与猪们歇斯底里的叫声比起来，工厂的声音就像迷人的小夜曲。

三个月后，梁娟和刘麻子结婚了。婚礼操办得颇为隆重，刘麻子的叔叔、婶娘都从香港赶了过来。婶娘送给她一只金手镯。梁娟和刘麻子站在台上向客人们鞠躬敬酒，刘麻子要比梁娟矮了小半个头。那天，梁娟特意选了一双平跟鞋。

想不到的是，新婚次日早晨，两口子就在刚装修好还散发出油漆味儿的婚房里打了一架。

因为刘麻子震怒地发现：梁娟不是处女。

刘麻子一改之前的顺从，他给了梁娟一记耳光，梁娟被打蒙了。他又抓住梁娟的长发："烂人，你怎么不是处女？你说，你为什么不是处女？你怎么能不是处女？"

梁娟从来没想到这也是个问题。都什么年代了，刘麻子还是这种花岗岩脑袋。但她又不知道该如何回答。她努力挣开刘麻子的手，刘麻子抓得更紧了。梁娟愤怒地低下头，用力向刘麻子撞去，刘麻子被她撞倒在地，梁娟的头发也被扯下了老大一缕。

刘麻子更加愤怒，他气冲冲地跳上来，对着梁娟拳打脚踢。梁娟虽然比刘麻子高大，毕竟是女人，终究打不过他。一会儿工夫，梁娟就被打得倒地不起。

那天下午，云海村的人都惊奇地看到，昨天才做了新娘的梁娟，一个人哭丧着脸，鼻青脸肿地回了娘家。

一个星期后，刘麻子和梁娟离婚。

在民政局办离婚手续前，刘麻子伸出手："拿来。"

"拿啥？"

"装什么蒜？把我婶娘的金手镯还来。"

梁娟取下手镯，径直扔到地上，早晨的阳光，把金手镯照射得特别明亮、干净。

# 第四章

## 1

灾难发生的那个冬天，北山多雨。按理说，北山地处热带边缘，属亚热带季风气候，夏长冬短，雨水的确丰沛。但一般而言，雨水主要集中在四月到九月。这半年里下的雨要占全年的百分之八十。到了冬天，东北风吹拂，天气干燥，很多时候一个星期连一场小雨也不下。

2015年却是个罕见的例外。那年十二月，北山不断下雨，先是晚上下，淅淅沥沥地打在雨棚上，雨声被雨棚放大了，像是在炒豆子。后来白天也下。雨过处，藏在山峦之中的云海村上空，真的飘荡出团团潮湿的云气，和它的名字倒是十分相称。

后来，人们在总结那场突如其来的灾难时，惊讶地发现其实早就有许多蛛丝马迹。只是，这些蛛丝马迹被人漠视了。大家都很忙，忙上班，忙上学，忙挣钱，忙升职，忙婚姻，忙家庭，谁有闲工夫去关心那些当时看起来根本就不值得关心的小事情呢？

首先就是下雨。其次是蛇和钟疯子——也就是从前的钟副场长。

云海村有不少老屋，历史最长的，当数村子中央的陈仙姑庙。有天傍晚，天好不容易放晴了，一些吃过晚饭的老人和小孩聚在庙前的广场上，小孩子们追来跑去，老人们有的就着音乐跳坝坝舞，有的在石桌椅前下棋，有的呢，只是坐在椅子上发呆。

这时，有人突然尖叫起来："蛇！看，蛇！"

人们顺着那人指点的方向看过去，只见两条茶杯粗的蛇从仙姑庙里游出来，昂着头，吐着信子，在人们的惊呼声中，快速穿过广场，钻进了另一端的水沟。其间，有人捡起石头去追打，但被老人们拦了下来。老人们说，这么大的蛇是有灵性的，打不得，打了要出事。

第二天是个周末，陈远林回家看父母。饭桌上，父亲就给他讲起这桩事。并说，老屋基里都有蛇，叫屋基蛇。仙姑庙是神仙的地方，那两条蛇怎么会跑出来？难道说仙姑庙年月久了，要倒塌？转头对陈远林的母亲说："我告诉你，你最近少去那里跳坝坝舞，万一仙姑庙倒了，把你打成残疾，我看你怎么办。"

母亲不满地说："人家说见风就是雨，你连风都没见到，就是雨了。"

陈远林笑笑，当然也没往心里去。

晚上，陈远林离开父母家，他穿过石板铺就的小巷往外走，石板被连日的雨洗得很干净。雨刚停，路灯下，他看到巷子旁边的矮墙上，爬了一些小小的蜗牛。走到岔路处，屋檐下，坐着一个衣衫破烂的老头儿，胡子花白而长，一个人捏着一只瓶子在喝酒。街上空无一人，他听到陈远林的脚步声，抬起头来冲陈远林笑了笑："哎，我告诉你一个秘密。"

陈远林发觉此人十分面熟，却又一时想不起是谁。他停下脚步："什么秘密？"

"哎呀，山垮啦，房子全埋在泥巴下面，好多死人，一个接一个地摆在地上，摆了一操场……太吓人啦。"

陈远林一愣："你说的是哪里的事？"

"哪里？我说的哪里？我说的当然就是云海村啊。"

"云海村不是好好的吗？"

"你不懂，我说的是我梦见的云海村。"

陈远林终于想起此人就是钟副场长。他小时候，就听大人们讲过钟副场长的糗事，也多次看到他捏着酒瓶，从街这头喝到街那头。只是没想到，他已经老成这个样子了，而且满嘴胡话，多半精神病又发作了。

"钟老爷子，你快回去吧，又要下雨了。"

钟疯子摇着头："你们别想害我，我不可能回去的，我要是回去，说不定就被山垮下来埋在泥巴下面了。"

陈远林不再理钟疯子，自顾往前走，钟疯子在后面大喊："哎，你怎么不听我的话？你不是那个老陈家的林仔吗？听说你是区上的局长，你怎么不听我把话说完？你眼里还有群众吗？"

陈远林走到小巷外那片临时围起来作停车场的空地时，雨又下起来了。上了车，陈远林望着蒙蒙细雨中透出的一缕缕灯光，又抬头看了看村后那片起伏的山地，尤其是那座人工堆起来的渣土堆纳场。他想，难道钟疯子是担心堆纳场会倒塌？但只一瞬之间，他又觉得很荒唐。堆纳场是城管局在监管，有着严格的管理制度，全特区怕有几十座堆纳场，哪听说过堆纳场会塌方？

十多天后，当灾难终于成为活生生的现实，陈远林又一次想起了在巷口遇到钟疯子那个雨夜。非常奇怪，事过之后，再去回忆，当时路灯下明明有些模糊的钟疯子的脸，却变得格外清晰。救援那几天，累得人困马乏，别人一倒下立即入睡，陈远林脑子里却总是固执地浮现出那天晚上和钟疯子对话的情景。

钟疯子一手捏酒瓶，一手比画着，用做梦一般的声音说："哎呀，山垮啦，房子全被埋在泥巴下面，好多死人，一个接一个地摆在地上，摆了一操场……太吓人啦。"

## 2

显然，离灾难最近的人都被灾难吞没了。他们的恐惧、惊慌、措手不及和彷徨无助，都已经无从言说。他们把灾难的秘密和细节带到了另一个世界。那一个世界与我们这个世界永远平行，从不相交。

侥幸从灾难中脱身的人就像午夜里熟睡时突然被人拍醒，回忆已成过去的灾难，往往也让他们发蒙。他们大多只能记得某一个细节，而对于整体的描述，却相距甚远。比如说，有人说他听到了巨大的声响，如同一万头远古猛兽从村子背后跑过来，铁蹄击打着大地，又如同决堤的洪水愤怒地席卷而过；但有人却说什么声音也没有，天地间在那一刻竟是一片死一样的寂静，他只能听到自己的哭喊和心跳。再比如说，有人说他看到泥土飞溅，像雨点一样从天而降；有人却说，那些泥土一直是一个完整的整体，就像是一块巨型的泥板，斜斜地从后山上滑了下来。与之相比，村子里的房屋——包括几十家工厂高大的厂房，以及村民或高或低的民居，都像积木一样，来不及发出一声响，就纷纷倒了下去。

还有一个读过一些书的年轻人用了个比喻。他说，在泥石流的冲击下，一排排房屋就像一张张多米诺骨牌，一座接一座地倒下来。你跑过了这一座，不一定跑得过下一座；跑了下一座，不一定跑得过再一座。那个年轻人心有余悸地摆着硕大的头。他的脑门不知被什么东西碰了一下，隆起一个乒乓球大小的疙瘩，活像一头从猎人围剿中侥幸逃出来的独角兽。

真正看得清楚、看得完整和客观的是距离灾难现场较远的人。他们处于安全地带，才能得以从容观察。当然，这从容，也是相对的。一开始，他们也像灾难现场的人一样，震惊、害怕，及至发现自己处于灾难不会波及的安全地带，才会有从容。

灾难发生的准确时间是2015年12月20日上午十一时四十五分。其时，云海村的不少人家正在做午饭，如果是二三十年前的话，这时间点上，家家户户炊烟袅袅，汇聚到村庄上空，来自后山的风一吹，便在空中形成如同云朵般的烟雾。云海村的名字，或许就是这样来的。如今，家家户户都用天然气，没有炊烟，只有细细的油烟。长约一公里的后山如扇形，扇形的一边是云海村，紧挨着的另一边就是工业园。工业园里，有几十家工厂，包括梁娟上班的机械厂，都在那里。

扇形的后山要比村庄和工业园高出百十米，一部分山体上生长着常绿树木，另一部分山体却堆积着高高的渣土。夏天，台风从海那边吹过来，高高的后山挡住了台风，云海村就像一条港湾里的小船。

那天是星期天，不少工厂放了假，工人们有的进了城，有的进了村，也有的就在宿舍里洗衣，打牌，或是睡懒觉。快到饭点了，一些人无聊地看看手机上的时间，开始取出饭盒，准备到食堂去打饭。还有人打着满意的哈欠，慢条斯理地穿衣服。

那天上午，陈远林在办公室加班，整理一份下周一必须上交到市上的材料。按理，这种材料，原不必由他这个局长亲自操刀，交给办公室主任就行了。但分管他的朱副主任曾经打电话问过过这个材料，并强调说，这份关于社工建设的材料，市上很重视，要作为经验推广。他就不敢掉以轻心，办公室拟出初稿后，他亲自加班修改。

看看快十二点了，他打算下楼吃点东西，回头再接着干。

这时，手机响了，是于小晴打来的。

于小晴很焦急，问："陈局，你在哪里？没在云海村吧？"

陈远林说："没有。在局里加班呢。"

于小晴的焦急稍有缓解，似乎还长长地吁了一口气，陈远林有些不解："什么事？"

于小晴说："你给伯父伯母打个电话吧。云海那边滑坡了。"

"啊？什么时候滑坡的？哪里滑坡了？"

"就几分钟之前，堆纳场那边。"

陈远林心里咯噔一下，他们家的小超市距堆纳场很近，他不由得从椅子上站了起来："严重吗？"

于小晴犹豫了一下："还不清楚，可能……有点严重。"

陈远林匆匆挂了于小晴的电话，急忙打父亲的电话，通了，没人接。又打母亲的电话，通了，还是没人接。反复打了三遍，都没人接。再打，就是占线。陈远林有些慌了，却又在心里安慰自己，没事的。虽然家里离堆纳场很近，但中间还隔了电子厂的两三栋楼房。那楼房不是普通民居可比，牢固着呢。没事的，肯定没事的。我还是不要自己吓自己的好。

陈远林想，这事应该马上报告区领导，这么重大的事情，区上得组织救灾。他打通了朱副主任的电话。

才说了两句，朱副主任就打断了他："我已经知道了。区上主要领导都知道了。我们正在赶往现场。远林，你是云海村的人，对那地方熟悉，应急虽然和你们局无关，但接下来和你们局相关的事情怕有一大堆，马上要成立救援指挥部，你也是指挥部办公室成员，马上赶到云海村会合吧。"

说完，不待陈远林回话，那边已挂了。看得出，朱副主任很忙，也很着急，应急工作也归他分管。他没法不忙，也没法不急。

陈远林急忙下楼，也顾不得那份完成了一大半的汇报材料了，这个时候，当不当先进不重要了。前往云海途中，他才想起还没吃午饭，不仅没吃午饭，连早饭也没吃。他在一条小巷边停下车，三步并作两步跑到路边的一家面包店，买了几个面包，一边开车，一边啃面包。啃得急，心里更急，噎得他翻白眼。

后来他才想起，那一天，他就吃了两个面包。他没有意料到的是，这一去云海村，竟然一口气就待了三天。直到第四天，才偏偏倒倒昏昏沉沉地回家洗了个澡，换了身衣服，吃了口热饭。下午，又赶着去区上开会。会议的主题，自然还是云海村。


## 3


于小晴那段时间迷上了抖音。她注册了一个号，网名叫晴空中的小鸟，上传了几段她唱歌跳舞的视频，反响很好，让她兴趣大增。

于小晴老家在湖南，她曾是长沙某区少年宫的舞蹈老师。少年宫这工作，说重要当然重要，说不重要好像也不太重要。这些年，上下都在喊给孩子减负，按理说，到少年宫学习舞蹈学习音乐的孩子应该比以前更多。事情却并不这样简单。政府在喊减负，家长却不愿减，生怕孩子小学成绩不好，考不上重点初中，重点初中成绩不好，考不上重点高中，重点高中成绩不好，考不上重点大学。大概从幼儿园开始，就对重点志在必得。这样，哪怕周末有点时间，也要让孩子去学习奥数。

少年宫原本就只在课外教孩子们艺术课，生源少，老师们也就没多少事情可做。于小晴所在的区少年宫一共有三个舞蹈老师，另外两个，比于小晴资历更老，她们愿意带孩子，就没于小晴什么事。于小晴只好到阅览室和一个老大姐一起管理图书。少年宫旁边就是图书馆，书比少年宫阅览室不知多多少倍，到她们这里来阅览的人也就少得可怜。很多时候，偌大一间屋子里，就只有于小晴和老大姐两个人。

老大姐五十二岁了，再过三年，就准备退休了。她很享受这种清闲。可于小晴不行，她才二十多岁，她实在难以想象，如果像老大姐这样，在少年宫混二十多年再退休，这一生将会多么无聊。

所以，有一年，朋友告诉她特区在向全国引进人才。她略一犹豫便报了名，然后，一路过关斩将，最终榜上有名。不过，比较遗憾的是，最初，她一直以为作为特区，作为改革开放的前沿阵地，特区就是市中心的高楼大厦，十里长街，漂亮的写字楼和现代化的工厂。孰料，当她分到此前听都没听说过的北山区时，她向人一打听，才知道这地方不仅属于特区人所说的关外，而且属于特区与东莞的交界地带，距市中心足有四十公里，被人戏称为特区的西伯利亚。

那时候，作为特区的功能区，北山区成立才三年，区下辖两个镇，最大的一个就是东平。可哪怕走在这个最大的镇最主要的大街上，时不时都会出现一个个突如其来的坑洼。不仅街道不平整，一排排刚竣工的新楼房旁边，又极不协调地保留着几间年久失修的老屋。总之，那时的北山给于小晴的感觉，就相当于她老家湖南的一个小镇。

当然，如果说与老家小镇有什么本质区别的话，那也有两点。其一是街上行走的，几乎都是年轻人，他们步履匆匆，操着带有各地方言味道的普通话；而老家小镇，街上几乎都是老人和孩子。其二是到处都在修建。修房，修桥，修路，修下水道，整个北山就像一个巨大而混乱的工厂。

报到那天，她被陈远林从人事局领回社会管理局。一路上，大约是陈远林看出她对北山的失望，就一边开车，一边信手指着车窗外的街道说："我在北山生活了几十年。这三年多的变化，超过了从前三十年。你看吧，要不了三年，它就和关内那边没有太大的区别了。"

当地人常说关内和关外，于小晴初时不懂，后来才知道是怎么回事。原来，1982年，特区设立两年后，为了便于管理，政府在特区和非特区之间用铁丝网修筑了一道管理线，这道管理线高达三米。靠特区的一侧线下，用花岗石铺了一条小路，路旁边有站岗的武警。这条线将镇海分为特区和非特区，人们就把它称为关内和关外。如果不是镇海户籍的人员要想进入关内，必得办理了边防证才有资格。

陈远林给于小晴讲过关内关外的事。他说，在他青少年时，尽管他们不需要办理边防证就可以进入关内，但其实也麻烦得很。比如说，关内的出租车是红色的，称为红的；关外的出租车是绿色的，称为绿的。红的主要在特区内运行，但可以自由出入关；绿的却只能在关外行驶，不能进关。这样，如果是关外的人到关内办事，坐出租车到了关口，还得从绿的换为红的；而关内的人到关外办事，红的对关外不熟悉，常常走错路。

于小晴到北山上班时，特区的面积已经由原来的关内四区罗湖、福田、南山和盐田增加了宝安和龙岗等区，边防证也已废除。不过，残留的铁丝网还能看到。至于北山区呢，它本是从宝安区划出来的，是特区的第一个功能区。所以，有那么两年回老家过年，同学和原来的同事问起于小晴在特区什么地方高就时，于小晴说"北山区"，人们往往一头雾水，于小晴只好解释说："就是镇海的第一个功能区。"她的重音落在了"第一个"三字上面，仿佛这样一说，才显得更有底气。

年轻人适应能力强。尽管初来时，于小晴对北山颇有几分失望，但渐渐地，心理也就平衡了。再加上的确像陈远林预言的那样，作为区，北山每天都在变，街道上的坑洼没了，狗也不出来乱咬人了，大楼中间的老屋越来越少了，区工委和管理署所在地东平镇也改为东平街道，初具了城市气象。再加上每天事情一大堆，和少年宫当舞蹈老师却看守阅览室的清闲完全相反，于小晴很喜欢这种忙碌带来的充实。

社会管理局下面，有几个挂靠的群团组织，比如作家协会、音乐家协会和美术家协会。说是家，其实都是爱好者而已。这些协会在民政局注册，需要一个挂靠的主管单位，区没有文联，也没有文化局和教育局，这些职能，统统划在社会管理局。于小晴的工作之一就是负责联系挂靠的几个协会。她本身是学舞蹈的，舞蹈家协会成立时，要选她当副主席，她吓得连连推辞。尽管如此，舞蹈家协会有什么活动，不论官方的还是几个骨干私下的，都要通知她一声。一来二去，她也就把丢了好些年的舞蹈重又捡起来，时不时在家里练练基本功，兴趣来了，还要跳一段，让同宿舍的小梁给她录几段视频。

灾难发生那天中午，于小晴站在阳台上比画，小梁拿着手机，正为她拍短视频。那些短视频，都是用来喂抖音的，她有几万粉丝呢。

于小晴和小梁的宿舍是合租的一套两室一厅的公寓，在二十五楼。一个大阳台，正对着云海村。离村口的直线距离，大概也就二百米。

刚比画了两个动作，于小晴突然听到身后传来一阵隐隐约约的闷响，像是午后天空滚过的雷声。她有些纳闷，早晨天放晴了，刚才还有点太阳，怎么会打雷呢？这时，她看见正在拍摄的小梁突然尖叫："小晴，你快看。"

于小晴转过身，看见一街之隔的云海村上空烟尘滚滚，她以为发生了火灾。谁知，正看着，一栋高大的厂房晃了晃，竟慢慢倒了下去。她惊得说不出话来，以为是地震。但她所在的地方却没有晃动。直到她看到黄色的泥石流像一条波澜壮阔的大河，从后山堆纳场源源不断地倾泻而下时，她才明白：滑坡了。

她从小梁手中夺过手机，哆嗦着把焦距放大，把眼前的一幕全部记录下来。

后来，陈远林和更多的人都看到了于小晴拍的那段视频。灾难留下了不少视频，最多的是设置在村里的监控拍下的，还有一些是路人拍的，但都不如小晴拍得那么完整，那么一目了然。

因为她离得远，且站得高。

4

陈远林赶回云海村，村子里一片混乱。

后山原本像一个U字的扇形护着云海村，但陈远林吃惊地发现，这个U字形

110

少了一半，那一半，就是从前的后山堆纳场。

那堆砌成山的泥土，全都倾泻而下，把几十间厂房和数百座民居像推一堆积木似的推倒。转过两个街口，在上一次遇见钟疯子的地方，陈远林看到黄色的泥土厚厚地铺满了街巷。再转过去一些，从前林立着民居、厂房和一片小树林的地方，除了泥土，任何东西都没有了。或者更准确地说，泥土把所有东西都吞没了，原有的一切都覆盖在了厚厚的泥土下。

陈远林目瞪口呆。

一旁，几个惊魂未定的人争先恐后地讲自己的可怕经历。

一个说："我们厂今天放假。我们宿舍四个人，约好出去吃饭。小李说他还要洗个澡，叫我们到店里先把菜点好，他马上就来。我们三个刚走出厂门，就听到后山上传来奇怪的声音。像是火车，又没火车那么尖。而且，地面也开始抖起来，像是在打摆子。我们都以为地震了。正往外边跑，又听到背后车间的玻璃哐哐地响，回头一看，我的妈呀，那么高的车间，就像纸房子一样被推倒了。这时我们才看清楚，原来是泥石流。泥石流就像大水一样，有好几米高，上百米宽，一下子就扑了过来。我们魂都吓掉了，不要命地跑。刚跑出院子，宿舍楼就被泥石流冲倒了。我这腿上、身上，也不知道是在哪里划的。还有他，你看，脸都摔青了。不过，比起小李，我们三个算命大福大了。小李要洗澡，根本就没跑出来。他才来我们厂三天，我们只知道他是湖北人，湖北哪里的我们也不清楚。"

另一个说话带着哭腔："我和老婆正在吃饭。从窗子上看到滑坡了，我喊老婆快跑，等我跑到门口，才看到泥石流已经把一楼的楼道都封了，房子嘎嘎地响，我一咬牙，喊老婆，跳下去，快跳下去。我从三楼跳下去，三楼离地面只有一米多高了。泥石流在后面追，我头也不敢回，等我跑到这边的安全地方一看，我老婆怎么没跟上来？她一定是被泥石流埋了。我老婆肚子里的孩子都七个月了，我们去做了B超的，是个男娃娃。你们说，我命怎么这么苦……"

说着，哭了起来。刚哭两声，一个女的挺着大肚皮挤过来："你哭啥？"

那人立即不哭了，惊喜地叫了一声："老婆，你没有被泥石流埋住？我还以为你已经……"

"呸呸呸！你胡说啥，我这不好好的嘛。"

陈远林无心再看下去，他呆了半分钟，朝父母家走去。然而，通往他家的那条街和那条原本窄窄的小巷都不见了，泥石流在推倒了所有的建筑物之后，又填平了所有缝隙。如果不知情的外地人远远地晃一眼，还以为这是山间一块黄褐色的小平坝。谁也不会想到，平坝下面，居然是一座村庄和几十家工厂，居然是数千人的悲欣交集的生活。

陈远林在街上碰到了朱副主任一行。朱副主任正和区工委方书记、管理署关主任一干人开现场会。一个瘦削的中年人正在讲话，满面严肃和焦急，陈远林认得他，是市里分管应急的副市长。消防队和蓝天救援队早赶到了，已经进入现场救援。

朱副主任也看到陈远林，向他招了一下手，他就站在朱副主任身边，听副市长讲话。副市长的大意是，据刚到现场的几个专家大概估算了一下，整个滑坡现场的覆盖面积可能有四十万平方米，相当于五十多个标准足球场的大小。泥石流覆盖的深度，足有八九米甚至十来米。也就是说，至少有工业园区几十栋厂房和宿舍，以及云海村数百座民居被埋在了地下或是被泥石流推倒。万幸的是，副市长说："今天是星期天，工业园区的工厂大多放了假，很多工人都外出了；加上又是白天，工厂和村子里的绝大多数人都跑出来了。同志们，你们想一想，要是这事发生在晚上，发生在凌晨，简直不敢想象啊。现在，我们的主要工作有两个，第一是救援，要抢在黄金时间里，尽最大可能搜寻并救出被掩埋人员；第二是安置受灾群众，妥善解决受灾群众的问题。同志们，现在北山区是全国瞩目啊，人民群众都在看着我们，我们平时经常说为人民服务，现在就是检验我们的时候了。一会儿，市委市政府主要领导也要来现场。"

副市长匆匆开完现场会，领导们都分头行动。在现场，救援由消防支队负责。北山区的主要责任有三个，一是安置受灾群众；二是消防支队救出来的伤者，尽快转送医院，当然，死者则送殡仪馆；三是树起一道红线，禁止无关人员进入，以免再次发生意外。按专家的说法，由于堆纳场地质极不稳定，很难保证不发生第二次滑坡。

陈远林跟着朱副主任，朱副主任问他："远林，你老家就是云海村的，我记得你父母和大姐一家都住在这里，你回家看看没？他们都安全吧？"

陈远林面色惨然地摇了摇头："打了电话，都没人接。"

朱副主任也面色沉重："那你先回家看看吧。"

开现场会的地方，距陈远林家最多就两百米。陈远林抬手朝前边指了指，对朱副主任说："我家就在那边。看到那根电线杆了吗？杆子下面就是我爸妈开的杂货店，杂货店后就是我们家。"

那根电线杆，陈远林再熟悉不过了，自从他记事起，那根电线杆就一直立在那儿。四周的房屋都已夷为平地并被覆盖在厚厚的泥土下，电线杆却出人意料地露出了三四米，歪歪斜斜的，让陈远林总是联想到墓碑。

朱副主任说："你对云海村熟悉，这样吧，你带一些消防战士，给他们指指路。"

陈远林就带了十几个消防战士，往那根电线杆走去。

陈远林后来才知道，灾难比他想象的还要严重，也比他想象的更引起各级重视。当天，党和国家主要领导人就做了批示，正在北京开会的市委书记和市长立即飞回特区，马不停蹄地赶到现场，与省上领导一起召开紧急会议，立即启动市、区两级救援应急预案，成立现场救援指挥部。指挥部下设现场搜救组、现场监测组、医疗保障组、核查人员组、新闻发布组、次生灾害防范组、通讯保障组、后勤保障组等十个小组。除了本市的消防支队外，邻近几个市也派人支援，再加上本市和本区的警察、卫生、应急、安监、住建、城管、规划以及街道办事处等机构，派往云海村的工作人员多达一千五百多人。第二天，随着更多武警官兵到来，现场人员猛增到四千多。

最初，陈远林被分在现场搜救组。两天后，又被分到核查人员组。

现场搜救人员几乎都是消防和武警以及民兵应急分队，陈远林之所以到搜救组，是因为救援一开始，他就在朱副主任的安排下，带了十来个消防战士率先进入灾难现场。再加上他是本村人，地熟人熟，便留在了搜救组。

搜救的消防战士几个人一组，手里拿着生命探测仪，小心地行走在松软的黄土上，一旦发现有生命迹象，跟随在后面的人就插上一面红旗。与此同时，几十条警犬也赶到现场，一个战士拉一条警犬，在废墟上转来转去。一旦确定了有生命存在的迹象，后面的救援人员就小心翼翼地把挖掘机开进来，锲而不舍地挖土并一车接一车地运走。


## 5


后来，陈远林把于小晴拍到的那段几分钟的视频传到电脑上，一遍接一遍地反复观看。他从视频上看到了熟悉的云海村。云海村不大，如果不算这十多年来修建在村后的工业园区的话，就老云海村那几条街巷来说，陈远林闭上眼睛也能摸着回家。

他看到了他家门前那根电杆。灾难发生后，它成为他家门前那条小巷唯一的也是最显眼的地标。仿佛是要为他指路。

陈远林把画面放大，画面精度不够，显得有些模糊。他看到一些人惊恐万状地在村子里奔跑。紧接着，看到离后山最近的电子厂的车间开始倒塌；一栋，又一栋。然后是黄色的泥石流，像一条奔涌不羁的大河，向村子猛扑过来。由于拍摄时离得远，画面上没有声音，因而显得更加诡异。

很快，陈远林就发现了画面上出现的反常情况：大家都在往外跑，突然，有一个人从往外跑的队伍里折转身，逆了人群，向着泥石流的方向往回跑。

从身型和衣着看，陈远林认出那个反常的人就是他的父亲。

他为什么要往回跑？画面上可以判断，他已经快跑到安全区了。与他一起跑的那些人，都没有被泥石流吞噬，那就是说，只要他不往回跑，他也就有惊无险。可他偏偏往回跑，不仅往回跑，还一直跑进了他家的院门。他跑进院子一分零三秒后，可怕的泥石流已经奔涌到了他家屋后。陈远林能够想象得出，足有几米高的泥石流，呼啸着，尖叫着，像一面墙那样扑过来，大地也为之颤抖。他家面向后山的窗一定是泥石流最先进入的地方。他家的墙壁还想阻挡，但注定没有任何作用。在如此疯狂的泥石流的冲击下，他家的墙壁就像一张浸了水的白纸，软软地蜷缩了。两层的小楼如同小孩子们在海滩上用沙堆砌的城堡，在大潮冲打下，顷刻间分崩离析。紧接着，他看到他家小院的门开了一半，他清楚，那一定是父亲从院子里出来想跑。然而，门只开了一半，泥石流已经势不可挡地冲出门来，顺着小巷狂奔。再过了不到五秒钟，他家那座小院，包括呈L形的两层楼房和附属的那个小超市，统统被黄土覆盖。泥石流过后的黄土十分安静，好像一切都不曾发生。

事故当天下午三点过，陈远林终于接到了母亲的电话。那时候，他还没有看到于小晴的视频。手机屏幕上显示母亲二字时，他一下子有一块石头终于落了地的感觉，不由得向着天空抬起头，长长地吁了一口气。然而，紧接着，他的心又一次揪紧了。

母亲告诉他，她已被街道办工作员转移安置到了中心广场。但是，母亲哭着说："你爸，你爸……"

"我爸怎么了？他没跟你在一起吗？"

"他明明已经跑出来了，偏要转回去，我劝不住，只好由他。等我跑到村子外边，就再也没看到他了。"

"他跑回去干什么？他为什么要跑回去？"陈远林无力地问。

"他说他忘了把存折拿在身上，他要回去取存折。"

"他怎么这么糊涂，怎么分不出轻重？"陈远林既着急，又有些恨铁不成钢。他这个老爹，从不按常理出牌，这一次，终于把自己搭进去了。不过，陈远林还是抱着三分侥幸又问："那你有没问问街坊邻居，有没有人看到过他？"

"都问了，没人见过他。打他手机，没信号。林仔，我看，他八成，八成是埋地下了。"说着，母亲终于忍不住大哭起来。

陈远林无力地挂了电话。天上不知何时又下起了细雨，衣服打湿了，紧紧地粘在身上。他有些冷。看看前后，有十来个地方插了小小的红旗，风一吹，红旗在风中瑟瑟发抖，宛如深秋里悬崖上苟延残喘的野草。

愣了好一会儿，陈远林招呼就近的几个消防战士，带着他们往前走了几十米，来到那根只有三四米露出地面的电线杆前。泥石流里原本饱含水分，加上又在下雨，行走在上面，稍不留意，脚就陷下去了。消防战士穿的长筒水靴还好，陈远林脚上却是一双运动鞋，早已糊满泥浆，看不出颜色。

陈远林以那根电线杆为基点，往东走了几米，又大概判断了一下位置，终于停下来告诉消防战士："这个地方就是我们家。我父亲应该还困在里面。"

一个少尉军衔的军官大声说："那你怎么不早说？"

陈远林抱歉地笑了笑，没吭声。

几个消防战士以陈远林为中心，四面散开，三台生命搜救仪和一条警犬，在周围几十米范围内反复搜寻。少尉和陈远林在一起搜救了大半个下午，已经有点熟悉了，他看看一言不发的陈远林，摸出烟来递给他一根："不要着急。我们会尽最大努力的。"

陈远林感激地点了点头，他也知道，急也毫无用处。下午救援时，少尉就给他讲过，这次救援的难度实在太大。大在什么地方呢？他说："我们的探测仪，一种是带镜头的，一种是带雷达的；但这种滑坡现场不像地震，地震虽然震成一片废墟，可废墟之间还有不少空隙。这里的空隙非常少，大多数地方都是黄泥土压成了一块，探测仪发挥作用的空间就受了很大限制。同样的原因，气味发散也受到影响，警犬当然也力不从心。更要命的是，即使发现了生命迹象，施救也很难，因为土层太厚，倒塌后埋在泥土下面的房屋出现了重叠，挖掘机挖了八九米都到不了底。这种深度下作业，救险人员本身也面临着非常大的风险。万一泥土截面再次发生小滑坡，他们就有可能被埋在下面。"

不幸中的万幸是，从那根还剩三四米的电线杆来看，陈远林家被埋得似乎要浅一些。那根电线杆并不高，在陈远林记忆中，顶多也就十米。那么，他们家，还有他的父亲，此刻就埋在他们脚下五六米深处。

探测仪和警犬忙碌了半小时，一个消防战士兴奋地叫了一声："报告，这里发现生命迹象。"陈远林和少尉艰难地跑过去，果然，生命探测仪显示，地下有微弱的生命迹象。

一会儿工夫，两台挖掘机开了过来。

此时，整个滑坡现场已经按专家的意见，划分为六个区域，各个区域逐层剥离，一旦发现生命迹象，救援队再跟上。这样做的目的，是要首先保证救援人员的安全。只有救援人员安全了，被困人员才可能更快地救出来。

挖掘机工作时，陈远林默默地站在旁边。他渴望有奇迹发生。虽然他也知道，奇迹发生的希望十分渺茫。

# 6

电力公司在滑坡现场周围牵上电线，安装了上百盏五百瓦的大灯，把所有角落都照得如同白昼。

救援队昼夜不停地工作，饿了，后勤保障组在旁边搭的帐篷里备有盒饭；困了，歇人不歇机器。

第一个晚上，陈远林就在路边的一顶帐篷里过了一夜，极为疲倦，却又睡不着。到了后半夜，终于迷迷糊糊地入睡了。梦中，他看见父亲嘴里叼着烟，手里捏着酒杯，向他怪模怪样地笑，像是又喝醉了。陈远林有些生气，一生气，就醒了。他听到挖掘机和运输车的声音在回响。

他旁边，蜷缩着江小雨。

昨天，江小雨因为不肯带符英去看冰雪节，两个人争吵了一番，恰好文娃子约江小雨去喝酒，江小雨就去了。

江小雨和文娃子也是好久不见了，两人边喝边聊，很是开心。到了下午，江小雨实在忍不住，给符英打了个电话，可电话打通了却没人接。江小雨也没往深处想，他以为一定是KTV客人多，那天恰好吴梅请了假去东莞看表姐，符英一个人一定忙不过来。想到这里，他急忙向文娃子告辞，说要回去照顾生意："符英一个人，忙不过来的。"

然而，就在回云海的公交车上，江小雨从旁边人的聊天中，得知云海发生了滑坡。初时，他没太往心里去。他老家也经常发生滑坡，不过就是山上的石头冲下来，把公路或是小溪堵一堵罢了，几乎每年雨季，都会有这样的滑坡。云海背后的那座什么后山，跟老家的山比，简直就像用鸽子蛋比篮球。

然而，等他在云海村口下了车，惊讶地看到外围的警戒线时，他才知道，问题比他想象的何止严重一百倍。

那时，全云海村的居民和工业园区的员工都已疏散，无关人等，不准进入警戒线。可是，江小雨找不到符英，打她电话，之前是无人接，后来是无法接通。江小雨明白，这意味着符英一定凶多吉少。

江小雨心急如焚，又愈加自责：要是我答应她，带她去看冰雪节，那不就正好逃过这一劫吗？可我就像是鬼迷了心窍，宁愿和她吵一架也不带她去，就为了节约几百块钱。要是她出了意外，我这辈子怎么安心啊。

江小雨对云海村地形很熟，毕竟在这里生活了好几年，而云海村既小，且几年间也没甚大变化。他绕过村口的警戒线，从村子另一端慢慢靠近滑坡现场。当他翻过一道矮矮的围墙，朝前面走过一条小巷时，还是被值勤的警察发现了。警察客气地请他回到安全区去。江小雨急了，红着眼说："警官，你行行好，让我回去看看吧，我老婆还压在下面呢。"警察说："我们正在全力救援，你进去既帮不了忙，还有危险。你快走吧。"

江小雨望着天，无助地放声大哭，警察看着他，也跟着红了眼圈，掏出烟来，递一根给江小雨："别哭了，正在全力救援，还有希望的。"

就在这时，江小雨看到了陈远林，陈远林正带着一个搜救小组忙碌。江小雨喊住陈远林："陈局陈局。"

陈远林嗓音沙哑："你怎么在这里？这里不安全，快出去吧。"

江小雨又要哭了："我老婆被埋了，我能不进来吗？你给他们说说，我过去看看行不行？"

陈远林转过身时，发现值勤的警察走开了。陈远林说："你对云海村也很熟，那你也来帮着给搜救队指指路吧。"

就这样，两人在滑坡现场忙了大半天，直到晚上十点过，天又下起了雨，两人都还没吃午饭，又饿又累，终于坚持不住了，胡乱找了顶帐篷，倒头便睡。

天刚亮时，陈远林被外面的一阵欢呼惊醒，他仔细听了听，好像是第一个被困地下的幸存者救出来了。陈远林心脏怦怦乱跳，既激动又忐忑。他当然希望这个不幸又万幸的幸存者是自己的父亲。

他推了推江小雨，江小雨听说有幸存者被挖了出来，立即往帐篷外跑。一边跑，一边喊："英子，英子，你没事吧？"

陈远林紧跟其后，有些好笑，想了想，却笑不出来。

没想到的是，第一个被救出来的幸存者，竟然真的是符英。

更神奇的是，符英竟然只受了轻伤，一条腿被倒塌的房屋上掉下来的建筑材料砸伤了。原来，泥石流呼啸而来时，符英正在院子里为客人准备果盘。她听到从外面传来的呼啸声、尖叫声，再透过围墙恍见黄色的泥石流像洪水一样从屋子侧面扑过来，立即向院子外面奔跑。跑了几步，房子就被泥石流冲倒了。好在，房子没有解体，斜斜地倒在了高高的围墙上。很快，泥石流如同喷发的岩浆，填满了各个角落。符英想冲出院门，但院门已被倒下的房屋和泥石流封死。她急了，回头一看，院子里有一棵荔枝树，她几下便爬到树上。

依靠倒而未塌的房屋和围墙搭成的一个小小的三角形地带，再加上从泥石流里艰难探出头，大概还余下一米多树冠的荔枝树，符英获得了一个极为宝贵的生存空间。更值得庆幸的是，她所处的位置，不像其他许多地方那样，上面足有八九米乃至十几米厚的泥土，而是只有相对很薄的两三米。当她隐约听到地面传来机器声时，她就脱下高跟鞋，在荔枝树的树干上，有规律地一下接一下地敲。

江小雨把符英抱在怀里，笑过又哭，哭过又笑，语无伦次："我以为再也见不到你了。你不晓得我有好后悔，我带你去看冰雪节就什么事都没有了。我怎么财迷心窍，舍不得花那几百块的门票钱。你要是有个三长两短，我他妈还是人吗？我也只有一死了之。"

符英脸色有些苍白，一边配合医务人员把她往担架上抬，一边微笑着说："你也是为了早点买房子，我不怪你。真的，我不怪你。以后，你带我去你老家看真正的冰雪。"

江小雨对陈远林说了声："陈局，我陪英子去医院。谢谢你了。也祝陈伯好运。"

江小雨走后不到半小时，挖掘机在那根电线杆前五米远的地方，挖出了一具尸体。遇难者正是陈远林的父亲。

那是陈远林第二次近距离看见尸体。在后来几天的救援中，他将一次又一次地近距离看见尸体，从最先的惊悚、恶心和兔死狐悲的伤感，到最后变得麻木，当然也可以说是坚强。

陈远林第一次近距离看见尸体是在大三。同宿舍楼的一个男生，患有严重的抑郁症，有天下午，据说女朋友和这男生分了手，男生一时想不开，从宿舍楼的楼顶一跃而下。宿舍楼高达十八层，下面是坚硬的水泥地。正是晚饭时分，不少从食堂打了饭的学生三三两两的边走边吃。陈远林也是其中一个。不曾想，一道黑影快速地从十八楼扑下来，人们还没反应过来，就听到一个沉闷的声响，像是装了半口袋水的皮口袋，被人从远处扔过来。

陈远林吓了一大跳，因为男生就落在了距他不到两米的地方。如果他晚跳一秒，很可能就会砸到陈远林身上，那多半也就意味着陈远林将为他殉葬了。陈远林定睛一看，男生的半个脑袋已被巨大的冲击力跌碎了，暗红的血液与白色的脑浆涂了一地，人早已气绝身亡。陈远林忍不住一阵恶心，当即跑到路旁吐了起来。那以后好久，陈远林晚上都会从噩梦中惊醒，浑身大汗淋漓。

他没想到，时隔多年，又会如此近距离地看见尸体，并且，这一次的尸体还是自己的父亲。父亲浑身上下全都是黄色的泥巴，耳朵里，嘴巴里，鼻孔里，全都是。他身上的衣服，已被泥浆染得变了颜色。父亲的尸体保持着一个前倾的姿势，说明他正在拼命向前奔跑时，却被巨浪般的泥浪吞没了。在被泥浪包裹并夺走性命之前，他曾经拼命挣扎。这一切都无济于事，注定徒劳。令陈远林意外的是，父亲右手紧紧攥住一个什么东西。消防战士用力掰开他的手，把他手里的东西取出来，递给一旁的陈远林。

陈远林接过去一看，是一张农业银行的储蓄存折。

就像农场的许多老员工一样，尽管各大银行早就普及了银行卡，父亲仍坚持要用存折，仿佛用了几十年的存折，更能保证他存进银行的钱永远处于安全状态。

存折外面已糊了一些泥土，又被水浸湿过，内页沾在了一起。后来，当陈远林把存折烘干并小心地打开时，他惊讶地发现，户主写的竟然是他的名字。储蓄的金额是九万一千三百六十七元。翻看储蓄记录，是五年前开始储蓄的，大多是几百一千地存进去，最少的一笔只有三百三十元，最多的一笔也不过一千四百元。一次也没有取过。

和其他遇难者的遗体一样，父亲的遗体也在清洗之后换上了母亲带来的干净衣服。那时候，母亲已经不哭了，脸色平静，仿佛默认了命运的安排。之后，便由指挥部安排人员送往殡仪馆。那天，朱副主任特意要给他两天假。但陈远林说他只需要半天。他更需要用忙碌的工作来冲淡悲伤。

那晚，母亲就住在他家里。林如凤对那只黑色的盒子，明显有些抵触，可父母的家早已毁了，母亲暂时被安置在中心广场的帐篷里。原本，陈远林要母亲住自己家，母亲坚决不同意。陈远林略一思索，也就不再坚持。毕竟，一则自己小区里，母亲一个人也不认识，连个说话的人也没有；二则那段时间，他和林如凤正在激烈冷战。他怕母亲看出端倪，为自己担忧。

陈远林问母亲："存折上为什么是我的名字？"

面色平静的母亲突然大放悲声，哭得不能自已。由于完全没有前奏，陈远林吓了一大跳，他急忙拍了拍母亲的肩膀。母亲这才止住哭，抽泣着说："为什么是你的名字？你爸是给他孙子存的啊。"

"他孙子？"陈远林一下子没反应过来。

"是啊，你和如凤，这么多年都没要孩子，你爸心里着急呀。他存这笔钱，说是为了将来给孙子上学用的。他要不是跑回去拿存折，哪里会……"

陈远林望了林如凤一眼，林如凤没吭声，默默走进了里屋。

# 7

江小雨第二次上电视成为新闻人物，是在灾难发生七天之后。

谁也没预料到，原本和文娃子出外喝酒而逃过一劫，不在滑坡现场的江小雨，却成了被困在地下时间最长的最后一个获救者。

说来话长。灾难发生次日早晨，符英第一个获救。一夜未能安眠的江小雨陪同她到了北山医院。医院收治了不少伤者，就连走廊上也摆满了一张接一张的病床。

符英伤得不算重，一是左腿被倒塌房屋的钢筋扎了一个三四厘米深的孔，但没碰着动脉；一是右手腕骨骨折，这个要严重一些，当即就绑上了夹板。

大难不死让符英的情绪意外地变得亢奋。她把灾难的前前后后向江小雨讲了三四遍，每一遍的结尾都是同一句话："我要是把婚纱照和你送我的结婚戒指拿出来就好了。要不你改天去问问，这些东西会不会被挖掘机挖出来？"

江小雨安慰她："婚纱照嘛，以后再拍就是了。"

符英说："戒指呢？那是你送我的订婚戒指呢。"

江小雨吞吞吐吐地红了脸："其实，英子，你不要生气，我送你的戒指，只花了三百块钱，不是真金的，是镀的，根本不是五千块钱。以后，我重新送你一只，一定送真金的。"

谁知，符英却说："不管它是真金还是镀金，那也是订婚戒指呀。要是挖掘机能挖出来就好了。"

那时候，符英根本不知道泥土覆盖的厚度竟然达到了惊人的八九米，她以为也就两三米而已。埋在地下的东西，不仅包括江小雨送的订婚戒指，还包括婚纱，还有KTV里的音响设备、电视，以及衣服家具等，她以为都会挖出来。她唯一担心的是戒指太小，很可能会混在泥土里被倒掉。

住进医院第二天，符英以前同厂的两个同事来探望，江小雨托她们帮他照顾一下符英，他去办点事就回。符英也没往别处想。

江小雨回了云海村，轻车熟路地翻墙进了滑坡现场。他想从符英被救出来的那个洞穴般的小通道再次进入埋在地下的KTV，把戒指和婚纱照找回来。他觉得，只有这样，才对得住符英。

然而，他万万没想到的是，当他借助手机电筒微弱的光亮，顺着那个小小的坑道艰难地爬进去后，他发现，里面只有一方小小的空间，其他地方都是松软的泥土。更要命的是，他钻进洞时，人的重量和爬行的摩擦，使得地面的泥土开始滑动。等到他察觉时，大面积的泥土从高处滑落下来，将洞口完全封闭。他惊恐万状地从地上捡起一把晾衣竿用力地捅，但根本没法捅开沉重而厚实的泥土。

江小雨就这样被埋在了地下，深度大约两米多。他像抓住救命稻草一般拨打电话，然而，根本没信号。冷汗涔涔而下，很快湿透了衣背。

之前，他在滑坡现场待过一天，知道一个情况，那就是KTV所在的区域，已经通过生命搜救仪的搜救发现了符英，且成功将她救出，这就意味着，救援人员根本不知道还会有人进入并困在地下，他们不会再到这一区域进行搜救了。

想到这里，江小雨忍不住浑身颤抖。他努力使自己平静下来，他对自己说："镇静镇静，只有镇静才想得出办法。"

他停止了无效的挣扎，爬到符英曾爬过的那株荔枝树上，侧耳倾听，四周一片静默。两米多深的地下无疑就是一座沉寂的坟墓，既听不见外面的声音，看不到外面的阳光，也很难将里面的声音传递出去。

黑暗中，他唯一能听到的就是自己粗重的呼吸和沉重的心跳。

"我可能要死在地下了。"江小雨绝望地想，"英子要是知道了，她该有多伤心？阿妈要是知道了，她又该有多伤心？关键是，我会慢慢地饿死，这比被墙倒下来压死或是泥石流活埋，还要痛苦一百倍一千倍。可是，我能怎么办呢？"

当江小雨在黑暗的地下因绝望而瑟瑟发抖时，陈远林又回到了救援现场。这一次，他不是去给救援人员带路，他被安排去统计失踪人员。

此前，政府已通过各种渠道，通知云海村村民和工业园区业主及工人，前往云海广场，登记失踪人员。

云海广场位于云海村口。陈远林记得，好多年前，广场还是一方池塘。童年时，他常和张海峰等伙伴一起到塘里戏水。他就是在那里学会了游泳，但只会一种难看的狗刨式。大学时，和林如凤去游泳，老被林如凤嘲笑。

池塘也是村子里的女人们经常去洗涤衣物和蔬菜的地方。那时候，这方不算大的池塘，靠着一条从后山流下来的溪水补给，常年清澈干净。池塘中心，还浮着一些睡莲。一种黑色的小鱼成群结队，一动不动地占据了池塘一角，看上去，像是水里漂着一块黑布。有人从塘坎上经过，小鱼立即惊惶失措地散开，如同黑布被撕得粉碎。

后来，村里人口渐渐多了，一是由于本村人口的自然增长，更多却是因为村后工业园区建成后，不少外地打工仔租住在村子里。房租成为村民——其实绝大多数都是农场职工——最重要的收入。村民们一旦手里有了点钱，便争先恐后地扩建房屋，自家还有空地的要建，自家没有空地的，就想方设法加高楼层。

不知从什么时候起，后山上的泉水变得越来越细，直到完全消失。池塘没了活水，渐渐冒出越来越多越来越密集的水葫芦。也不知是谁第一个把垃圾往池塘里倒，反正，不出半年工夫，池塘就大半干涸了，垃圾如同一个日益扩张的半岛，向着池塘中间固执地延伸。开初，垃圾还比较收敛，比较大众化，大抵不过是一些菜叶、纸屑、果皮之类，到后来，愈发夸张和生猛，终于到了死猫、死猪以及头被扭得歪斜的充气娃娃也被扔进去的程度。大家就开始议论，说是这垃圾堆也太臭了，太脏了，太难看了。不如把它填起来吧。于是，农场和社区分别出了一笔钱，把垃圾场——它原本作为池塘的身份，好像大家都已经忘记了——填了，再硬化并铺成水泥地，变成了一座广场。广场四周，砌了花台，种了凤凰木、龙船花、小叶榕和羊蹄甲。几场雨水一过，郁郁苍苍，显得甚有生气。因此，广场很快就成了云海村人的一个重要活动场所，许多或真或假的与本村、本农场有关或不那么有关的小道消息，最初，就是从广场上发源的。

失踪人口登记站就设在广场上。几张临时搬来的简单的桌子，几把椅子，一顶救灾帐篷——帐篷事实上没用。陈远林观察后发现，如果把登记站设在帐篷里，倒是毛毛雨也淋不着了，可要来登记的人却不那么方便。因此，他叫工作人员把桌子椅子摆放在帐篷旁边那株最茂密的小叶榕下。

最早来登记的是三个人，三个年龄不等的男人，老的五十多岁，少的二十多岁，中间那个呢，大概三十多或者四十多都有可能。那时候，广场上除了小叶榕下的失踪人口登记站——登记站属于指挥部下设的几个组中的核查人员组——还有其他几个组，也在这里设了点。比如通讯保障组派出的通讯保障车和抢修人员，医疗保障组派出的医护人员和急救车，新闻发布组不时召开的媒体通气会，后勤保障组派出的炊事车和炊事人员，以及维持秩序的警察，等等。原本足有半个足球场大小的云海广场上人来人往，如同好些年前东平镇赶集时的盛况。

那三个人来到小叶榕下的登记站，大约看出陈远林是负责的，都抢着向他说话，一听口音就知道是外地人，普通话里夹带着方言，好像云南那边的。陈远林曾经和林如凤到丽江和大理旅游过两次，大致能听懂那边的方言普通话。

陈远林给他们各自倒了一杯水，请他们一个个地说。他说："不急在这一时，慢慢说，这样吧，这位老同志先说。"

老同志却一下子不知如何说，他扭头对中年那个说："要不，还是你说吧。"

陈远林和旁边的工作人员都有些奇怪："你家里的失踪情况，怎么由别人来说呢？"

中年人这才说："我们三个是龙宇塑料厂的。"

"哦，你们是工业园的工友。"

"对对，前天不是星期天嘛，幸好是星期天，放了假，不然的话，我们厂一百二十多名工人啊，那问题就大了。星期天，全厂就我们三个人加班维修机器，还有就是老板一家五口，他们就住在厂房背后的小楼上。滑坡发生时，他——"中年人指了指旁边的年轻人，"最先发现情况不好，他说，快跑，好像是滑坡了。我还犹豫了一下，就看到黄色的泥巴像一条发大洪水时的河那样从山上冲了下来，我们厂背后的电子厂那栋房子，晃了两晃就倒下去了，那个声音，我的妈啊，我这几天做梦都还听到，听到了就吓得一身冷汗。我们三个跑出车间，我说我去喊老板一声，才转过车间，老板一家住的小楼已经不见了。老板一

125

家五口，除了他们两口子外，还有三个娃娃，大的十几岁，小的才三岁……老天爷这是在收人啊，一家五口说没就没了……"

接着来登记的，也是工业园那边的工人。

是一个精壮的小伙子。额头上缠着绷带，左手也缠着绷带，用纱布吊在胸前，活像溃败的伤兵。不知是大难不死还是受了刺激，小伙子显得很亢奋，用力挥着没受伤的右手，大声说话。偶尔，似乎是右手的幅度太大了，牵扯了受伤的左手，他飞快地咧一下嘴，继续说话，如同一篇长长的文章里，出现了几颗稀稀疏疏的标点符号。他说他是工业园区某厂的工人。他说他来北山已经有五年了。他说他的老家在河南一个叫确山的地方。他说，从镇海通往北京的高铁就从他们村子外边经过，睡在他家炕上，就能听到高铁由远及近的声音从微弱变得尖利，再从尖利变得微弱，尔后消失。他说，只是，通往北京的高铁在他们县里不会停留，要不然的话，他就可以从镇海坐高铁回家了。不过，他说，其实，他也可以从镇海坐高铁到信阳，到了信阳，再往回坐绿皮车就能到家。他说，高铁快是快，可票也贵啊。单是到信阳，就要六百多。他说，所以，我就坐绿皮车，要么在长沙转车，要么在武汉转车，要么在信阳转车。在长沙转，要二百零五元；在武汉转，要二百三十九元；在信阳转，就只要一百九十三元了。我和我老婆两个人，比起坐高铁，至少要节约一千元。他说，我把这节约的一千多元给三个娃娃一人买一套衣服好不好？一人买一双鞋子好不好？

旁边的人惊问："你多大？怎么就有三个娃了？"

他终于有点不好意思，刹住了滔滔不绝的话头："我们乡下，结婚结得都早，也不止我一个。我今年二十六。十九岁那年结的婚呢。"

旁边的人又惊问："你才二十六？我以为……"

小伙子说："你以为我三十六还是四十六对吧？我这人老相，我们乡下人都老相。我来镇海前，看起来还要老，进了城，吃得好，工作也轻松，皮肤变白了，看起来人也年轻了。三年前我到信阳坐公交车，车上都有小学生给我让座了，他说，爷爷，你坐这里吧。其实，我比他爸爸还年轻呢。"

统计站的主要工作当然是统计失踪人口，可同时也还负有安抚失踪人员家属的职责。所以，一般情况下，哪怕他们的话题扯得有点远，陈远林和工作人员也不能表现出一丁点儿不耐烦，不仅不能不耐烦，还得附和着跟人家聊聊天。

趁他喝水的机会，陈远林小心翼翼地问："那你家里谁失踪了？"

"我家里，我家里没谁失踪呀。"

工作人员小丁一下子有点恼怒："听你说了半天闲话，你家里没人失踪，你跑到这里来拉家常啊？"

陈远林忙拍拍小丁，示意他打住，又问小伙子："那你有什么情况要报告吗？"

"当然有啊。"小伙子说，"我家里没人失踪。我，我老婆，我爸，我大妹，我二妹，我大妹夫，我二妹夫，我们一家都在北山，我们都好好的，我们家租住的房子也没有塌。"

"你们家运气真是不错。"

"是的，我们家运气不错。我妈没来北山，她在确山，带我的三个孩子和大妹二妹的两个孩子。她再忙，每逢初一、十五，总要到村头的观音庙烧三炷香。和我同村的满崽就没这么好的运气了。我们住一个院子，我们住四楼，他们住三楼。按理，三楼应该先跑出去对吧？幸好，看到泥石流时我很冷静，我知道跑不过那东西，我看到三楼有两根水管，我就喊家里人，都顺着管子往下爬。结果，我们到了院子里，满崽两口子和一个娃还在楼梯间，我们跑出院子才几秒钟，房子就被泥石流冲垮了。我听到满崽在后面叫了一声，那声音，瘆得人心里发慌……满崽两口子是今年春节和我一起来北山的，是我把他介绍到北山电子厂的，他也没别的朋友和亲戚，你说，是不是只有我来给他报个失踪？失踪倒是报了，我又如何向他父母交代？如何交代？"说到这里，他已带着哭腔。

这些人登记完了，一个神色凄凉的中年人走到陈远林面前。陈远林发现他有点面熟，至少，从面相来看，应该就是云海人。一开口，果然是。

那人住在电子厂旁边，他家的房子与电子厂只有一墙之隔。他说，他们家有三层楼房，倒有两层半都租给了打工的工人。每个月的收入，也是老大一笔钱。可是，他老婆管得严，每个月的房租一分不少地由她收了。他要用钱，每个月的零花钱只有五百元。他要抽烟，要喝酒，五百元显然不够，就想方设法偷老婆的钱。滑坡那天，终于被老婆抓了个现行。老婆勃然大怒，抓起一把扫帚劈头盖脸地打，打得他仓皇逃出院子。老婆站在楼上，愤怒地叉腰戟指："你去死吧，你这块废柴，我再也不想见到你了！"

那人早就尝过老婆的厉害，老婆不消气之前，他是绝对不敢再迈进院子的。他就坐在院子前面的一株杧果树下，独自抽闷烟。

就在这时，滑坡发生了。他眼睁睁地看着他家那座三层的楼房一瞬之间被推倒，掩埋。当然，还有他那站在三楼上高声叫骂的老婆。最终，她的叫骂变成了惊恐的大叫。他想救她，但他知道没法救。他唯一能做的就是撒腿快跑，比上次他偷了老婆的手镯去变卖被发现后，老婆拎着菜刀追他时还跑得急，跑得快。老婆虽然生气，毕竟不会真要他的命。可泥石流，那是真要命的东西啊。


## 8


滑坡事件发生后第四天，北山又一次下起了淅淅沥沥的小雨。

陈远林又一次把登记处的桌子挪到了小叶榕下。小叶榕上的叶子集了些雨水，偶尔会有一两滴雨水重重地梭下来，如果正巧落进脖子里，就叫人忍不住打个寒噤。

没人来登记，陈远林就埋头在笔记本上整理前一天晚上区里召开例会的会议记录。正忙着，突然发现面前一暗，抬起头，有一把黑色的伞伸过来罩在头上了。

撑伞的是一个三十来岁的年轻女子。陈远林认得她。她家就在陈远林家的小超市过去四五家的地方，她姓徐，原本也是农场员工，后来去西藏旅游了一趟，回来后再也不愿意在农场上班了。她拿自家的小院开了一家客栈，就叫徐小姐的店。认识她的人都叫她徐小姐，她真名叫什么，就连陈远林也忘记了。

徐小姐旁边，跟着一个七八岁的男孩，脸上带着泪痕，眼神是与他那个年龄不相称的空洞和茫然。

陈远林谢了徐小姐，并客气地说："这点雨没关系，你给孩子遮住吧。"

徐小姐把伞收回，罩在孩子头上，孩子却从伞下跳了出去，赌气似的站在雨中。

陈远林依稀记得，徐小姐的父母早年就去世了，也没兄弟姐妹，至于婚姻，听说她好几年前就离了，孩子也跟了前夫，她独身一人。她的小店也没有雇佣员工，那她来给谁报失踪呢？邻居？朋友？

陈远林征询地看着她，徐小姐还没说话，小男孩先说了："我爸爸，我爸爸失踪了。"

陈远林又征询地看着徐小姐，徐小姐缓缓点头。

徐小姐掏出烟和火机，抽了两口："我和他爸，离婚都四年了。这四年，除了我去看丁丁时会打个照面说两句话，就是井水不犯河水。他走他的阳关道，我过我的独木桥。可是，天知道他哪股水发了，滑坡那天，他带着丁丁找上门来，请求我看在孩子的份儿上，和他复婚。我是一朝被蛇咬，十年怕井绳啊。再说，我一个人自由自在的日子早就过惯了，哪里还想复婚。可他不依不饶，顺带着丁丁也跟着哭。丁丁，你不要瞪我。你还小，大人的事，你不懂。我一生气，就上街买东西去了。去了还不到一个小时，就滑坡了。丁丁，我离开客栈之后发生的事，你给陈叔叔讲讲。"

丁丁不看徐小姐，也不看陈远林，仰起头，看着头顶上小叶榕绿得发黑的叶子。丁丁说："妈妈走了，我给爸爸说我饿了，爸爸就带我到五楼去找吃的。"

陈远林记得，徐小姐的院子并不大，为了开客栈，只好加高楼层，把原本的三层加成五层，区上城管局还曾找过她的麻烦，要求她必须拆除。但后来为什么没拆，他也不是太清楚。徐小姐把一到四楼开成客栈，五楼呢就自住。

丁丁说："我们到五楼厨房，爸爸从冰箱里找到几个鸡蛋，给我做蛋炒饭。这时候，我听到外面轰隆隆地响，像是打雷。爸爸问我：'丁丁，是什么声音？'我说：'是不是打雷？'爸爸说：'不对，不像打雷。'爸爸把头从厨房窗口伸出去看了看，他大声叫我：'丁丁，丁丁，快跑，出事了。'我听到爸爸的声音很惊慌。问他什么事，他没说，一把关上煤气灶，拉起我就往四楼跑，边跑边说：'后山滑坡了，泥石流冲过来了。'我们才跑到四楼，就发现楼房歪了，是后面那栋楼倒过来，把我们的楼压歪的。

"爸爸说：'不行，不能往下跑，我们要跑到楼顶才成。'

"我们又往楼顶跑。跑到楼顶一看，到处都是黄泥巴，像水一样到处乱流。爸爸把我拉到楼顶最斜的那头，在那里，我看到泥石流已经把一楼二楼三楼都埋了，站在楼顶看下去，就像在二楼上一样。爸爸说：'丁丁，下面的泥土很软，摔不痛的，我先把你抱起来，你跳下去，就马上朝那边跑。'

"我问他：'那你呢？'爸爸说：'你先跳，跳了就跑，我也跟着跳。记住，跳下去马上就跑。别回头。'

"爸爸抱起我，绕过楼顶的矮墙，托住我的胳膊，把我往下面扔。我掉到泥土上摔了一跤，一点也不痛。我记住爸爸说的话，马上就往外跑。我跑了几步回头看爸爸，爸爸不见了，妈妈的客栈也不见了。"

丁丁一口气说完，又开始抽泣起来。

"陈局，你说，他要不是找上门来纠缠我，要我和他复婚，哪里会出这种幺蛾子？这下可好，他自己送了命，丁丁今后怎么办？"

陈远林实在忍不住了："丁丁是你儿子，你是他的妈，自然也是他今后的监护人。"

徐小姐忙说："我不是那意思。我是说，丁丁天天问我要爸爸，我怎么办？老天，我怎么办？"

徐小姐前脚刚走，又来了一位邻居。比起徐小姐，陈远林对这位邻居更加熟稔。一周前，陈远林回云海村看望父母，还在小超市门前遇到过他，两人还热情地打了招呼。陈远林记得，当时，这位邻居手里提着一扇排骨，兴冲冲地往家里走。陈远林还问他："哟，欧阿伯，今天什么日子，买这么多排骨？"

欧阿伯说："林仔啊，你阿伯怎么舍得吃这么好的排骨？还不是心抱又生了苏虾。买点排骨，给她煲煲汤喝。"

欧阿伯年岁并不算太老，却是云海村里不多的几个操地道广东方言的人。所谓心抱，就是儿媳妇；所谓苏虾，就是婴儿。听长辈们讲，欧阿伯从小父母双亡，小时候在东平镇上吃百家饭，穿百家衣长大。自然，结婚也很晚，一直快到四十岁，才胡乱找了个没人要的老姑娘。老姑娘身子矮小，走在路上，远远看去，像个七八岁的孩子；走近了，吓人一跳，额头上吊着一个拳头大的肉瘤。

欧阿伯四十多时有了儿子，含辛茹苦把儿子拉扯大，儿子脑子却有些问题，虽不是傻瓜，却比正常人要差些距离。一晃，儿子也二十多了，欧阿伯很着急，到处找人给儿子提亲。遭遇多次骗局后，好不容易找到一个脑袋同样有些问题的姑娘结了婚。婚后，小两口生下一个女儿，欧阿伯提心吊胆地看着她长到三四岁，眼见她伶俐可爱，会唱歌会数数还会背床前明月光，这才把悬着的心放进肚去。欧阿伯说他儿媳妇生了，陈远林就问他："生了个啥？儿子还是女儿？"

欧阿伯的声音里透出得意："儿子，这回是儿子呢。"

"难怪你这么高兴，走路都像要劈叉呢。"

在陈远林记忆中，因为一生贫苦，欧阿伯为人极其节俭，或者不客气地说，已经到了吝啬的地步。买菜，永远只在天晚菜市场要关门时才去，有些蔬菜摊主把蔬菜发黄的老叶子剔去，欧阿伯就让他老婆——捡拾回家，再选出其中稍好一些的炒一盘，便是一家人晚餐的下饭菜。

像大多数云海男人那样，欧阿伯也喜欢喝两杯。别人无论多么节俭，喝酒至少也有一块豆腐干或是一把花生米。欧阿伯呢，除了过年，平时他的下酒菜就是一小碟食盐。食盐是提前炒过的，略放了些油。炒过的盐微微发黄，他就用一根筷子蘸一点盐放进嘴里，然后有滋有味地喝下小半口酒。酒入口，一定不会马上咽下去，而是要让它在口腔里来回滚动，像是用热水漱口。欧阿伯说："这么好这么贵的酒，一口就吞下肚去，那不是太对不起它了吗？"

不过，近些年来，欧阿伯的日子倒是有了不小的转机。转机来自云海村后面的工业园。欧阿伯两口子太老了，儿子儿媳小两口脑袋又不太清楚，进厂，基本没人要。但是，欧阿伯家的宅基地有一片很大的空地。那空地，早就有人看上了，想出钱买下来修房子。

在云海和北山其他街道或镇子，有不少具有特区特色的房子。它们既不是由开发商从政府手里购买土地后开发的小区，甚至也不是由村上集资开发的小产权房，而是一些当地人利用自己的宅基地修建的。这样的房子，按理不能作为商品房出售，但既然有人开了头，在房价越来越高的特区，也算是为很多想买房而资金又不足的人带来了希望。尽管他们也知道这样的房子不受法律保护，却架不住价钱低——最多相当于正规商品房价格的四分之一，或是小产权房的一半。

欧阿伯就出售了自己的那片老宅基地，得到了一笔他们家几代人也挣不到的钱。欧阿伯本是个自小就父母双亡的孤儿，他的老宅基地又是如何来的呢？原来，欧阿伯父母去世后，农场看他再无一个直系亲属，想把他送到孤儿院，送了三次，他都跑了回来。农场无奈，就指定与他家相邻的一对无儿无女的老夫妇做他的监护人，每个月由农场给老夫妇一笔费用。

十来年后，老夫妇先后去世，欧阿伯长大成人，除了父母留给他的那座老房子外，还有老夫妇这一座。虽然两座房子都破旧不堪，尤其是他父母留下来的那一座，长年无人居住，早就变成了一片废墟。早些年，这样的旧房子的确毫无价值。可近些年来，随着北山的发展，随着越来越多工厂选址北山，外地人口与日俱增，一旦把旧房子推倒，就是一块十分宝贵的建筑用地啊。

欧阿伯卖了一块宅基地，拿到钱，迅速把另一套房子也改建了。另一套地盘小，只好拼命往上修，窄窄的地盘上，矗立起一栋八层的楼房，看上去就像一座碉堡。像这种碉堡，云海村还有不少。不可能有电梯，天天爬上爬下，自然辛苦，主人家却是不住或只住二、三楼的，其他层都租给打工仔，价钱也很便宜。看在便宜份儿上，爬上爬下的辛苦就可以忽略不计了。毕竟，这世上还是穷人多。

欧阿伯卖宅基地赚到一大笔对他来说像天文数字的钱，新修的房子他自家只住了三间，其余二十多间全部出租。应该说，一夜之间，他家的经济状况就已飙升到全云海前列。可令人意想不到的是，欧阿伯依然节俭，依然节俭得近乎吝啬。虽说下酒菜不再是炒盐巴，但至多也就是一小碟炒鸡蛋，还得把一多半夹给四岁的孙女。他的儿媳妇怀孕后，他才好不容易拿些钱出来改善生活，但买回家的肉、鱼、鸡，每餐却只有小小的一碗，摆在他儿媳妇面前。他儿子不懂事，也伸出筷子去夹，夹一次，他没吭声。夹二次，他瞪了儿子一眼。夹第三次，他忍无可忍，用自己的筷子挡住儿子的筷子："你又不生仔仔，你吃了有什么用？"

走在路上，看到人家扔的塑料瓶子、塑料袋、报纸、纸箱，他都要捡回去，整理一下放在楼梯间。过上一段时间，再借一辆板车，拖到废品收购站去卖三五几块钱。拿了钱，他就到陈远林父亲的多而美超市买几颗棒棒糖回家哄孙女。

以前，欧阿伯吝啬，村民都同情他，毕竟，人家儿子和儿媳都是残障人，不容易啊。自从听说他家的老宅基地卖出一大笔钱后，对他的吝啬，几乎都是一边倒的嘲笑和不满。包括陈远林的父亲。陈远林有一次就听到父亲略带嘲讽地问他："你都大发了，怎么还看得上这几个塑料瓶子？你这不是变态吗？"欧阿伯好像没听出嘲讽的滋味，认真地说："不行啊，你晓得的，我儿子、我儿媳妇这里都有问题。"说到这里时，他伸出脏兮兮的手指了指自己的脑袋。脑袋上，头发掉得差不多了，只有几缕白发还固执地盘踞在顶部。

滑坡那天，欧阿伯不在家，拖着板车到废品站卖废品去了。等到他回家时，滑坡已发生了两个小时，军警和政府工作人员在村口拉起了警戒线。欧阿伯听旁人你一言我一语地把滑坡的事说了一遍，当即瘫坐在地。他说，他临出门时，他老婆、儿子、儿媳妇和孙女孙儿都在家里。他说："我儿子，我儿媳妇这里有问题，反应慢，他们怎么知道滑坡的厉害？"旁边的人安慰他："你们家里不是有不少租户吗？有可能他们会喊你儿子儿媳的。你快给他们打个电话吧。"

欧阿伯面色尴尬，那人反应过来："你没有手机？你说吧，你儿子号码多少，我帮你打。"

欧阿伯说："我儿子没手机。"

"你儿媳妇的也行。"

"我儿媳妇也没手机。我们家的人都没有手机。我们家又没一个亲戚，一家人天天都在一起，手机实在用不着，就没必要花那笔冤枉钱。"

陈远林在现场为搜救组带路那两天，曾经看到过欧阿伯的房子。那栋以往如碉堡般的八层楼房，黄色的泥土已经埋到了第五层。余下三层，歪斜着，如同被推倒的积木。搜救人员的生命探测仪以及两条吐着长舌头的警犬来来回回好几遍，没有发现任何有生命存在的迹象。

欧阿伯来到小叶榕下，站在陈远林桌前，陈远林掏出烟递了一支给他，欧阿伯接过去，点燃，抽了一大口说："林仔，我来登记。我儿子失踪了，我儿媳妇失踪了，我老婆失踪了，我孙女洋洋失踪了，还有刚出生五天的孙子也失踪了。还没来得及给他取名字呢。"

旁边站了几个人，没一个人吭声。欧阿伯顿了顿，似乎不好意思地笑了笑，又说："现在，就剩我一个人了。你们说说，为什么失踪的不是我呢？为什么不把我埋在地下呢？"

欧阿伯说得很轻，好像真的对这个问题感到非同一般的迷惑。

# 9

作为北山区一个不大不小的领导干部，陈远林总是保证手机二十四小时畅通。并且，对那些来历不明的电话，他也一一接听。哪怕有些号码已经被软件标注为广告、骚扰甚至是诈骗。他仍然得接，仍然得很客气地说："你好，请问你是哪里。"

接到自称北山医院外科肖医生的电话时，陈远林心里咯噔了一下，他以为是母亲出了什么意外。

意外的是，与母亲无关。这让他稍微放了点心。

肖医生说："是这样的，陈局长，我刚才接了一个车祸伤员。这个伤员一定要托我找到你。她说，她和她丈夫都认识你，他们在云海村里开了一家KTV，好像叫，对了，青春KTV。"

陈远林说："是的，是有这么个KTV。你是说女的受伤了？"

"是的。女的叫符英。她说她丈夫叫江小雨。她一定要我转告你，江小雨跑回云海滑坡现场了，准确地说，是到青春KTV去了。"

陈远林不由一愣："他去那里干什么？符英就是从那里救出来的，江小雨还回去做啥？现在哪还有什么KTV，早就是一片废墟了。"

"符英说，她丈夫是回去拿埋在地下的订婚戒指和婚纱照的。"

"这不是没事添乱吗？"

"是啊。可要命的是，据符英说，江小雨重回云海村，已经是三天前的事情了。这三天里，她一直联系不上他，手机根本打不通。她很着急，因此她也想回云海村，谁知道就是在去云海村的路上出了车祸。"

陈远林有几分气恼，又不能向肖医生发作，久久才说："三天前的事了，符英怎么才说呢？"

肖医生也叹了口气："我也不知道。不过，在上手术台前，她千叮咛万嘱咐要我一定把这情况告诉你，求你给搜救人员说说，请他们去青春KTV救江小雨。"

"符英伤情如何？"

"不太好，失血过多，还没脱离危险。"

接了肖医生电话，陈远林心情变得很糟糕。但他还是立即跑到警戒线处，向值勤的警察说明了情况，警察们都认识他，放了他进去。他又找到搜救队负责人之一，市消防支队的一个副支队长，前几天，他们有工作上的往来。副支队长听说后，也有些惊讶："这个人是怎么想的，为了婚纱照和戒指，竟然又偷偷摸进现场，还埋在了地下？这不是捡了芝麻丢了西瓜吗？不，简直连芝麻都算不上，简直蠢得有盐有味。"

一支搜救队又回到了此前曾插过红旗并救出过符英的地方。其实，由于变形严重，地面又缺少必要的标识，要找到青春KTV的准确位置有些困难。好在，搜救队员都是些有实战经验的好手，几番观察，略事切磋后，终于确定了大体位置——多而美小超市门前那根歪歪斜斜的半截子电线杆，又一次功不可没。

从滑坡现场出来后，陈远林回到小叶榕下，坐下来喘了口气，喝了几口水，喝水的时候他才想起，这大半天里，虽然水杯就在桌子上，可硬是连端起杯来喝一口的时间都没有。

果然，半杯水还没喝完，又有人来登记了。来的这个人，陈远林也认识。是一个四十多岁的中年女子，面容憔悴，走路时总是心事重重的样子。

女子名叫迟丽，是月光社区服务中心云海村残疾人日间照料中心的社工。社工这职业，虽然在国外起源已有几十年，但在中国渐渐普及，却是近些年来的事。陈远林上大学时，就知道有社工，不过，那时候，他一直把社工、义工和志愿者混为一谈。直到来社会管理局上班后，因为社会管理局是各个社工组织的主管部门，他才知道社工与义工及志愿者其实不是一回事。

比如说，义工和志愿者是没有薪资的，社工呢，则要从社工组织那里领取月薪。再比如说，一般的义工和志愿者不需要持证上岗，社工却是要考证的，必须获得了资格证才能上岗。这么说吧，相当于社工是专业的，义工和志愿者则是业余的。

特区的社工发展在全国都走在了前列。陈远林记得的一个数据是，全市当时有两百多家社工机构，北山区就有五六十家。政府常常通过这些社工机构来购买服务，比如迟丽所在的月光社区服务中心，就在北山区管理署面向全国社工机构招标时，中了残疾人日间服务这个标。

残疾人日间服务，算是政府给残疾人及其家庭提供的一个福利。以往，有残疾人的家庭，其他家庭成员上班或上学后，就只能把他们关在家里，或是自己出钱请保姆照料。日间服务中心的工作，就是让这些家庭早晨把残疾人送到服务中心，由中心负责照料并提供康复训练，等到他们的家人下午下班后，再接回家去。这不仅为残疾人家庭解决了后顾之忧，还节约了一大笔开支。

但是，政府本身不可能派出人员来从事这种服务，就得面向社会购买，而各个社工机构，就是这种服务的提供者。

云海村残疾人日间照料中心位于陈远林父亲的多而美超市旁边两百米远的地方，是租用的一座两层小楼。包括迟丽在内，一共有六个工作人员。一个是负责人，称为督导，还有一个康复医生。另外四个，都是社工。迟丽就是四个社工之一。

迟丽也是来登记失踪人口的。

日间照料中心有二十一名残疾人，有肢残的，有盲人，有聋哑人，也有痴呆，还有一个精神病，就是从前五分场的钟副场长，不过，现在人们都叫他钟疯子。

每天，残疾人像上幼儿园的小朋友那样被送到照料中心，照料中心除了看护他们和对一些肢残者进行康复训练外，每天还要举行一些他们力所能及的活动。比如，有时候是做手工，有时候是像幼儿园小朋友那样，用彩笔画一些简单的图画。中午，集体午餐。餐后，集体午睡。

但是，迟丽说，那段时间，钟阿成总是不睡。

"钟阿成是谁？"陈远林刚问，旋即自己想到了答案，原来，大人小孩都叫他钟疯子的前五分场副场长，大名叫钟阿成。

钟阿成以前吃过午饭，第一个就爬到他的床上蒙头大睡，可那段时间，他坚决不睡。吃完午饭，他总是坐在照料中心大门前的台阶上。叫他上楼午睡，他说："哎呀，山垮啦，房子全被埋在泥巴下面，好多死人，一个接一个地摆在地上，摆了一操场……太吓人啦。"

陈远林一下子想起滑坡发生几天前那个晚上，他在多而美超市附近的十字口遇见钟疯子时，钟疯子也这样对他说过。想到这里，他不由后背一阵发凉。难道说，这个疯疯癫癫的老头儿，真的看见了正常人看不见的东西吗？

钟阿成——或者说钟疯子坚持不肯上楼午睡，没办法，迟丽只好陪着她，也坐在门前的台阶上。幸好，屋檐宽大，能遮雨，不然，那些天接连不断的雨水一会儿就要把两个人淋得透湿。

日间照料中心坐东朝西，正好面对村后那匹山梁。当然也就正好面对后来滑坡的堆纳场。

当迟丽与钟阿成并肩坐在石头的台阶上时，抬起头就能看到对面的楼房和几重楼房背后的山。山的一边是青色，山的另一边是黄色。泾渭分明。那时候，迟丽无论如何也不会想到，有一天，黄色的山将会在一瞬之间崩溃，形成一条黄色的泥河，呼啸着扑向村庄与工厂。吞噬一切，掩埋一切，毁灭一切。

滑坡发生时，照料中心的老人们正在吃午饭。他们的午饭比较早，一般是十一点半。刚吃了几口，钟阿成就放下碗筷不吃了，迟丽让他再吃些，他摇头，往门外走。他说："还吃啥饭？山都要塌了……好多死人，一个接一个地摆在地上，摆了一操场……太吓人啦。"

钟阿成走到照料中心大门外，像往常一样在台阶上坐下来，嘴里还在喃喃自语，只是听不清他说的什么。迟丽跟着走了出去，就在这时，她听到远处传来惊天动地的巨响，她感觉脚下的大地像在微微颤抖，她的第一反应是地震了。

这时，她看到钟阿成站起身，兴奋地拍着手，指着远处说："你们不相信我的话，你们看，你们看，山不是垮了吗？"

迟丽只看了一眼，一下子反应过来，急忙跑回室内大喊她的同事和还在吃饭的残疾人。接下来五六分钟里，她和其他五个同事一起，一个接一个地把残疾人扶出大门，能走的能跑的，让他们赶紧往安全地方走，往安全地方跑。几个腿脚不便的，只好一人背一个。余下没人背的，急得在后面大喊大叫，迟丽回头安慰他们："我们马上就回来，就回来。"

由于距离后山比多而美超市要远一些，日间照料中心是泥石流淹没的最后一座房子。过了日间照料中心，原本气势汹汹的泥石流已成强弩之末，只是在地表覆盖了一道两米深的糊状泥土，且越远越薄，终于在抵达云海广场前一百米左右止住了。

那天，迟丽和她的同事们来回两次，救出了十八个残疾人。另一个残疾人，也就是钟阿成，是第一个自己逃出去的。他一直跑到云海广场，像猴子一样爬上了一棵高高的木棉树，骑在树上瑟瑟发抖。一直到救援人员到达，他仍然不肯下来。后来，只好由两个消防战士爬上树，小心地把他扶下来。

还有两个残疾人没能救出。当迟丽累得上气不接下气地又一次跑回照料中心时，那座两层的小楼已经被冲倒了，淹没了，原本坐在台阶上等着救援的最后两名残疾人，早就不知去向。三天后，他们的遗体从泥土下方不到一米的地方挖出来，脸面肿胀，充满惊恐。他们的家人见了，也忍不住一阵阵恶心。迟丽流着泪，用一块干净的布，为他们擦去脸上的泥土，就像平时在日间照料中心里，午餐后，为他们擦去嘴角的饭粒、油渍、汤汁一样。

迟丽一直记得一个细节。那就是他们最后一次跑回照料中心时，小楼不见了，残疾人也不见了，出现在他们面前的，竟是一片平整的黄土。黄土上，却有一只很大的电饭煲。迟丽一眼就认出，那只特大号电饭煲是照料中心的，二十分钟前，她才从里面给残疾人们盛过热腾腾的米饭。也不知道是什么力量，神奇地把它冲了出来并浮在泥土上方。迟丽打开锅盖，里面的饭还有一小半，还是热的。只是，再不会有人去吃了。迟丽把那只大难未毁的电饭煲从废墟上拿了回去。后来，月光社工中心清理统计损失时，唯一未受损的财产，就是那只七八成新的特大号电饭煲。

<h2 style="text-align:center">10</h2>

父亲的遗体从废墟下挖出来后，直接被送到了殡仪馆。陈远林继续留在滑坡现场，继续带着搜救队，通过生命探测仪和警犬寻找可能幸存的生命。偌大的废墟上，插起十几面小小的红旗。风一吹，红旗猎猎作响。那声音，让陈远林有些恍惚。像做梦。

他担心母亲扛不住。他给姐姐陈远芬打了电话，告诉她不能让母亲到殡仪馆去。他说："妈年纪大了，怕她受刺激。就让她在家里，你们多多费心。我这边走不了。"

姐姐却直截了当地说："我们都在殡仪馆，妈也在。你放心，天塌不下来的。不过，依我看，你要是抽得出一两个小时，还是过来点一炷香叩两个头吧。官当得再大，亲爹亲娘也怕还是要的吧。"

陈远林语塞，默默挂了电话。他知道，如果向领导请假，领导一定会同意的，毕竟，遇难的是自己的父亲。可是，看看所有人都急得如同热锅上的蚂蚁，他实在不好开口。

谁知，下午时，事情就有了转机。

下午召开现场例会。区工委方书记主持。会上，一个副主任在汇报救援进度时，顺便也表扬了一下各个组的工作人员。其中特别说到了陈远林，他说："像社会管理局的陈远林局长，他就是云海村人，他父亲也在这次事故中遇难。可他因为熟悉地形，熟悉云海村人，就坚持留在现场，为搜救队引路。"

方书记立即打断了副主任的话，他当然认识陈远林，似乎也知道陈远林是云海村人，他扭头对一侧的陈远林说："小陈心里装着群众，这是对的。但是，我们共产党人，也不是不讲人情，小陈的父亲既然遇难了，他理应回家去处理老人家的后事。救援工作虽然紧急，终归也不在于多一个人少一个人。小陈，这会你不必开了，我给你一天假，你先回去，送送老人家吧，也替我们点一炷香，叩几个头。"

陈远林百感交集，默默地收拾起笔记本离开了会场。

半个小时后，他来到城边的殡仪馆。院里偌大的空地上，搭起好多座灵堂，不用问，多半是滑坡遇难的。找来找去，他找到了自家搭的那一座。

远远的，他听到村里的刘阿婆在用唱歌般的腔调哭丧。

刘阿婆是个孤老婆子，谁也不知道她到底有多少岁了，脸上的皱纹一道接一道，仿佛要把整张脸撑破。头发花白、稀疏，眼神浑浊，如同两池泥水。打陈远林记事起，她就以哭丧为业。每当她一板一眼地哭起来时，她脸上的皱纹慢慢漾开了，眼神虽还浑浊，却有了神采。平时她衣衫不整，哭丧时却一定要打扮得尽量光鲜一些，就连稀疏如秋后荒草的白发，也仔仔细细地束在脑后。

陈远林看到，刘阿婆坐在父亲灵前，一心一意地唱，一心一意地哭。她的唱词，陈远林曾在县志上见过，据说已有数百年历史，称为《老人歌》：

> 一心望你天长远，
> 难望期颐愁日天。
> 阻隔天梯难见面，
> 立吊仙魂苦惨言。
> 从此阳世无你见，
> 白璧难求日日鲜。
> 丧命南阿成白燕，

偷弹指甲闷厌厌。

珠玉宝锭成金片，

难望回阳近取连。

点得刘全赠瓜阎罗殿，

七天回转玉蓝田。

从此你们钉金匾，

儿女福禄寿华延……


灵堂里，聚了十多个人，除了母亲和姐姐一家外，还有三五个亲戚，以及一些邻居和父亲的朋友。陈远林想，这大概就叫作生前友好了。

父亲遇难，是陈远林四十余年来遭遇的第二位亲人的死。第一位已是三十年以前的事了，那是外祖母。外祖母死时，好像也是刘阿婆，坐在灵堂里唱着哭，或者哭着唱。只是，那时刘阿婆还不像今天这样衰老，还是一个有几分姿色的中年妇女，只是命太苦，面相也总是显得十分忧愁。当然，那时她还不叫刘阿婆，叫什么，陈远林忘记了。

外祖母的死并没给陈远林带来太多悲伤。毕竟，他与外祖母虽然住在同一个云海村，却没有生活在一起。并且，外祖母性情有些古怪，哪怕是对他们这些外孙，也显得吝啬。外祖母院子里有几株荔枝，荔枝将熟未熟时，陈远林摘了几颗，外祖母竟生气地拿起苍蝇拍打他的头。从那以后，陈远林就坚决不肯再去外祖母家了。

多年来，父亲与自己也是怄气的时候多，顺气的时候少。如果不是父亲的软硬兼施，陈远林肯定留在了广州，他与林如凤的关系肯定也不像现在这么紧张。说起来，父亲的自私带给他不少伤害。然而，陈远林仍然无可抑制地感到阵阵伤痛。毕竟，血浓于水；何况，如今沉睡在冰棺里的这个人，是自己的父，是根，是脉，是源。

再想想他的死，就是为了转身回去取存折，而存折上的钱，竟是为了纯属子虚乌有的孙子准备的学费，他心里更感到一阵刺痛。这刺痛，若隐若现，若有若无。去想时，刺痛消失了；不去想时，又冷不丁刺他一下。这狗日的痛啊。

陈远林开始后悔。后悔这些年来与父亲的一次次争执，一场场吵闹。然而，陈远林也明白，这种后悔，是基于父亲突然去世了。如果父亲还在，他们之间的争执与吵闹，还是一定会继续存在，还是会继续发生。

人，就是这么一种古怪动物。

陈远林看到，母亲面色平静，这让他多少有些放心。姐姐眼圈发红，和母亲并肩挤坐在一条长凳上，为父亲守灵。看到陈远林进来，一个三十来岁的男子默默地递给他三炷香，陈远林接过去，男子打燃火机，将香点燃。陈远林把香插在一个巨大的用来插香的土豆上，伏下身，叩了三个响头。

在他前面两三米的墙上，是一幅父亲的照片。照片上，父亲的笑容有些暧昧，像是明白了什么，又像什么都没明白。

递香的男子，是陈远林的外甥，也就是姐姐陈远芬的儿子，名叫高小明。

陈远林行完礼，和母亲以及其他亲朋邻居寒暄了几句，姐姐示意陈远林跟她一起出去。两人走到灵堂外，在一座花台前站下来。

陈远林以为姐姐要和自己商量父亲的丧事。谁知，姐姐问的却是关于堆纳场的事。

姐姐说："林仔，我问你一个事。这次滑坡，到底死了多少人？"

陈远林说："现在还没有最终的统计结果。失踪人员也还在搜救中，估计有好几十个吧。"

姐姐叹了口气："真是惨啊。我听人家说，滑坡是由于堆纳场引起的？堆纳场是赵老板办的，那赵老板是不是要被国家抓起来，要判刑要坐牢？"

"姐，你问这个干什么？"

"姐这不随便问问嘛。"

姐姐比陈远林大十岁，从小个性泼辣要强，初中毕业后就在农场办的副食店里上班，每天操着一柄锋利的砍刀站在柜台后面砍猪肉。久而久之，不仅浑身上下有一股隐隐约约的猪肉味儿，且养成了大老爷们儿般的脾气。抽烟，喝酒，说粗话，样样都来。副食品店卖肉，工资并不比与她同时进农场而从事其他岗位的同事更多。事实上，早些年，在农场，不论你是种地、种荔枝还是养猪、养奶牛或是卖猪肉、修拖拉机，只要你们是同一时间参加工作且学历又相同的，那么，除非以后有谁当了官，否则工资都是一样。只不过，有些岗位多少有点油水。以姐姐的岗位来说，猪肉店里总有些没多少肉在上面的骨头没人买，也没法再由农场收回去，这便成为几个卖肉工的外快。每天下班时，他们都明目张胆地提着几根骨头回家熬汤喝。所以，自从姐姐上班后，陈远林家里几乎天天都要喝骨头汤。

因为这些缘故，姐姐在家里的地位明显比陈远林高。更重要的是，上大学时，父亲给陈远林的生活费不够，姐姐就主动每个月给陈远林寄五十块钱，这让陈远林内心对姐姐充满感激。在家里，父亲是说一不二的一家之主，但对姐姐，也显得客气三分。这么说吧，有些事情，陈远林或母亲说了，父亲不一定听；但若是姐姐说的，他多半会考虑考虑。

陈远林知道姐姐绝对不是随便问问。他也知道，高小明一直在姐姐所说的赵老板手下打工，按时髦话说，也算是赵老板手下的高管。赵老板的堆纳场出了事，姐姐出于对高小明的关心，顺带过问过问，也是可能的。只是，他实在怕高小明和堆纳场扯上关系。他很清楚，出了这么大的事，死了这么多人，影响这么恶劣，政府方面得有人为它背书，堆纳场的赵老板更是责任重大，肯定会被送进监狱。至于为赵老板具体经管堆纳场的相关人员，到底要负多少责，现在还很难说。

姐弟俩正说着话，高小明出来了，好像有些心事重重的样子。陈远林严厉地看了他一眼："小明，你老实说，赵家才的堆纳场，你到底参与了具体经营管理没有？"

"没有，真的没有。"高小明惊慌地摆手，"你知道的，舅舅，我是家才大酒店的总经理，我只负责酒店的事，堆纳场那边，一直都是赵董的侄儿赵子永在管。"

"那就好。"陈远林说，"那就好。"

"舅舅，赵董到底有多大的责任？会抓他吗？"

"有多大的责任，还得由上面来认定，抓不抓他也一样，得由上面来认定。"

"哦哦。"高小明好像欲言又止，两人站在花台边默默地抽了一支烟，都是一副心事重重的样子。

就在这时，一个邻居急急忙忙跑出来，大声喊："远芬远芬，你妈昏倒了。"

三人闻言，急忙一齐跑回灵堂。


# 11


头顶上是一层又一层的泥土。那泥土的厚度，在消防战士救符英时，江小雨是见识过的。足有两米多。但消防战士说，这还是最浅的，大多数地方，足有七八米甚至十来米厚。

不过，哪怕两米多，也足以把外面的广阔天地和地下的狭小空间分隔成两个完全不同的世界。两米多的泥土压在头上，里面便是一座黑暗无声的坟墓。江小雨突然想到一个词：幽明异路。

最早的慌乱和恐惧之后，江小雨渐渐镇定下来。他借助手机的光，小心打量容身之处。他所在的位置，正是青春KTV的院子。院子里，有一棵荔枝树，枝叶繁茂，荔枝树旁边是围墙，围墙旁边是一间厨房。之前，符英也被困在这里。经过挖掘机和消防战士人工挖掘，原本压在荔枝树和厨房上的泥土大多已被移走。但是，当江小雨顺着挖出的坑道下到院子时，泥土又一次滑下来，盖在了荔枝树和厨房上面。好在，围墙和厨房都没有倒塌，形成了一个小小的通道。江小雨双手着地，趴在潮湿而松软的泥土上，向着厨房爬过去。在厨房里，他找到一根木棒，有两米来长，他再次爬到刚才跌落的位置，用木棒向上用力刺去。木棒深入泥土约两尺后，无论如何用力，再也刺不进了。江小雨试了几次，弄得浑身大汗，还是无济于事。他明白，头顶上的泥土太重太厚，他无法想象把木棒刺穿泥土，伸到地面的样子。

江小雨沮丧地瘫坐在地，地上的泥土水分很重，一会儿就把他的裤子湿透了。不过，他却没什么感觉，或者说一时间根本顾不上裤子是干是湿。江小雨又一次感到了恐惧。他想，这地方前两天符英被困时已经搜救过了，他们肯定不会再来了。他们不可能知道再次有人困在了地下。那么，接下来，我要么是饿死在地下；要么因为泥土垮塌被活埋。总而言之，我在劫难逃。我才三十岁，我还没办婚礼。想到结婚，他自然想到了符英。符英还在医院，她不知道我去哪里了。她要是知道我的结局，不知道会有多伤心。江小雨心底一阵隐痛，像是平静的湖面突然滚过一阵狂风。江小雨又想起了阿妈，想起了阿爸，他们的脸在黑暗中浮现在半空。后来，江小雨昏昏沉沉地睡着了。

再一次醒来时，江小雨是被饿醒的。他也不知道时间过了多久。他记得厨房的冰箱里应该还有些食物，于是又借着手机的灯光摸进厨房。果然，冰箱里有十多个鸡蛋，一盘饺子，一块腊肉，一袋汤圆。厨房里还找到几个西红柿。江小雨首先吃了那盘饺子。他想喝水，打开水龙头，自然放不出水来。他摸回院子，在潮湿的泥地上挖了一个坑，一会儿工夫，坑里就积了些水。手机照耀下，水显得十分浑浊。但顾不得了。江小雨趴下身，脸贴到泥土上，伸出舌头，像狗一样舔着泥水。泥水有一股浓烈的土腥味儿，令人作呕。

吃了饺子，喝了泥水，江小雨饱了，也有了精神。他知道不能放弃。他必须想办法。他从厨房的抽屉里找到几只蜡烛，那是去年装修KTV时买的，那段时间，要改造进屋的电线，停了几天电，不得已，就用蜡烛。那几支就是当时剩下的，没想到现在派上了用场。他又找到一只锤子。点燃一支蜡烛后，他拿着那只锤子回到荔枝树下，围墙边，有一根铁制的水管。他用锤子在水管上敲，有规律地敲。

手敲酸了，歇一会儿，再敲。一直敲到他再一次肚子饿了，又摸到厨房里吃了三只鸡蛋。鸡蛋是生的，敲开蛋壳后，把蛋清和蛋黄都小心吸进嘴里，一股脑儿地吞下去。江小雨想，看来，外面没有人听见我的声音。我把这些东西吃完了，大概就得饿死了。他似乎没有了最初想到死亡时的恐惧和慌乱，他有些麻木了。他开始慢慢接受这个既成事实。

后来，江小雨作为在地下被埋时间最长而又顺利获救的幸存者，他的形象出

145

现在全国几乎所有电视的新闻里，他的名字和获救情况，被许多报纸报道或转载。《特区日报》专门总结了"江小雨获救四个条件"。记者写道：

一、坚强的求生信念。江小雨刚和女朋友领取了结婚证，并拍了婚纱照，两人还在半年前开了一家KTV。他被困地下时，更加思念妻子，思念亲人，并对未来的幸福生活充满渴望。

二、他被困的地方有相对较大的空间，更重要的是，厨房的冰箱里有食品，地上挖个坑能攒泥水，这些都让他在被困的四天时间里基本不饿不渴。

三、自救意识强。长达几十个小时里，江小雨尽量保持清醒，并用锤子敲击水管发出声音向外界传递信号。

四、有空气流入。江小雨所在的位置，由于一棵很大的荔枝树和没有倒塌的厨房与一段围墙的支撑，形成了一个三角形的生存空间，里面虽然掉了些泥土，但并不太多，因而有空气流通。

江小雨本人也看到了这位记者所总结的生存条件，是文娃子拿给他看的，他笑了笑，把报纸扔到一旁。那时候，他已经知道，如果不是符英，哪怕有四十个生存条件，他最终也会饿死困死在几米深的黄土下。

让他无比心痛的是，他从地下获救了，符英却因车祸而去世。

# 第五章

## 1

失踪人员登记的最后一天下午，天放晴了，久雨后的天空甚至出现了一道淡淡的彩虹，一头挑在云海广场上空，一头消失在后山。已经没什么人再来登记了，该登记的前几天都来过了。从明天起，登记站就撤销了，陈远林接到的新工作是安置遇难者家属。

其时，登记在案的失踪者一共有七十三人。市上和区上对此非常重视，成立了一对一的工作组。每个工作组都由一名副处级以上领导当组长，负责其所对应的这个遇难者家庭的一应事宜。陈远林和于小晴等人负责的是一个叫王海德的遇难者。王海德是江西某地来特区打工的，之前在电子厂的流水线上当工人。电子厂厂房距离后山堆纳场最近，也就是后来流传于网上的视频中人们看到的最早被泥石流推倒的那一栋。

正当陈远林和于小晴等人在小叶榕树下整理资料时，陈远林接到了朱副主任的电话。听上去，朱副主任有些着急，他要陈远林立即赶到北山医院。陈远林不知道又出了什么意外，朱副主任大声说："跳楼，有人要跳楼。"陈远林更加莫名其妙，跳楼这事，怎么也不该他社会管理局来管啊。朱副主任这才想起解释，说："就是昨天你带人救出来的那个江小雨，他要跳楼。你说，全国众多媒体才报道了他，他真要是跳楼自杀了，外面会怎么看我们？我们的工作是怎么做的？

你和他早就认识，又救过他，你去劝一劝。"

陈远林知道这是个烫手山芋，可他不可能因为烫手就把山芋给领导扔回去吧。他只好说："朱副主任，我去试试，不过，我不敢保证成功。是不是还是请善于做心理辅导工作的人去？他们更专业些。"

"怎么没去，去了两个，没效果。江小雨现在很烦躁，随时可能跳下来。北山医院住院大楼二十几层，跳下来还有命啊？你别说了，赶快去，只许成功，不许失败。"

陈远林只有苦笑说是。朱副主任军人出身，以前在部队做过副团长。带过兵的人，对下属从来都是命令的口吻，绝不许任何人讨价还价。当然，优点也很突出：有一说一，有二说二，绝不在背后搞小动作。陈远林在他领导下干过好多年，完全了解他的个性与行事风格。

陈远林马上就打了辆出租车赶到北山医院。

住院大楼前的空地上，到处都是人，警察早就来了，拉起了警戒线，地上也铺了气垫，朱副主任在现场急得火烧眉毛，声音有些嘶哑。见了陈远林，急忙向他招手，示意他过去。


# 2


江小雨从地下被救出来时，神智清醒，身体无恙。不过，按惯例，还是得把他送到医院观察。他只是身体有些虚弱，并无大碍。输了一天多的液后，江小雨恢复得不错，早餐时胃口大开，一连吃了四个馒头，喝了两碗粥。饭后，他托护士帮他找来手机充电器，一边充电，一边给符英打电话。奇怪的是，手机关机。打了几十次，永远是那个冷冰冰的女声：你所拨打的号码已关机，请稍后再拨。

江小雨斜倚在病床床头，皱着眉想了想，又给符英的一个闺蜜打去。闺蜜昨天已经在电视新闻里看到江小雨，知道他为了取回埋在地下的戒指和婚纱照被埋在地下四天，成为被困时间最长的获救者。

然而，在向江小雨表示了祝贺之后，当江小雨问他符英时，电话那头却犹豫了。

在江小雨再三追问下，闺蜜抽泣着把符英遭遇车祸抢救无效死亡的事说了。

江小雨呆住了，俄而又笑："你是开玩笑吧？不许开这种玩笑。符英一定就在你旁边，快，快让她接电话。"

回答他的是闺蜜的哭声。

江小雨终于相信，这是无情的事实。他浑身冰凉，比前两天埋在泥土下还要冰，还要凉。他身子发抖，扔了手机，机械地跳下病床，也没穿鞋便走出了病房。他像是一根不受意识控制的木头，面无表情地穿过走廊，穿过护士站、医生办公室。大家都很忙，没人注意到他的异样。

后来，他出现在了医院住院大楼楼顶。他翻过半人高的栏杆，双脚悬空，坐在栏杆外不到两尺宽的楼顶边缘。从他的角度鸟瞰，下面人流如蚁。是的，熙熙攘攘的人流就是一只只不辞辛苦的蚂蚁，忙碌得十分可笑。

他的脑袋里一直有两个声音在吵架。一个声音是符英，一个声音是他自己，江小雨。

符英的声音："你这个大傻瓜，你坐到这里好危险啊，一不小心摔下去就没命了。"

江小雨的声音："我要是摔下去，说不定就能再见到你了。"

符英的声音："见不到的，人死了就没了。快翻进去吧。刮风了，你穿得好少，你不冷吗？"

江小雨的声音："我不冷。我也不想翻进去了。我只想痛痛快快地跳下去，一了百了。"

符英的声音："我才离开你两天，你就像变了一个人，你让我以后怎么放心？"

江小雨的声音："不是我变了一个人，是你自己先走了。我们下个月就要办婚礼了，我们连婚纱照都拍了，戒指也买了，你却不辞而别。"

符英的声音："你看你，要不是你跑回去找戒指找婚纱照，我就不会从医院出来找你，当然就不会碰上那辆该死的渣土车。那我们全都好好的。"

江小雨的声音："是啊英子，我恨死自己了。都是我的错。我没法原谅自己。"

符英的声音："别这样，我也有错，我不该老是向你念叨埋在地下的戒指和婚纱照，埋了就埋了，什么东西有人重要呢？你要是困在地下救不出来，我也只有去死了算了。"

江小雨的声音："你看你不也只有去死了算了，那你为什么要阻止我跳下去？"

符英的声音："不一样。这不一样。"

江小雨的声音："哪里不一样？"

符英的声音："别说了，快回去吧。过两年，忘了我，另外找个好姑娘结婚吧。"

江小雨的声音："可我回不去了。"

两个声音就这么你一言我一语地在江小雨脑袋里争来吵去，却始终没个输赢，或者说谁也无法说服谁。江小雨就那么歪着脑袋，好像在侧耳倾听。他的脸上挂着古怪的微笑。

百米开外的地上，所有人都抬头张望，眼睛好的人，甚至看到了他脸上的微笑。一起发出惊叹："天啦，他还在笑。"

也有人认出了他："这不就是在地下困了四天救出来的那个幸存者吗？昨天和前天的电视都播了的，叫什么雨。"

"好像叫江小雨。"

"他为什么要跳楼？"

"谁知道呢？早知道要跳楼，还不如就困在地下。"

"听说是他女朋友遇到车祸死了，前天的事，就死在这家医院里。他想不开。"

"这年头，还有人殉情，好古典啊。"

"哼，你看人家，对女朋友爱得巴心巴肝的，哪像你？"

"我，我怎么啦，唉，你别生气嘛，你要是有个三长两短，我也……哎哟，你拧我做啥。对不起亲爱的，我说错了，你怎么会有三长两短呢，不会的不会的，我呸呸呸。"


# 3


陈远林略问了问情况，戴眼镜的心理医生直摇头："他不说话，一句话也不说。我也不敢靠得太近，怕刺激他。"

朱副主任说："你说这小伙子，前天接受电视采访还正正常常的，现在却要闹这么一出。他这一跳下去，事情就闹大了。远林，你赶紧上去把他劝下来。"

陈远林快步分开人群，坐电梯上了顶楼，不到五分钟，便来到了距江小雨五六米外的地方。江小雨听到背后的脚步声，略微回了一下头，又把头扭过去。

陈远林说："江小雨，你在这儿干吗？"

江小雨终于扭过身子："我在和符英吵架。"

陈远林怀疑自己听错了，他迟疑着说："有什么好吵的，还是快进来吧。那里风大，容易感冒。"

"符英也说，这里风大，容易感冒。可我一个快要死的人了，我还怕风大还怕感冒吗？"

"谁说你要死了，你前天才被救出来，是这次滑坡事故最幸运的幸存者。俗话说，大难不死，必有后福呢。"

"后福，后福在哪里？"江小雨似乎从刚才的恍惚中回过神来了，他冷笑一声，"我爱的人没了，投资的KTV也没了，甚至就连下个星期的伙食费都没了，你还跟我说后福。"

陈远林觉得，要想正常劝说他肯定不行，他想另辟路径。他也冷笑一声："你身上就揣着大把大把的钱，你不知道吗？"

江小雨一愣："在哪里？我怎么不知道？"

"黑市上，一个肾价值三四十万，肝价值二三十万，像你这么年轻又身强力壮的小伙子，价钱还可以再高些。你不是腰缠万贯吗？怎么能说一无所有呢？"

江小雨乐了："我一会儿跳下去，就相当于把这百万家产一把火烧了对吧？"

"对啊，只是，我相信你不会那么傻。你还年轻，不要为一时的烦恼想不开。"

"陈局，我知道你是为我好，你救过符英，也救过我，但这一次，你救不了我。我心里憋得慌，只有跳下去，我才对得起符英。"

陈远林冷笑着打断他："要是真有灵魂的话，等你见了符英，符英不会说你是情种，只会说你是蠢蛋。"

江小雨被激怒了："凭什么？你凭什么这么说？老子要跳楼，关你什么事？"

陈远林暗暗着急，生怕他一下子纵身而下："江小雨，你只是一时想不开，千万别做蠢事，世界上可没有后悔药。"一着急，官腔也出来了，"再大的困难，也可以慢慢解决的。要相信政府，会处理好后事的。"

江小雨撇撇嘴："陈局，你还不如刚才那位心理专家会劝人。"

"总之，你要是不相信政府，也要相信自己，相信明天吧。你未来的路还长……"

就在陈远林几乎黔驴技穷时，他听到楼下的人发出一阵惊呼，他和江小雨扭头一看，在他们后面五六米的地方，也就是江小雨所坐的栏杆外的楼顶边缘，不知什么时候又坐上去一个人。

也像江小雨那样，双腿吊在半空中，而且是个年轻女子。风把她的长发吹起来遮住了脸，她伸手去撩开，风又固执地把长发卷过去。

江小雨突然叫了一声："吴梅，你干什么？"

那女子尖声说："干什么？跳楼啊。"

江小雨愣了，半晌才说："你为什么要跳楼？"

"你不是也跳楼吗？我没什么事，也跟着跳楼玩玩儿。"

"玩玩儿？你疯了吗？你跳楼了你爸你妈怎么办？"

"那你跳楼了你爸你妈又怎么办？"

江小雨语塞，想了想说："我和你不一样。我什么都没了。就连英子也没了。我活下去还有什么意思。我知道你是为了劝我，我谢谢你。"

"怎么不一样？不都是一样的父母所生吗？不都是一样的肉体凡胎吗？我跟你说，你要是敢跳，我马上跟着跳。你晓得我的性格，绝对说一不二。要不你喊一二三，我们一齐跳。快啊，你快喊啊。"

江小雨哭笑不得，陈远林则暗自松了口气。陈远林走过去，把手伸给江小雨，江小雨愣愣地看着他。陈远林说："上来吧。跳不成了。"

江小雨犹豫着拉住陈远林的手，慢慢爬进了栏杆，楼下的人一齐鼓掌。江小雨恨恨地啐了一口："什么世道啊，想跳个楼都办不到。"

陈远林不理他，又走过去拉吴梅。吴梅却自己爬进了栏杆。

吴梅笑嘻嘻地看着江小雨："小雨哥，饿了吧？我们去吃烧烤。"

江小雨说："吃吃吃，就知道吃，你看你，都胖成啥样了。你要是跳下去，准像个皮球一样蹦起来。"


# 4


从医院出来，天已经快黑了。陈远林才发觉饿得心慌，中午就在榕树下吃了一盒盒饭。他看到小巷里有一家馄饨店，走进去准备吃碗馄饨。才走进门，却看到一个身材高大的男人对着门埋头吃馄饨。却是朱副主任。

朱副主任见了陈远林，乐了："嘿嘿，你倒是赶得巧，今天算我请客，要吃多少，管够。"

陈远林也乐了："您一个大主任，也亲自到这种小店来吃？"

陈远林和朱副主任多年前就是同事，后来朱副主任又一直分管他，两人关系处得不错，陈远林说话也就比较随便。

朱副主任说："实话告诉你吧，自从滑坡事件到今天，没回家吃过一顿饭。也没有哪天晚上十一点前回过家。你嫂子早就有意见了。要不是我嗓门大，脸皮厚，早就不让我进家门了。嫌我吵得她睡不着，她可是有多年的神经衰弱。你呢？你母亲还好吧？"

陈远林谢过了朱副主任，他的馄饨也来了，便也低头吃馄饨。朱副主任已经吃完了，他果然招呼老板买了单，陈远林也不和他客气。朱副主任站起身，拍了拍陈远林的肩膀："远林，你慢慢吃，我还要回去，方书记今晚还要开个常委会。"

陈远林嘴里含着一个馄饨，忙说："好的好的，你忙你先走。"

朱副主任点点头，突然又回过头来说："做人做事，要像哑巴吃馄饨，心里有数。"

朱副主任才走了两分钟，陈远林的馄饨只余下最后两个了，这时手机又响了。

是于小晴打来的，很着急的样子。陈远林问她怎么了，她说："陈局，王海德的亲属打起来了。怎么办？"

"你们在哪里？"

"在北山宾馆。"

"你们一定要控制住现场，千万不能打伤了人，我跟着就过去。"陈远林挂了电话，也无心再吃碗里剩下的两个馄饨，挟起公文包跑到路边打车。

上了车，他嘟囔着骂了一句："妈的，我顶你个肺。"

司机一愣，问："先生，你说什么？"

陈远林回过神来，忙说："没，没说什么。"

陈远林骂的是王海德的亲属。

前面说过，对于在滑坡事件中死亡的七十三名遇难者，在确定了其身份后，区上成立了一对一的工作组，每个组由一名副局级以上领导当组长，带领三到五名工作人员和遇难者家属对接。这一点，看得出，市上和区上要努力做好善后工作。本来也是，如今维稳无小事，出了滑坡这种举国皆惊的大事故，如果处置不当，再生出几起群体事件，那谁也负不起这个责。

陈远林那个组，对接的是王海德。王海德的遗体是当天才从泥土下挖出来并得到确认的。确认之后，区上就把对王海德的善后工作交给了陈远林。

陈远林不敢马虎，马上让于小晴负责与王海德的家属联系。哪知道，一联系才发现很困难。首先是电子厂的工人档案被埋在地下没有挖出来，对王海德遗体的确认，也是通过几个电子厂的工友来辨认的。他们说，王海德来电子厂半年了，虽然大家天天在一起上工一起吃饭睡觉，可他为人孤僻，全厂两三百号人，竟然没有一个称得上是他的朋友。有两个关系稍好一些的，也只知道他是江西吉安人，至于他家里有什么人，如何联系，则一概不知。

幸好，在王海德身上那件已经被泥水浸泡得看不出颜色和质地的外衣口套里，发现了他的身份证，知道了他是江西省吉安市青山区某镇某村人。于小晴在警方的协助下，把电话打到该镇，又从该镇打到该村，接电话的是村支部书记，操着一口带着浓重的江西南部方言的普通话。幸好，于小晴外婆就是江西那边的人，虽然不是吉安，但离吉安不远，于小晴总算是能听个大概。

村支部书记对王海德遇难一事反应冷漠，这也难怪，王海德和他非亲非故，他自然不会有什么激烈反应。及至于小晴请他通知王海德的亲属到北山来处理后事，支部书记呆了半晌没说话，于小晴还以为电话挂断了，着急地"喂"了两声。那边才慢吞吞地说："你这是给我们出了个难题啊。"

"为什么？"

"为什么？王海德没有家属。他从小就父母双亡，靠他爷爷把他拉扯大。"

"那就通知他爷爷。"

"通知不了。他爷爷五年前就死了，坟前的青冈树都碗口粗了。"

"那他还有什么比较近的亲属吗？比如兄弟姐妹或是堂兄弟姐妹？"

"没有，他老王家，就只他一根独苗了。现在他一死，老王家就绝户了。"

"其他亲属呢？比如表哥表姐表妹表弟什么的？"

支部书记没有立即回答，却反问了一句："出了这么大的事故，一定要给王海德的亲属赔不少钱吧？"

"按政策规定，是有一笔钱。"

"你看，这不就是一个难题吗？要是没有这笔钱，单是王海德的骨灰盒，我们村上随便派个人来北山取了就是。可有了这笔钱，他那些远房亲戚，哪怕从来就不来往的，哪个看了不眼红？所以，我该通知谁来？我通知了张三没通知李四，李四就会找我麻烦。这样吧，我只有把这事告诉王海德的所有亲戚，他们自己商定哪些人来哪些人不来，哪些人该进这笔钱，哪些人又不该进这笔钱。"

支部书记慢条斯理地在电话那头弯来绕去，于小晴急得直摇头，可又不能把电话掐了，只得硬着头皮听他说完。

当天晚上，于小晴连续接到几个显示为江西吉安的电话。一个宣称是王海德的表哥："海德他妈是我妈的堂妹，小时候，海德家里困难，我们可没少接济他。有一年，地瓜都背了两回。海德出了这事，我妈伤心得都昏过去了，刚在医院里挂了盐水回来。"另一个宣称是王海德的表妹："海德他爸是我妈的堂哥，我们两家关系可好哩。小时候我妈还说我长大了就嫁给海德哥。说是我和他的关系，就好比那林黛玉和贾宝玉呢。谁知道，海德哥竟出了这事儿，我和我妈一定要到北山来看看。"

于小晴头有些大，幸好她提前从村支部书记那里知道王海德自小父母双亡，别无亲人。这些表哥表妹，算起来，就是和他最亲的了。

于小晴告诉他们："你们既然是王海德的亲戚，那就到村上、镇上开一个证明，再来北山吧。"


## 5


除了对接处理遇难者王海德的后事外，社会管理局还分到另一项工作，那就是帮扶一家受灾企业，使其尽快恢复生产。准确地说，社会管理局对口帮扶的是林达电器公司。

林达电器公司已有二十年历史，老板姓王，叫王长江，年近六旬，原本是内地某省一家电器厂的工程师。二十世纪九十年代初，王长江到特区出差，热火朝天的特区面貌一下子吸引了他。他回去不久，就从那家天天看看报纸喝喝茶，拿着一份饿不死也吃不饱工资的地方国营电器厂辞职了。辞职后，他被特区一家电器厂聘为工程师，慢慢做到了总工程师的位置。后来，等他熟悉了从设计到生产和销售、管理的整个渠道，他不想再给人打工，便借钱开了一家只有十几个人的作坊式电器厂。十几年下来，作坊已经扩大成员工上千人、年产值近十亿的企业。

滑坡那天，时值周末，且电器厂的工人大多并不住在厂区，因而无人伤亡。王长江最早发现不对劲，他当时正坐在三楼办公室整理一份客户资料，偶然间抬起头，发现隔壁电子厂背后浓烟四起，初时还以为是着了火，细一看，不是浓烟，而是尘土。事发前几个月，他就多次向城管局和街道办反应，认为云海后山的堆纳场存在风险。可惜，每一次虽然有关部门都很客气地向他表示感谢，但最终也就是事到感谢止，并没有进一步的动作。

看到漫天弥漫的灰尘，他立即明白，担心了很久的灾难终于发生了。他拎起办公桌上的手提包就往外冲，冲到阳台上，大声招呼厂里值班的工人，以及他的儿子和老婆。

人员没有伤亡，可去年刚修建完工的三栋房子却眼睁睁地被泥石流撕成一片废墟。

王长江还算乐观，当时，电视台采访他，他面色平静地说："损失肯定很大，但幸好我们厂没有伤一个人，这一点才是最重要的。只要人还在，其他损失都不在话下。"

没想到的是，接下来的情况，却让王长江打起了退堂鼓。他慎重召开了一个家庭会议，参加者即他、他老婆、他儿子。他提出，企业不做了，回老家重庆去。老婆历来没什么主见，见王长江这么说，自然同意。儿子却不同意。父子俩争了一场，谁也说服不了谁。

当陈远林正赶往北山宾馆处理王海德的善后事宜时，出租车上，就接到了王长江的儿子王宇的电话。

"不能让一家受灾企业从北山撤走，要尽最大努力解决他们的困难，尽快恢复生产。"听王宇简单说了情况，陈远林着急了，一下子就想起几天前在区工委和管理署召开的专题会议上，方书记几乎是一字一顿地这么强调。如果社会管理局负责对口帮扶的林达电器真的关张，事情的严重性可想而知。这些天，尽是些让人焦头烂额的事，一着急，脸上便长了好几个暗红色的小疮，火辣辣地痛。

陈远林心事重重地赶到北山宾馆，在一间小会议室里，王海德的亲属们正吵得乌烟瘴气。

一个穿中山装的秃顶男人，抓住一个穿红色毛衣的矮个子，旁边又有七八个男男女女推推搡搡。秃顶男人怒吼说："我是海德的表妹夫，我老婆的妈，也就是我岳母，和海德的爸是同一个爷爷的，我们怎么就不亲了，你说说？小时候，邻村的刘老太还提过亲，说要把我老婆许配给海德，人家林黛玉和贾宝玉就是这种关系。幸好现在是新社会，近亲不能结婚，要不，我老婆早就和海德结婚了，哪还有你们这些八竿子打不着的亲戚什么事？"

矮个子努力挣脱秃顶男人的控制，他说："你松手。我们怎么就八竿子打不着了？海德他妈和我妈是同一个爷爷的，我管海德他妈叫大姨，大姨妈，懂不懂？"

听到大姨妈三个字，突然有个女声大哭起来。陈远林扭头一看，是一个三十多岁的女子，穿着一身肥大的工作服，脸上有些星星点点的麻子，她的哭声和骂声立即盖过了秃顶男人和矮个子："大姨妈，我大姨妈两个月没来了，都是王海德造的孽呀。他说过年就回来和我结婚，可谁知道出了这事啊。要说亲，你们这些表哥表妹，哪有我和他亲。天啦天啦，还讲不讲王法啊。我是王海德的老婆啊，我才是他唯一的继承人啊。"

秃顶男人和矮个子不再争吵了，一齐回过头来怒对工作服女子："你说你是王海德的老婆，你们结婚了吗？你把结婚证拿出来。"

"我们虽然没拿证，可我们同居了。"

"你哄鬼吧。我们一个村你以为我不知道？刘老太三个月前介绍海德跟你认识，海德回吉安，总共就住了三天，有两天我们在一起打牌喝酒，相亲那天，你根本就没看上人家海德，嫌他穷，是个打工的。什么还同居了，你还要脸吗你？"

"你知道什么。我和海德是一见钟情，当时我说不同意，是我害羞，不好意思。当天晚上，他又悄悄摸回来了。"

会议室里人声鼎沸，争吵声、哭闹声、起哄声不绝于耳。陈远林甚是恼火，他拍着桌子吼了一声："都别吵了。"

吵闹的人被他镇住了，果然没人吭声。于小晴忙说："你们吵了一下午了，再吵下去又只有打架，打了架，也还是没有结果。最好坐下来，有话心平气和地说。"

按区上之前确定的政策，凡是在滑坡中遇难的，由政府财政赔付六十万元。这当然是一笔不少的数字。所以，不仅陈远林这个组，其他不少组也遇到过遇难者的亲人们为了这笔款的分配而吵架的，但像陈远林这个组这么夸张的，却也还没有。

首先一点，不论是王海德的表哥还是表妹，抑或自称与他一见钟情且怀有他孩子的穿工作服的那个叫范阿花的女子，严格讲，他们都不是王海德的亲人。但王海德既然早就父母双亡，没有妻子儿女，甚至连兄弟姐妹也没有，这些人要求处理他的后事，也是说得过去的。

只是，表哥表妹都提供了当地政府盖了大红印章的证明，证明他们和王海德确实有这层关系，但范阿花却没法提供证明。通过刚才进门时听到众人的一番争论，陈远林几乎可以判定，范阿花百分之九十是想浑水摸鱼。

陈远林木着脸，仔细看了秃顶和矮个子各自递上来的证明，秃顶还摸出烟来发给陈远林，陈远林拒绝了。之后，问范阿花："你呢，你和王海德什么关系？"

"我是他女人。"

"什么关系？"

"关系嘛，三个月前他回来时就发生过了。"

陈远林搞不明白她是真不懂还是装糊涂："那把你在当地政府开的证明给我

看一下吧。"

范阿花当然拿不出证明，却拍着肚皮说："我的证明在这里，这里有王海德的种。"

矮个子说："你不要胡说八道，整个青山村，谁不知道你是个什么样的女人？"

秃顶也凑过来，讨好地对陈远林说："领导领导，你别信这个女人，海德回来相亲，只和她见过一面。她没看上海德，嫌海德是个穷打工的。她早几年就结过婚的，老公被她克死了，最近又和镇上卖牛肉的张屠子混在一起。"

范阿花突然大哭起来："海德海德，你睁开眼睛看看啊，你老婆被人家欺负啊，你快把他们也带到阴间去啊。"哭着哭着，竟昏了过去，她身旁的另一个女人，自称是她姐的，忙对陈远林说："领导，我妹这是动了胎气，这是要出人命的。得赶快送医院。"

陈远林心生一计，让于小晴马上打电话要来救护车并陪范阿花去医院。于小晴后来告诉陈远林，坐到救护车上，范阿花就正常了。到了医院，医生给她输液，她很不情愿，于小晴就劝她，她只好继续输。在为她做了一番检查后，医生出具了一份报告，报告说，范阿花没有怀孕。

输完液，范阿花还要回北山宾馆。于小晴就告诉她："你还是别去了吧。"

"为什么？"范阿花问。

于小晴向她晃了晃手里的检查报告："你说你何必撒这种谎呢？先不说你和王海德到底有没有一见钟情，你并没有怀孕，王海德的孩子压根儿就不存在。你真的认为回去闹，就能分到一笔钱？"

范阿花愣住了，又一次大哭起来："狗日的王海德，谁知道他要出这种事，当时我是看不上他，要是知道他……"

于小晴实在听不下去，起身走了。

回到宾馆，陈远林还在主持调解。他听于小晴讲了范阿花的检查结果，松了口气，对众人说："遇难者的抚恤金不是唐僧肉，谁都想来吃一口。这个范阿花，刚才撒泼打滚，说是怀了王海德的孩子，现在，检查结果出来了。"

众人都凝神听陈远林往下说，陈远林却喝了口水，才说："她没有怀孕。至于你们呢，你们提供了当地政府的证明，证明你们的确是王海德的亲属，但从你们和王海德的血源上来说，你们的关系是一样的，没有谁比谁更亲。所以，你们要是听从我的调解，就我刚才说的，表哥和表妹平分，谁也别想多占一分钱。好了，你们自己商量，是用嘴商量还是用拳头商量，随你们的便。商量好了，我这边负责把钱给你们。商量不好，你们就继续商量，打死人打伤人，你们自行负责。好，我说完了，先走一步，你们也不急，明天后天甚至下个月回我的话都行。"

陈远林说完，真的跨出会议室的门走了。他一走，王海德的亲戚们反倒慌了神，也不再争吵甚至动武。一个老者说："我看这个领导有水平，说得有道理，咱们都是海德的亲戚，上山打猎见者有份，就平分。"

矮个子男人看了看旁边的女人："你是海德的表妹，你拿个主意。"

那女人问："真的是六十万？那一家一半，就是三十万？"

矮个子男人点头。

女人说："我看行。"

老者又问秃顶男人："你呢？"

秃顶说："我和海德是兄弟，唉，算了，看在海德面子上，我就吃点亏吧。"

矮个子男人不依："大家平分，你吃什么亏？"

看看两个人又要吵起来，老者生气了，敲着桌子："你们再要吵，我也走了。我宁可不挣你们那三千块钱辛苦费。"

原来，老者并不是王海德的亲戚，而是王海德的表哥表妹们从村里请来的。据说老者年轻时跑江湖见过大世面，他们便答应得到补偿金后给他三千块钱，让他跟着一起到北山帮着拿主意。

第二天，王海德的表哥和表妹等一干人，再次来到社会管理局会议室，把善后协议签了。果然是表哥三十万，表妹三十万。双方拿了银行卡，证实了卡上的金额，一个个全都欢天喜地，咧着嘴露出焦黄的牙，笑个不停。陈远林心想，这亲戚的确隔得远了，所以才会把这笔抚恤金当作天赐的意外之财。只是，听其他局的人讲，有一家是亲兄弟俩，也为哥哥的抚恤金大打出手；还有一家，是儿子死了，父亲和媳妇也为了抚恤金吵得翻天覆地。钱啊，真他妈是一个最深刻的东西，一下子就能测量出人情伦理到底值多少价。陈远林在心里感叹了一番。看着那些人消失在走廊尽头，突然才想起还有个最重要的东西没交给他们。

他不知道那些人的名字，只好跑到办公室叫于小晴："你快打电话，把王海德的表哥表妹喊回来，王海德的骨灰盒还在我办公室。"

于小晴给王海德的表哥打电话，说："你们快回来，把王海德的骨灰盒领走。"

王海德的表哥，也就是那个秃顶男子笑嘻嘻地说："还是留给他表妹吧，他们感情深，让他们拿去有个念想。"

于小晴又赶紧给王海德的表妹夫，也就是那个矮个子打电话，矮个子有些生气："他是他表哥，王海德是他们王家的人，我又不姓王，怎么能让我们领？这明明是他们的事嘛。"说完，不等于小晴再说，竟挂了电话。于小晴握着手机，喂喂两声，回她的是一阵忙音。于小晴气得差点把手机给扔了。


# 6


陈远林望着文件柜上那个用红绸包起的骨灰盒，心里很不是滋味。他倒不是迷信的人，只是，再不迷信的人，把一个陌生人的骨灰盒放在你面前，总是不舒服。再联想到王海德的表哥和表妹分抚恤金之前，尽力夸大与王海德的感情，及至拿了钱，却连王海德的骨灰盒也不肯领走，心里更有些生气。

但他来不及生气，甚至还来不及喝口水，又匆匆地出了门。

他必须到林达电器公司去一趟。刚才，王宇给他来电话，说是和父亲王长江又吵了起来。王宇说："老头子脾气倔得很，家里厂里多年来都是他做主，我要说服他留下来，太难，除非……"

王宇没往下说，陈远林自然知道他说的除非是什么。陈远林之前早就想过这个问题，所以，他还算是比较胸有成竹。他告诉王宇，他把王海德的后事处理完，立即过来。

电器公司被毁后，王长江父子在云海村附近的云溪村租了一座院子。陈远林到了院子门口一敲门，父子俩一齐出来把他迎到屋里，递水送烟，客气了几分钟。末了，王长江有些愧疚地对陈远林说："陈局，我们认识也好多年了，想当年，你还在招商局，我们就有来往，还给我们处理过不少难题。按理说，我不应该让你为难。区上让你负责对口林达的帮扶，多么艰难，我都不该打退堂鼓。我原本也是这样想的，哪怕我的三栋厂房全毁了，我也没动过关门的念头。我相信，有你陈局，有区工委区管理署和市上的支持，林达电器很快就能复工。可是，我当时没想到的是，哪怕用最快的速度重建厂房，购置设备，培训人员，大概也需要八九个月的时间。我原想，这八九个月我不生产，虽然没有利润，但这些年来的积蓄，也还支撑得起。可独独忘记了一点，我们生产的产品，一直都是供给台湾的一家医用器材厂。他们却没法等我们一年，他们已经通知我，鉴于林达现在的情况，他们要终止合同。我自然无话可说。更关键的是，他们现在就要找一家电器厂取代我，那八九个月之后，哪怕我的厂子重建好了，可我的订单却没有了。你知道的，我们这种电器很专业，用户很少，要想再找一家像台湾那么大的用户，实在太困难。所以，我不得不萌生了关门的念头。"

陈远林知道，王长江说的都是实情。林达电器的产品和许多通用电器电子厂的产品不一样，他生产的是一种大型医疗仪器上使用的电器，专业性非常强，这些年来，他们一直和台湾那家厂商合作。

陈远林点头表示同意，他说："情况我都清楚。领导们对林达也很重视。区上正在加紧编制新的工业园区方案，林达重建的用地，都在规划方案中。区领导的意见是，有条件马上恢复生产的，可以暂时租用厂房，租金由区上补贴一部分。林达也是符合这个条件的。"

王长江叹了口气："恢复生产不难，难的是等我恢复生产了，订单也没了，生产出来的产品卖给谁？"

陈远林笑着说："我今天就是想解决这个问题。"

王宇眼前一亮："陈局早就有办法了？"王长江却是半信半疑，沉吟着不说话。

陈远林说："试一试吧。我有个大学同学，和跟你们合作的那家台湾厂商一样，也是生产同一种医疗仪器的，他们总部在苏州那边，正在准备扩建分厂。前段时间，我就在做他的工作，让他把分厂弄到北山这边来。如果你们两家合作，还可以省掉一大笔物流费。"

王长江父子都很惊喜，对视了一眼，脸上布满笑意。

陈远林却说："不过，云海滑坡后，我那个同学有点犹豫，我正在努力说服他。所以，你们暂时不要有关门的举动。如果我那个同学不来北山办分厂，我也把你们介绍给他，看能否合作。"

## 7

陈远林负责失踪人口登记时，迟丽也被抽调来做这项工作。登记结束后，迟丽仍然回去做她的社工。云海村的居民大多被临时安置在中心广场的帐篷里，几天的混乱之后，该上班的还得上班，该上学的还得上学，生活必须回到正轨。那么，从前送到日间照料中心的老人，又成了这些家庭的一大负担。这些家庭就不断找社区，希望照料中心能尽快恢复运作。

这样，日间照料中心就租用了附近一座三层楼的小院，那是一座刚搬迁走了的幼儿园，正好空着。老人们几天没见迟丽，都亲热地拉着她问长问短，尤其是她亲自背出来的几个，更是边说话边抹眼泪。

除了以前的几个同事外，迟丽还给日间照料中心带回一个义工。义工是个年轻女子，长得很漂亮，却有一种愁云密布的忧郁。一个老人左右端详，终于认出了她："你不是那个梁娟吗？你也来做社工了？"

是的，正是梁娟。

梁娟不是社工，因为社工需要考试，需要获得资格证。她的确在日间照料中心帮忙，是义工，相当于不拿报酬的志愿者。滑坡事件发生后，她在分给她家的小帐篷里昏沉沉地睡了三天，有时也醒过来，胡乱吃点东西，坐在床前发呆，然后，又睡。梁娟的母亲很着急，她突然想到迟丽与梁娟一直是关系不错的朋友，就跑去找迟丽来开导她。

开导之后，梁娟愿意起床了，甚至主动提出到日间照料中心去做义工。迟丽想了想，爽快地答应了。

突如其来的滑坡，让梁娟家里发生了巨大的变故。第一个变故，或者说外人所知道的巨大变故，自然是梁娟的父亲不幸遇难。

滑坡时，梁娟还没起床。尽管她早就醒了，可她不愿意起床，她宁愿百无聊赖地躺在床上，瞪大了眼睛，望着天花板发呆，也不愿意起床。起床就意味着要和父母说话，要回答他们永远鸡零狗碎的问题与关心。她烦透了。当然，对于去那家奄奄一息的机械厂上班，她同样也烦。不过，客观地说，如果与从前到养猪场上班相比，到机械厂上班还是要好一些。只是时间稍长，她觉得无论养猪场还是机械厂都让人烦。同样是两堆大粪，你难道能说哪一堆的味道要好一些？有一次，母亲批评她时，她就这样回敬了一句，母亲被怼得直翻白眼。

所以，睡在床上，她听到了从外面传来的轰隆隆的巨大声响。不过，她不关心，她压根儿没想到会滑坡，会有波涛汹涌的泥石流吞没大半座村庄和大半个工业园区。

那时候，父亲和母亲在外面院子里忙活。父亲听到声响，跑出门去看。只看了一眼，就吓得连滚带爬地跑回来，边跑边喊："快跑，快跑，后山滑坡了。"母亲还在张望，父亲一把将她往院子外面推，母亲就跟着巷子里的人一起往云海广场那边跑去。

父亲也跟着跑，可刚跑到院子门口，突然想起还睡在里屋的梁娟，只好又折身回来。母亲问他："你干啥？"他说："娟儿，你忘了娟儿还睡在里屋。"

父亲冲进里屋，梁娟还睡着，父亲一把扯起她，梁娟只穿着内衣内裤，十分恼怒："你干啥，你发疯了吗？"

父亲急得满头冒汗："娟儿快跑，滑坡了。"

梁娟这才惊慌失措地往外跑，跑到院门口，才想起还没穿衣服，对父亲说："我的衣服，衣服。"

父亲只好再次折回去，他说："你先往外跑，我回去拿。"

父亲回去后，再也没出来。不到一分钟——那一分钟，梁娟觉得十分漫长，好像十分钟，二十分钟。她穿着内衣内裤站在院子门外的小巷里，偶尔还有惊恐的邻居跑过，似乎也没人注意到她白花花的手臂和大腿。只有一个老婆婆，边跑边喊她："娟儿，快跑。不跑就来不及了。"

她机械地跟着老婆婆一起跑。跑到巷子拐角外，回头一看，她家的房屋已经不见了。

三天后，救援队从泥土下四米深处挖出了父亲的遗体。父亲脏得像个泥人。遗体在运往殡仪馆之前，母亲边哭边烧了几大盆热水给父亲洗澡。梁娟机械地在旁边站着，脸上看不出表情。父亲洗过澡之后，五官又从泥土中露了出来，面容却很平静，不像许多遇难者的遗体那样，满面恐惧，惊慌。

母亲给父亲换衣服时，从父亲贴身的衬衣口袋里，摸出一张银行卡，卡上只有两千多块钱，那大概就是父亲的小金库了。另外还有一张折叠得很整齐的纸。母亲匆匆看完后，把那张纸小心地放进贴身的衣兜。过了好一会儿，好像实在忍不住了，突然抱住父亲的头痛哭起来。哭了半天，梁娟说："好了，别哭了。"

那些天，梁娟精神一直很恍惚，或者说很麻木，哪怕是父亲死了，她好像也并不是太悲伤。她只是在心底一遍又一遍地问，这接连不断发生的事情都是真的吗？我是不是在做梦？她试着掐了一下大腿，能感觉到痛。那就说明这不是梦，这接连不断发生的事都是真的。

她到越南是真的。她和刘麻子结婚是真的。她不是处女被刘麻子休了是真的。她成为全云海村的笑柄是真的。滑坡是真的。父亲遇难是真的。母亲的哭是真的。

父亲被送到殡仪馆火化后，变成了一只小小的骨灰盒，母亲把它拿回暂住的帐篷，摆放在一只不知从哪里捡来的硬纸箱上，旁边，是父亲的遗像，黑黑瘦瘦的父亲脸露微笑，却笑得很不自信，好像在用微笑向人表达歉意。

那天晚上，母亲把梁娟喊到摆放父亲骨灰盒的硬纸箱旁，抖索着从贴身的衣兜里翻找了一会儿，梁娟不知道她要干什么，瞪大了眼睛望着她。

母亲说："娟儿，你一直怀疑，你不是你爸的女儿。"

梁娟想解释，母亲制止了她："你看看这个吧。"

那是一份报告，抬头上是一行红色的大字：特区第一人民医院法医物证司法鉴定所。下面是黑色字体打印的亲子鉴定报告。六个黑体字让梁娟感觉呼吸急促起来。她匆匆往下看：


一、基本情况

委托人：梁根发

委托事项：亲子鉴定

受理日期：2014年12月6日

检验材料：

1号材料：梁根发头发一根；现场采集；

2号材料：梁娟头发一根；委托人提供；

检验日期：2014年12月7日


梁娟按捺住怦怦乱跳的心往下看，下面是一个表格，里面是她看不懂的各种数据。她的目光越过这些表格，继续往下，直到翻到另一页，终于看到了最后几行字：


鉴定结论：

经过我中心鉴定，梁娟与梁根发确认有血缘关系。


下面是红色印章盖上去的四个字：确认亲生。

梁娟看得很慢，"确认亲生"四个红字似乎有些刺目，让她的双眼慢慢有些干涩，她伸手去揉了揉，眼泪透过指缝流了下来。

从那天晚上开始，梁娟不吃不喝，整天发呆。直到三天后，母亲找来迟丽。

迟丽走到床前拍了拍梁娟，梁娟转过头，看见是迟丽，愣愣地看着她，终于一把抱住迟丽。迟丽抚着她，像抚一个孩子，梁娟大哭起来。迟丽说："哭吧，哭吧，哭完就好了。"

梁娟就一心一意地哭，哭了足有二十分钟，嗓子有些沙哑了，声音渐渐低下去，慢慢止住了。迟丽问她："哭好了吗？"

她回答说："好了。"

"好了那就吃饭吧。"

梁母为她端来饭菜，梁娟大口大口地吃起来。吃完，她对迟丽说："我今天才明白，我是个混蛋。是个白眼狼。我居然荒唐地怀疑我不是我爸的女儿。迟姐，我是不是混蛋，是不是白眼狼？我爸居然为了我这个混蛋这个白眼狼送了命。迟姐，我恨不得抽自己几耳光，替我爸抽，替我妈抽……"

迟丽静静地看着她，不说话，嘴角露出微笑。

梁娟说："我想通了，我要换一种活法。不然我爸就为我白死了。迟姐，你说我能做什么？"


# 8


陈远林和冯大庆约好一起吃晚饭。不过，两人在电话里约定这事时，用的词其实并不同，陈远林说的是晚上我请你吃饭，冯大庆说的是那我们好好喝一台。

吃饭或者说喝酒的地方，定在了北山农场二分场的一个农家乐。这个农家乐以红烧乳鸽闻名。打小，陈远林就记得，北山人把红烧乳鸽和牛初乳、金银玉米并列为北山三宝。其中，红烧乳鸽所用的鸽子，就产自北山农场下属的二分场。这些乳鸽全部用五谷杂粮饲养，长到二十五天左右就可出笼。此时的乳鸽肉质鲜嫩，营养也容易被吸收。烹制时，使用的卤水里，加入了三十多种中药材，每种中药材都有严格的比例。总之，北山红烧乳鸽口感滑爽，香气扑鼻，皮脆肉酥，渐渐地便成为一道远近闻名的美食。北山二分场旁边那家农家乐，名叫华光居，几栋木制小楼掩映在漫山遍野的荔枝林和龙眼林中，几口清幽的池塘波光粼粼，环境也十分宜人。几年前，冯大庆第一次来北山，陈远林就请他在华光居吃乳鸽，冯大庆赞不绝口，一个人吃了四只。更厉害的是，还喝了将近一瓶白酒。

陈远林给人介绍时说冯大庆是他大学同学。其实，他们既不同班，也不同专业，只能算校友。说起来，他们的认识和成为好友也是非常偶然的事。如果要感谢的话，得感谢酒。

大学时，陈远林迷上了喝酒和写诗。他常把这两件事放在一起做，那就是在小酒馆里一边喝酒一边写诗。大学后门外，有一条长长的林荫道，树木高大阴郁，树下是一些两层的木制小楼房，年代久远，却有一种古典而平易的美。这些小楼房里，大多开着为学生们提供方便的店子，饭馆最多，其次是小卖部和服装店。陈远林最爱去的那家，是一对四川夫妇开的，好像叫"家乡川菜"。陈远林常常会点一盘花生米，一盘猪头肉，另外就是半斤老板自泡的枸杞酒。他独自选一个最偏僻的角落，一边喝酒，一边在硬皮笔记本上写诗。当然，也不一定每次都写，有时候就是为了喝酒而喝酒。

他就是在"家乡川菜"认识冯大庆的。当时快要放寒假了，不少同学都已经离开了校园，踏上返乡之路。陈远林不想回北山，宁愿在学校多待几天。这晚，他又到"家乡川菜"喝酒。偌大的店里，只有他和另一个角落里坐着的男生。男生身材高大，像是北方人。初时，两人谁也没理谁，各自默声喝酒。后来，当他们偶然从店老板的话里，得知对方都已经喝了六两枸杞酒时，不由得相互对视了一眼，随后笑了一笑。后来，冯大庆说是他先笑的，陈远林说是他先笑的。谁先笑不重要了，重要的是，两个被酒精烧红了脸的年轻人，各自端着酒杯，又让老板端起已经吃得残了的菜拼成一桌。

酒精是友谊的催化剂和放大镜。两人凑到一起，都有了些醉意。接下去，又各自喝了三四两，到最后，大家都有八九成醉意，说话舌头都大了起来。老板也一再暗示要打烊了，他们才相互搀扶着从店里走出来回学校。

陈远林是中文系的，爱音乐，爱诗歌；冯大庆呢，体育系的，爱足球，爱武术。两人的专业和爱好，几乎完全找不到任何相同之处。可这一点也不妨碍他们成为莫逆之交。

在陈远林眼里，冯大庆仗义，性格直爽，甚至略微有点头脑简单。后来陈远林回忆青春岁月时，反复想过他和冯大庆在一起喝了那么多次酒，到底谈过些什么两人都感兴趣的话题，却一点也想不出来。那就说明，如果从本质上讲，他们并不是志同道合的那种朋友。

但朋友也有许多种，并不一定都要志同道合。不志同道合却又彼此尊重，彼此帮助，可能比志同道合还更重要。至少，陈远林和冯大庆是这么认为的。

大四那年，发生了一件令陈远林十分感动的事。

那时，陈远林和林如凤都被分到中学实习。只不过，两人并不在一所学校，相隔了大半个城区。有一天，林如凤急匆匆打电话来让他去她的学校一趟。陈远林问有什么事，林如凤却支吾着不说。陈远林越想越觉事情不对，急忙向校长请了假，转了两趟公交车才赶到林如凤实习的学校。

原来，林如凤实习的那所学校，地处郊区，校风历来极差，一些高年级学生，往往和社会青年混在一起。林如凤班上的一个学生旷课两天，林如凤批评他，让他把家长找来。这学生就找了一个社会青年冒充他哥哥。社会青年和林如凤一见面，竟喜欢上了林如凤，时常跑来纠缠。这天，又到学校来找，趁办公室没人，竟然动手动脚。林如凤气坏了，一个杯子摔到他额头上。

学校通知了当地派出所，很快弄清了真相。虽然社会青年被教育了一番，但临走时却扬言，还要来找林如凤的麻烦。林如凤有些害怕，只得给陈远林打电话。

老实说，除了气愤，陈远林也不知道该怎么办。他安慰了林如凤一番，并提醒林如凤，是不是可以找他爸？林如凤的父亲是省城一家国企的厅级领导，算得上有地位有身份的人物。但林如凤不愿意。她不想给父亲添麻烦。

"那要不我们回学校？"

林如凤睁大眼睛："你是说不实习了？这怎么可能？"

陈远林无计可施："可我也没法天天跟在你身边啊。"

两人沉默了一阵。好在，那时还在热恋中，同寝室的另一个实习生出去后，两人便不知不觉地抱在了一起。后来，当陈远林离开林如凤回校时，他惭愧地想，大老远地跑去，好像就是为了亲热一番，什么问题也没解决。

从林如凤实习的学校到陈远林实习的学校，要经过师大。陈远林看看天色已晚，决定回师大住一晚，明天再到实习学校去。

他一个人信步走到"家乡川菜"，又一次与冯大庆不期而遇。冯大庆正与几个五大三粗的同学喝酒。他比陈远林低一级，要明年才出去实习。冯大庆有六七分酒意了，看到陈远林格外亲热，急忙拉着陈远林坐下，向同学们做了一番不无夸张的介绍。他的同学赶紧招呼老板拿碗筷酒杯，再添一盘回锅肉。

就是在酒局上，陈远林把女朋友遇到的麻烦事告诉了冯大庆。冯大庆哈哈一乐，向陈远林举起杯子："林仔，你喝三杯，兄弟我保证把你这个问题解决掉。"

陈远林有些不相信，也真的喝了三杯。冯大庆很够意思，也陪陈远林喝了三杯。

两天后，陈远林还在上课，收到冯大庆发来的短信：搞定了。

下课后，陈远林急忙给冯大庆打电话。冯大庆很兴奋："我带了几个兄弟找到那小子，把他打得满地找牙。借他一百个胆子，他也不敢再癞蛤蟆想吃天鹅肉了。"

陈远林说："你等着，晚上我回学校，请你喝酒。"

"好嘞，我等你。"

然而，下午放学后，陈远林赶回师大，却找不到冯大庆，电话也关机。找到他们宿舍的同学一问，才知道他把人打得重了点，警方把冯大庆弄去拘留三天。

因为被拘留，学校也处分了冯大庆，冯大庆差点没能顺利毕业。好在，这家伙勾兑关系有一套，很快和学校教务处的一个副职领导打得火热，毕业前夕，处分被撤销，他才顺利毕业。这是后话。

冯大庆从拘留所出来那天晚上，陈远林请他在"家乡川菜"喝酒。两人都喝醉了。互相握着手，发誓一样地说："我们是一辈子的朋友。"

实习结束后不久，陈远林做通了林如凤的工作，没有按林如凤原先设计的那样，进她父亲为他俩安排的那家效益很好的国企，而是如陈远林父亲所愿回了北山。冯大庆得知此事后，不像其他同学和朋友那样为陈远林感到惋惜与不解，而是极力夸奖陈远林，认为陈远林是个大孝子，陈远林反有些哭笑不得。

毕业后前两年，两人来往并不多，一则陈远林分回了北山，二则冯大庆也有过一番折腾。

大概是在陈远林分回北山后第五年，那时，陈远林在社会管理局当科长。一天早晨，他像平时那样准时出现在办公楼前时，看到楼前的花坛边站着一个西装笔挺的高个子，样子很像冯大庆，不过，要比冯大庆胖一圈。陈远林好奇地扭头过去看，高个子冲他一笑："看什么看，就是我。冯大庆。"

那天，陈远林专门向局长请了假。他们打了一辆车，花了将近一个小时来到藏在山林里的华光居，先喝茶，后喝酒。

陈远林问冯大庆为什么穿戴得像个新郎，冯大庆既得意又略带不好意思地拿出一张名片，名片显示，冯大庆是一家港资企业大陆地区总经理。那家港资企业生产一种价格昂贵的医用设备，陈远林听说过。只是，没想到冯大庆居然是它的大陆地区总经理了。

冯大庆一边喝酒，一边给陈远林讲这几年发生的事。

从师大毕业后，不想分到学校当体育老师的冯大庆揣着几百块钱去北漂。他先后在文化公司、影视公司甚至酒楼干过多种职业，但每一种职业都离改变他的命运太过遥远。每天晚上，带着一身疲惫回到合租的地下室，唯一能安慰他的就是一瓶高度二锅头。

没想到，后来改变他命运的竟然也是二锅头。

他说，有一天他去京城某大学找一个老乡，老乡却临时有事出去了。他只好独自到校门口找家小酒店喝酒。冯大庆比画着说："那条小街和我们师大后门那条就像是双胞胎，我一瞬间甚至以为自己回了师大。"同师大后门那条小街一样，那里也有不少学生在用餐。他一个人坐在靠近路边的桌子上喝酒。借酒浇愁，一连喝了四瓶二两的二锅头。慢慢地，周围的人都开始好奇地向他张望。后来，有一个女生悄悄掏出手机偷拍，他不经意发现了，微微一笑，一点也不介意。

就这样，他和那个女生认识了。那个女生叫丁玉。丁玉后来成了冯大庆的女友。丁玉坦言，是冯大庆喝酒的姿势和神情吸引了他。丁玉说："我看到过许多男人喝酒，但从没见过哪个像你一样，一个人也喝得如此投入又如此忧伤。"

丁玉成了冯大庆的女友，顺带也改变了冯大庆的命运。因为丁玉的父亲就是那家著名的港资企业的老板。

"感谢酒，感谢二锅头。"冯大庆举起酒杯，和陈远林碰了一下，"不过，我还是更喜欢喝茅台。"

## 9

到华光居请冯大庆喝酒之前，陈远林给朱副主任打了电话。

这些年，尽管政府部门并没有像警察那样禁酒，但一般说来，如果是非休息日，一般也不会喝酒，除非有极为重要的理由。陈远林告诉朱副主任，他的同学来了，无论如何，他得陪他喝一台酒，而且是大酒。当然，他首先告诉了朱副主任，他的同学是丰华集团大陆地区总经理，更重要的是，还是丰华集团老板唯一的女婿。陈远林还没说完，朱副主任就明白了他的意思，大声说："好，你一定要陪人家喝好。"还开玩笑说，"你陪酒有经验。哪怕喝出毛病，我给你算工伤。代表组织到医院来慰问你。"

因此这顿酒喝得很放心，很有底气，当然也很融洽。还是像几年前那样，上了好几只红烧乳鸽。陈远林才吃了第一只，冯大庆已吃完第三只了。吃了乳鸽，喝了牛初乳，再喝酒。

几年前，冯大庆第一次来北山找陈远林时，陈远林还是文化科长。他听冯大庆说了自己的情况后，感叹说："你小子要是早一年来就好了。"冯大庆问他何故，陈远林告诉他，一年前，他还是招商局的一个科长，正好招他的商。现在到了社会管理局，不管招商了，"不就眼睁睁地看着你这个资本家从眼前飘过吗？"

没想到，几年后的今天，陈远林却必须借助冯大庆的力量。冯大庆此番来北山，也并非只是来看望陈远林，更不是为了吃红烧乳鸽。

滑坡事件前，陈远林曾经想过，区里正在云海村附近打造规模空前的科学城，一定会加大招商力度。他虽然人在社会管理局，但很有可能，也会分担招商工作。果然，前不久，区上就成立了招商领导小组，由方书记和江主任任组长，刘副主任和朱副主任任副组长，区上各个局办的一把手，都是组员，自然也包括了他陈远林。虽然工作还没完全启动，陈远林已经想到了如何完成任务。他毕竟以前在招商局干过，知道有些事情做得越早越有优势。很自然地，他想到了冯大庆任总经理的丰华集团。丰华集团目前在大陆只布局了一家工厂，地点选在了苏州。陈远林想起去年和冯大庆通电话时，他曾说过，他岳父和董事局的董事们，都有意在珠三角再布局一家工厂，但到底是选在广州还是珠海或是镇海，暂时没有定下来。

陈远林立即给冯大庆打了电话。冯大庆很爽快地表示，尽管到底布局在哪里他只能提建议，拍板的权力在他岳父和董事局，但是，他说："我真的希望就选在北山。那我们就可以经常在酒桌上切磋切磋了。"

滑坡事件后，招商工作暂时放下了，但陈远林没想到的是，区上又给每个局委办都分配了数额不等的对口帮扶企业。社会管理局虽然只分配了一家林达电器，但这家电器公司离后山最近，也是受损最严重、破坏最彻底的。更令陈远林伤脑筋的是，电器厂老板王长江居然打起了退堂鼓，想要把厂关掉回乡养老了事。如果这事成真的话，对陈远林的影响显然非常大。所以，对陈远林来说，无论如何不能让王长江关厂走人。不仅不能关厂走人，还得尽快恢复生产。他又一次想到了冯大庆。

就在两人都喝得有五六分酒意的时候，王长江和王宇父子来了。不是他们有意要迟到，而是陈远林就这么安排的。他之前明确告诉过王宇，他这个同学，好酒贪杯，他得先陪他喝几杯。为什么不一起喝呢？陈远林给王宇解释："我这同学有个坏毛病，如果人不熟悉，他就喝不下去。"这理由只是其中一部分，还有另一部分只有陈远林清楚。那就是喝了七八分酒，冯大庆比任何时候都更好说话，也更仗义。老实说，虽然两人这么多年来一直关系很好，但到底是几个亿的投资，不比喝一台酒或是出去打一架，对于能否说动冯大庆来北山开分厂，他并没有十分的把握。最多也就七分吧。所以，不得不要点小心眼儿。

王氏父子落座后，陈远林把冯大庆隆重又不失幽默地介绍了一番。尤其着重讲他当年上大学时如何仗义，如何为了他把一个小混混打伤还到局子里拘留了三天差点没毕业。冯大庆脸上笑得乐开了花，一个劲儿地举杯。王氏父子里，王长江是那种传统技术人员，但这些年在北山办厂，各色人等接触不少，且又从儿子那里知道，陈局长这个同学，有可能成为自己日后的合作伙伴，甚至可以说是关系到自己的工厂到底还能不能起死回生的关键，因而对冯大庆既客气又热情。他举着杯子说："我是成就不高血压高，产值不高血糖高，不过，今天我豁出去了，为陈局和冯总令人感动的友谊干三杯。"

他真的要一连干三杯，陈远林急忙向王宇使眼色，王宇站起来拦住他父亲："我来，我来替你吧。"王长江却推开儿子："冯总，我先敬你。"

酒过三巡，陈远林把王氏父子的电器厂原来的生产情况和此次滑坡受灾后打算迁到云海附近重建的情况，仔细向冯大庆说了一遍。冯大庆歪着头，抽着烟，听得很仔细，完全不像已经喝得有些意思的样子。陈远林不由得心里暗暗感叹，这个从前自由散漫不着调的家伙，现在也终于成熟了。

说了林达电器的情况，陈远林很真诚地对冯大庆说："所以，我希望老兄能把你们意向中的分厂布局到北山，具体说就是布局到科学城来。这边政府方面，由我负责出面协调，一定在政策允许的范围内开绿灯给实惠。王总他们的电器公司，以前就是给台湾那家医疗仪器厂做配套的，你们的医疗仪器也需要这种配套。如果你们的分厂布局在北山，就与王总成了邻居，还可以省去一大笔物流，岂不是两全其美？"

冯大庆笑着说："关键是帮你解决了一个难题对吧？"

陈远林也笑着说："所以我必须再敬你一杯。"

冯大庆说："打住。事还没成呢。实话说，我也倾向于把分厂布局到北山来。另外，在商言商，我也希望王总配套产品的价格低一些，至少不能比我们苏州那个分厂进的高，当然，最好是比他们更低一些，这样我在董事局就更有发言权。"

王氏父子不断点头："这是一定的。"

看上去，双方谈得都很满意，陈远林心里一宽，酒劲便涌了上来，一张脸红得像扑了粉。

又说了会儿闲话，陈远林看看差不多了，悄悄出来买单。一问服务员，才知道有人买过了。问是谁，服务员说，就是你们同桌那个眼镜。陈远林之外，戴眼镜的只有王宇。

陈远林知道这事儿不妥，但当着冯大庆的面，又不好和王宇细说。他想，那就下来再把钱转给王宇得了。因而又问服务员一共是多少钱。服务员说八百五。

一会儿，陈远林陪着冯大庆从包间出来，王氏父子紧跟着。经过大堂时，大堂里还有几桌人在吃饭。陈远林突然听到有人在后面喊："陈局，陈局。"

陈远林回头一看，是江小雨。江小雨从旁边一张桌子走过来，桌边还坐了两三个人。陈远林想，既然江小雨已经和朋友出来吃乳鸽喝酒了，看来，他总算是慢慢走出了阴影。转念又想，人生其实就这么残酷，再亲密的人，一旦死了，当时无论多么伤心，哪怕伤心得要跳楼，过几天，也就淡了。再过上三五几年，恐怕还会为当初跳楼的冲动后悔甚至自嘲。

江小雨笑嘻嘻的："陈局也在这里吃饭？"

陈远林点点头，还没来得及说话。江小雨又说："我和朋友打算开一家小餐馆。早就听说华光居的乳鸽很有名，我们也想卖红烧乳鸽。所以这两天都来这里吃乳鸽。"

"好啊，"陈远林说，"准备开在哪里？到时别忘了告诉我一声，我这个朋友最喜欢吃乳鸽。"说着，伸手指了指冯大庆。

这时，站在冯大庆旁边的王宇突然问江小雨："请问你是不是四川二郎山的？"

江小雨一惊，看了王宇两眼，大叫一声："哎呀，你是王宇。"

原来，两人早在几年前就在江小雨的老家二郎山下的青石关见过，甚至可以说，正是当年骑行去西藏的王宇，让江小雨下定了离开老家到镇海打工的决心。

王宇问江小雨啥时来的镇海，又说："我在电视上的新闻里看到过你，就是前几天吧，你是云海滑坡被困得最久的幸存者。当时就觉得看起来很面熟呢。"

江小雨说："我早几年就来镇海了。还准备来投奔你，可没想到你给我写的电话号码弄丢了。当时好沮丧。"

陈远林等人渐渐听明白了两人之间的交际，都觉得世界说起来很大，可有时又特别地小。

天不早了，和王氏父子告辞后，陈远林要送冯大庆回酒店，冯大庆却坚持要送陈远林回家。原来，快要终局时，冯大庆已经把司机叫了过来。

冯大庆的坐驾是一辆黑色大奔，油光锃亮，把陈远林送到小区门口。陈远林之前一直在犹豫要不要请他上去坐坐，但一则家里乱得像团麻，二则和林如凤的冷战还在加剧，带朋友登门，好像不合时宜。

幸好冯大庆就在车旁和他握手道别，他说要赶紧回酒店，把这边的一些情况向岳父汇报。

和冯大庆握别后，陈远林抬头一看，自家的窗口一片黑暗。就是说，林如凤还没回家。

风一吹，酒醒了两分，陈远林身上一阵寒冷，突然间觉得双腿有些发软，半天才走进电梯。


10


陈远林和林如凤的家在十四楼，一梯两户，楼道也还宽阔。只是，对门那家女主人，老爱侵占公共地盘，不是扔些纸箱就是放盆花，前两天，把一只淘汰了的旧沙发也搬出来放在楼道里。陈远林两口子早出晚归，也懒得和她计较。

陈远林出了电梯，楼道里灯光昏黄，无意中却瞟见邻居扔的旧沙发上坐了一个人。那人低着头，从头发看，是个女人。陈远林吓了一跳，初时还以为是邻居，细一看却不是。这时，那女人抬起头来，叫了一声："林仔，是我。"

"姐，你怎么在这里？"

"你把门打开，我进屋说。"

陈远林意外之极，开门时，脑子像台计算机一样高速运转，猜测姐姐来的目的。但不可能猜得着。他开了门，把拖鞋递给姐姐，姐弟俩在客厅里坐下来。

姐姐看着陈远林，眼眶里忽然滚出泪水，转瞬之间，便哭了起来。

"姐，你别哭，到底出了什么事？你说呀。"

姐止住哭声说："小明失踪了。"说完，又哭。

陈远林不由得站了起来："他怎么会失踪？什么时候失踪的？"

陈远芬哆嗦着摸出手机，划了几下递给陈远林。陈远林接过一看，是高小明发的微信：妈，我出去一段时间。等风声小些再回来。

陈远林看了两遍，他已经猜到了高小明失踪的原因。但他还是心存侥幸地问陈远芬："风声是指什么？"

陈远芬双眼红肿，陈远林知道，在她心中，唯一的儿子高小明几乎是她的全部。如今儿子突然出走了，她不担心不难过才怪。陈远芬失神地望着陈远林："赵家才被抓走了，你不知道吗？"

"哦，我还真不知道，啥时候的事？"

"就是今天上午，警察把他从他别墅里抓走的。"

"赵家才被抓，小明为什么要出走？前几天我还问过他和云海堆纳场有没有关系，他不是直摆手说赵家才安排他管酒店，不管堆纳场的事吗？"

陈远芬又哭。记忆中，姐姐不是这么一个脆弱的人。姐姐比自己大好几岁，小时候，长期和一帮男孩子混在一起，打架翻墙偷荔枝，样样精通，是云海村里有名的假小子。陈远林记得，上小学一年级时，他被班上一个块头大的小胖子欺负了，回到家，姐姐看到他脸上被指甲抓出的伤口，问清楚了怎么回事，下午就在校门外堵住小胖子，在他脸上也挖了几个口子。小胖子有个哥哥，第二天小胖子就带着他哥哥找上门来，陈远林吓得直往里屋躲，姐姐却操起一把菜刀冲出去，把小胖子和他哥哥吓得屁滚尿流。

可是，岁月不但是把杀猪刀，岁月也是一条波涛汹涌的河流。人呢，就像是一块块原本有棱有角的石头，在河床里被冲刷得久了，棱也没了，角也没了，最后都变成了圆乎乎的鹅卵石。

半天，陈远芬说："小明没跟你说实话。酒店是他在管，堆纳场这边他也在管。赵家才是后台老板，他一出事，小明就吓着了。早几天，他问过赵家才会不会有事，赵家才拍着胸脯说他的关系广，根本没事。还安慰小明说：'我是公司董事长，你是常务副总经理，对堆纳场来说，我是老板，你是分管的高管，可我们俩都不直接打理堆纳场，堆纳场还有场长和工程人员，大不了，把他们两个弄进去关三五几个月，我再找关系把他们捞出来。他们在里面，我这里工资照发，不，还要多发一倍。跟着我干的兄弟，我不会亏待的。'小明听赵家才这么一说，心里才踏实了。谁知道，今天上午，小明去找赵家才汇报工作，走到他家门前，就看到赵家才被警察押出来。赵家才进去后，肯定会把小明分管堆纳场的事说出来，小明害怕了，回家就焦躁不安，我安慰他几句，他反而吼我。吃晚饭时，我去他房间叫他，他不知什么时候已经出去了。我也没办法，只好来找你。"

"找我有什么用？"陈远林有些气恼，早在两年前，他就多次跟高小明说过，让他不要插手堆纳场的事，可他偏偏不听。当然，就像姐姐说的那样，小明也有小明的难处，他不是老板，他只是个打工的。

陈远林很清楚，近些年，特区——自然也包括北山在内——到处都在大兴土木，大量的建筑渣土尤其是修建地铁时挖出的渣土都需要找地方堆纳，特区原有的几座堆纳场已经快要达到饱和状态了。不得已，只得再找可以作为堆纳场的地方。

云海后山那个堆纳场，前身是一座采石场。陈远林记得，从他记事起，后山就整天传来一阵阵叮叮当当的声音，那就是采石场的工人在用铁锤敲打钢钎和凿子。几十年不断地采石，在后山腰形成了一个又大又深的坑。不再采石后，坑里慢慢集满了水，成了一个深潭。后来的堆纳场，就直接建在深潭上面。滑坡事故发生后，有关专家在分析原因时，认为深潭的存在，是一个巨大的诱因。

赵家才的公司叫德发集团。原本经营酒店、餐饮，后来慢慢扩展到市政设施。后山堆纳场招标时，高小明曾找过陈远林，请求舅舅给主持招标的城管局局长张海峰打个招呼做做工作，把标给他们。当时，陈远林很惊讶："你们德发集团，主业不是酒店和餐饮吗？什么时候也想做堆纳场了？"高小明解释说："这些年，特区到处都是工地，尤其是正在修市区通往北山的地铁，渣土多，堆纳场却少，承包堆纳场，比酒店和餐饮来钱快多了。"

但是，陈远林不肯答应为他当说客，甚至还反过来要高小明劝劝赵家才，不要把手伸得那么长，把酒店和餐饮做好就行了。堆纳场虽说盈利快，可风险也大。当然，陈远林并没有未卜先知的本领，并没想到后来会发生如此惊天动地的大事。他只是隐约觉得，后山那个采石场旧址，并不适合作为堆纳场。只是，他不是城管局局长，他没资格去管这些事。

他没去做说客，并不妨碍德发集团中标。事后不久，高小明很是得意地告诉他，德发中标了。陈远林问走的谁的路子，高小明说："最重要的人当然是张海峰了。在我们这地方，恐怕就没有赵老板搞不定的人。现在，张局长已是赵老板的座上宾了。"

陈远林听了，低低地哦了一声，没再理高小明。高小明似乎还想说什么，见舅舅沉着脸，没敢再吭声。

陈远林问姐姐，为什么不打电话，却跑到家门口守着。

陈远芬嗫嚅着说："我看电视上说，像小明这种情况，警察会监控他的电话。我是他妈，人家会不会也监控我的电话？我要是打电话给你说这事儿，到时候怕你说不清楚，影响你的前途。"

陈远林有些感动，也难得她在如此慌乱伤心的情况下，还能想到这一层。他说："姐，我给你说，必须把小明找回来。有什么问题，必须去面对。他这样一走了之，走得了一时，走不了一世。"

# 第六章

## 1

星期一一大早，区上就有个会。

事前，也没说开会内容。政府工作人员打电话通知时，只说让局长陈远林参会，不得请假。

会议地点是区管理署小会议室，就在陈远林办公室一百米外的另一栋楼。陈远林到办公室放了公文包，拿起水杯就去小会议室。

参会人员很少。有一种说法是，开会的人越多，会越不重要；开会的人越少，会越重要。那么，这应该是一个重要的会了。书记、主任以及其他几个区上的主要领导都在，像陈远林这种局长级别的，反而没几个。

领导们一个个脸色凝重。原本，随着救援结束，工作渐渐回到正轨，大家脸上多少有了些笑容，楼道里也能听到笑声，可领导们此刻的脸色，让陈远林又一次想到了滑坡事件发生那几天的场景。

说实话，自从那个被称为表叔的陕西官员，在救灾现场不合时宜地面露微笑之后，各级官员遇到灾难或其他不宜微笑的场合，都会时时提醒自己不但不能笑，甚至最好说话都不要露出牙齿，以免让人家误会。倘是再被人拍了照片发到网上，事情就大了。前车之鉴，不能不防啊。

会议由江主任主持。江主任身材高大，一脸络腮胡，有一种不怒自威的即视感。他开门见山地说："今天通知大家开会，议题就一个。'12·20'云海滑坡事件已经发生十几天了，前期的救援也已结束了一周多，后期安置工作，正在按计划有序地进行。由国家及省市有关专家和领导组成的调查小组，对滑坡事件的调查，也已经启动。为了配合调查小组工作，区上也准备抽调人员，协助调查小组工作。当然，调查工作是以国家及省市为主，区上只是协助。"

江主任讲完后，宣布了协助小组人员名单，由江主任牵头，朱副主任以及包括社会管理局在内的几个局的一把手，都进了名单。

方书记总结发言，不外乎谈谈重要意义什么的。方书记以前是某所大学中文系主任，前些年调到行政上来，看上去儒雅文静，说话细声细气，恰与江主任相映成趣。

散会后，陈远林回到办公室，愣愣地坐了十分钟，他心里有些乱。昨天晚上，姐姐到家哭诉侄儿高小明是堆纳场的实际管理者，那就对这次滑坡事件负有不可推卸的责任。现在，他这个做舅舅的却进了协助小组，配合国家调查组进行事故原因调查，乃至对有关责任人的追责。尽管他知道，调查组级别很高，是以国家安监局和省政府为主，区上的协助小组只做一些外围的配合工作，根本就无法左右对事件的调查。但是，瓜田李下，理应避嫌。一旦外面知道他亲姐姐的儿子就是嫌疑人，那时恐怕就被动了。

要避免这种情况，或者说要想抢得主动，最好的办法就是现在去把情况告诉领导，并申请回避。不过，这样做，陈远林也还是有些担心。机关这种地方，历来闲言冷语就甚多。这件事不可能不传出去，一旦传出去，人们会不会怀疑他与堆纳场有什么瓜葛？哪怕自己身正不怕影子斜，可他也深知，领导即便相信自己没事，但议论的人多了，同样会影响领导对自己的判断。

这也是他在办公室里犹豫了半天的原因。

最终，陈远林还是敲开了朱副主任办公室的门。

陈远林把情况向朱副主任汇报后，朱副主任略一沉吟，点头说："远林，你这个底交得好，也占了主动。不然，今后就有点说不清楚了。再说，我们共产党员，又是领导干部，有什么事都摆在桌面上，对党忠诚不只是口头上讲一讲就完了，依我看，你这就是对党忠诚。这样吧，我原则上同意你退出协调小组，你还是把工作重点放到定点帮扶企业上去吧。对了，那个林达电子的王老板，工作做通了吗？一定要把他留下来，要让他相信，尽管云海滑坡，毁了工业园，毁了他的厂，可他要相信我们，要相信区工委区管理署，一定能在哪里跌倒，就从哪里站起来。"

陈远林把林达电器的情况略微讲了一下，不过，他没讲已经把冯大庆介绍给王长江父子的事。当然，冯大庆的丰华集团有可能在北山建分厂的情况，却是早就向朱副主任和江主任、方书记汇报过了。对北山来说，招商引资从来都是一件大事，只有不断引入新鲜血液，才能保证持久活力。这也是区里一直以来的理念。

朱副主任说："你退出协调小组这事，我抽时间向方书记和江主任汇报。另外，高小明既然是堆纳场的实际管理者，他和滑坡事件肯定脱不了干系。这个，你应该是懂的。你是他亲舅舅，你最好想办法和他取得联系，让他回来，好好配合调查，听候处理。跑得了初一跑不了十五啊，对不对？如果认定他有责任，他还真能一走了之？"

陈远林一一点头。

从朱副主任办公室出来，他觉得心里稍微踏实了一点。

其实，昨天晚上，陈远林就劝过姐姐，高小明一走了之不是解决问题的办法，现在唯一的出路就是赶紧回来。

姐姐看着他，眼神里有点患得患失的样子："林仔，他要是回来，你有没有办法保证他不被抓去坐牢？"

陈远林又好气又好笑，可看看姐姐憔悴的样子，他只得说："我尽力吧。"

姐姐眼睛里立即燃起希望："你一定要想办法。你是当领导的，一定有办法。云溪村的阿细，在广州杀了人，听说他舅舅是什么厅长，不也被放出来了吗？"

陈远林苦笑："姐，这种以讹传讹的东西，你怎么也能相信？"

姐姐拉住陈远林的手："反正，姐只有这一个儿子，也只有你这一个弟弟，我不靠你我能靠谁？"


# 2


陈远林请冯大庆吃红烧乳鸽是在星期天晚上。临别时，陈远林问冯大庆啥时回香港，冯大庆摆着手说："你不用再管我，我还有点事要处理，过两天才走。"

陈远林说："你知道的，我是人在江湖，身不由己，现在又是非常时期。白天完全没时间陪你，晚上呢，倒是有空，你要是没走，又想喝酒，就打我电话。"

冯大庆说："那是自然。我也不用和你客气。"

两人就这样分了手。

周一晚上，陈远林已经睡了。迷糊中，被手机铃声吵醒。幸好，那时他和林如凤已经分房而睡。林如凤睡主卧，他睡次卧，倒不用担心把她吵醒。林如凤有神经衰弱，入睡后一旦被吵醒，很可能就是整夜失眠。陈远林疑心，近些年来林如凤变得焦躁和冲动，很可能就与她糟糕的睡眠有关。这些年，为了睡个好觉，林如凤从中午起就不敢再喝茶，对咖啡更是敬而远之。之前，吃过一段时间中药调理，没什么效果。陈远林有个远房表妹，是从事芳香疗法的，针对林如凤的情况，调制了一种精油，睡前涂抹在身上，效果还不错，林如凤也才能勉强入睡。可那精油除了涂胸前，还得涂背上，得让陈远林帮忙。两个人冷战后，林如凤不要陈远林帮忙，干脆一赌气，把精油也扔了。不过，那段时间，她在外面应酬一下子多起来，几乎次次都喝了酒，酒似乎也有助睡眠。反正，在隔壁次卧里，陈远林很少听到主卧发出声音。

手机屏幕显示是一个陌生号码，且是座机。这么晚了，谁还会打电话呢？陈远林生怕又出什么意外，急忙接听。

没想到是冯大庆，陈远林暗暗吁了口气："大庆，还想喝？"

"喝什么呀。"那边，冯大庆的声音很沮丧。

陈远林睡得有点迷糊，没听出冯大庆的沮丧，还真以为冯大庆在问他喝什么，心里一边暗暗嗔怪冯大庆这么晚了还约，一边又在想到底出去喝什么。结果，冯大庆下一句话让他一下子清醒了。

冯大庆说："我这不喝酒喝出了点事嘛，你到丁城派出所来一趟。"

陈远林一惊，一下子明白半夜三更到派出所去意味着什么，他简短地说了一句："好的，我马上就来。"

挂了电话，穿好衣服，他从床头柜里取出五千块钱，急急忙忙下楼开车。

丁城是北山下辖的一个街道，地处北山最南边，距特区市中心也较近。丁城派出所坐落在一条冷僻的小街上。凌晨的派出所，还有不少人在忙碌。陈远林进了门，四处张望。这边一间屋，一个民警正在为两个酒后打架的年轻人调解；那边一间屋，一个民警在安慰一个和父母亲走散了的孩子。正在探望，一个民警出来问他找谁。陈远林反问："是不是有一个叫冯大庆的人在你们这里？"

看那民警的警衔是三督，可能是个副所长。他上上下下看了陈远林几眼："你是他什么人？"

陈远林说："我是他朋友。"看着已有几个好事者满怀兴趣地凑了过来，又说，"警官，我们能不能到办公室里谈？"

民警略迟疑了一下，走进旁边一间办公室，陈远林也跟着走进去，顺手把门带上。

"你是冯大庆的朋友？"

"是的，我叫陈远林，是区社会管理局的。"

"我知道你，你是社会管理局的局长。"

"是的是的。"

"冯大庆在丁城酒店嫖娼，被人举报，我们的人把他抓了个正着。人赃俱获。"

"他人呢？"

"在隔壁留滞室。"

"要如何处理？罚款吧？"

"不仅要罚款，我们卢所长说，还要拘留。"

陈远林很焦虑，他知道，如果冯大庆一旦弄去拘留，这事儿早晚就得传出去，一旦传到他老婆和岳父那里，会有什么样的后果，他想象不到。但一个完全可能的情况是，如果他岳父因此一怒之下，否定了冯大庆的建议，不把分厂设在北山，那也是完全有可能。陈远林接触过不少港商台商，对他们的做派也略有了解。因而，当务之急，无论如何不能弄去拘留，罚款多少都认。

陈远林问："请问怎么称呼你？"

"我姓王，是这里的副所长。"

"王所，你看能不能不拘留？罚款行不行？"

王副所长摇头："这事儿不是我定的，是卢所长定的。他是领导，我必须听他的。"

陈远林很诚恳地说："是这样的，王所。这个冯大庆，是区上正在积极争取到北山投资的一个大企业集团的大陆地区总经理。他嫖娟，确实该处罚，但你看这个执法的尺度不是掌握在咱们手上吗？能否从轻处理？"

王副所长也很诚恳，甚至还主动递了烟过来："陈局，这事儿我真做不了主，你看，要不你给卢所长打个电话，或是给于主任打个电话，他们两个，无论是谁发了话，我这边都照办。"

于主任是区管理署副主任，兼公安局局长，因为工作分工原因，陈远林和他并没有什么交际，当然更不便深更半夜打电话找他说这事儿。路上，他就想到了这一层，他的想法是，要不就找朱副主任，让他去和于副主任交涉。朱副主任知道冯大庆的重要性，他级别也高，他一说话，于副主任不可能不听。可转念又想，这么兜一大圈子，冯大庆这事儿多半传得沸沸扬扬了。不到万不得已，不能打朱副主任的电话。

至于丁城派出所的卢所长，陈远林其实也熟悉。本来北山就不大，如果说也存在一个北山官场的话，那他陈远林和卢所长，也都算这官场里的一员。并且，说起来，卢所长也是北山农场子弟，上中学时只比陈远林低两个年级。但是，要不要找他，陈远林很伤脑筋。

原因在于，一个月前，卢所长的弟弟在东平街道上开了一家规模挺大的网吧，可这网吧不仅缺少必要的手续，而且也不符合相关规定。对网吧的管理，一向由文化稽查大队执行，而文化稽查大队属于社会管理局。在一次例行检查中，稽查大队发现了这家名叫在水一方的网吧的诸多问题，立即勒令其停业整改。事情发生后，卢所长曾两次打电话找到陈远林，希望陈远林多多关照。陈远林呢，既不冷淡，也不热情，只说请他转告他弟弟，早点整改，整改验收合格后，立即恢复营业。但据稽查大队讲，在水一方虽然进行了小的整改，可仍然不合格，目前仍处于停业整顿状态。

既然自己得罪了人家卢所长，现在又要找人家疏通关系，陈远林实在太为难了。可另一方面，他也明白，今晚必须得把冯大庆从派出所带走。在这里待的时间越长，越有可能进拘留所，进了拘留所，以后的局面就不是他能控制的了。

"卢所长现在肯定早休息了，王所，你也是所领导，而且这事情也很特殊，你看能不能特事特办？我事后再向卢所长解释……"

哪知王副所长却笑了笑指指墙壁："卢所就在隔壁呢。今晚去丁城酒店就是他带的队。"

陈远林略有些意外，也来不及细想，就随王副所长进了卢所长的房间。卢所长应该比陈远林小两岁，看上去却更显老一些，满面倦容，眼里布满血丝，正坐在办公桌后忙碌。见了陈远林，立即热情起身，握手寒暄，递烟点火。王副所长也接了根烟，之后，退了出去。

"陈局大半夜的，怎么想起到我这里检查工作？"卢所长打着哈哈。

陈远林笑笑："我怎么敢检查你的工作。是这样的，你今晚，不，应该是昨晚了，亲自带队在丁城酒店抓的那个冯大庆，是我的朋友，也是正准备在我们北山投资办一个规模不小的企业的老板。这事儿，能不能从轻处理？罚款了事？"

卢所长抽了两口烟："是有这事儿。昨晚有群众打电话举报的。我们去现场，你那朋友相当不配合，出言不逊不说，还差点要动手。所以，这种情况，我们一般要弄去拘留七天。"说到这里，卢所长有意停顿下来。

陈远林不动声色地看着卢所长，卢所长又摸支烟扔给陈远林，陈远林接过去，没点，把香烟在桌上一下一下地轻碰。卢所长这才又说："当然，既然是你陈大局长的朋友，我们肯定特事特办。"

陈远林原本带了五千块钱，他想如果不拘留，哪怕罚几千块钱也行。不料，事情比他想象的更顺利，不仅拘留免了，连罚款也不用交。卢所长用桌上的分机通知王副所长，把冯大庆带出来。就在两人等待之际，陈远林很真诚地向卢所长表达谢意。卢所长不以为意地摆了摆手。两人握别时，陈远林再次表达谢意。这一次，卢所长很用力地握着他的手，低声说："陈局，咱们互相帮助。"

陈远林当然明白他的意思。他只好在心里暗暗骂冯大庆："你这废柴，又给我整些事出来。"

冯大庆到了车上，坐上副驾，已是凌晨四点。

陈远林问他："回丁城酒店？"

冯大庆点头，说，"林仔，多亏你了，不然，他们说要把我弄去拘留。拘留倒没他妈什么，可万一老头子知道了，麻烦就大了。"

陈远林说："你小子，怎么就这么管不住自己？"

冯大庆一笑："不是多喝了几杯吗？原本就想叫个人来帮我敲敲背，哪知道一时没把持住呢。"

陈远林心想，你这一没把持住，把老子吓个半死不说，这卢所长明摆着是在向我施恩，他弟弟的网吧还要不要继续整改？以后再犯点什么事，我要不要放他一马？唉，想着头都大。干脆不想了。看到路边有一家夜宵，他问冯大庆："饿了吧？要不在这吃点？"

冯大庆说好啊好啊。

于是将车停在路边，一人要了一碗馄饨，冯大庆说："要不要喝一杯？"

陈远林说："你要是喝了又乱性怎么办？我可没办法再捞你了。"

两人一阵大笑。

冯大庆说："我们这到底是夜宵太晚还是早餐太早？"

陈远林抬头一看，已经有几个清洁工人在打扫街道了。

# 3

地处北回归线以南的镇海，是没有严格意义上的冬天的。滑坡事件前后，北山总是阴雨绵绵，之后，却是一连串阳光明媚的日子。到了一月底，距滑坡事件的发生已有一个月了，依农历，已进入腊月中旬，离过春节的时间不远了。此时，按区工委和管理署的计划，受灾民众已经全部从临时搭建的帐篷和板房中搬进了周转房。周转房分属两个小区，但距云海村都不远，大概也就两三公里的样子。站在母亲分到的那套周转房的阳台上，正好可以看到后山和云海村。滑坡之后的后山，一边是保持完好的树林，一边是伤痕累累的堆纳场，泾渭分明而又触目惊心。

陈远林在阳台上抽烟时，面对面目全非的后山，他心底突然奇怪地联想起了他和林如凤的婚姻。他们曾经的恩爱甜蜜，大约就是保持完好的那片小树林，而在持久冷战后渐渐走向破裂的当下，就是滑坡后的灾难现场了。

他不禁黯然一笑，自己也说不明白，这笑，到底是无奈还是悲苦。

那天是母亲生日。母亲七十岁了。七十岁是大寿，本应该很隆重地大办，但母亲没有心情过寿，陈远林也不希望大张旗鼓。因此，那天到母亲分到的安置房里为母亲过生日的，除了陈远林，就只有姐姐和姐夫。

本来，按往年的规矩，至少应该还多两个人，一个是林如凤，一个是高小明。

母亲还不知道陈远林和林如凤的关系已到了破裂的边缘。她问陈远林："小凤呢？她怎么没来？"

陈远林把昨天到商场为母亲买的一件外套塞给她："如凤到北京出差了，还要三天才回来，出门前，特意给你买了这件外套。来，试穿一下。"

母亲唠叨说："出差不来就算了，我又不计较，还买什么外套。这么花哨，我哪穿得出去。"虽然这么说，却也乐滋滋地穿上了身。

高小明没来，母亲看了看姐姐和姐夫，问："小明呢？难道也出差了？"

姐姐和姐夫忙说："是的，也出差了。到北京出差了，要半年才回来。"

趁着母亲去厨房，陈远林小声问姐姐："有消息吗？"

两人都无语地摇头，欲言又止的样子显得心事重重。

其时，联合调查组的调查已经结束并得出结论：这是一起特别重大的生产安全责任事故。具体来说，由德发集团中标云海后山堆纳场运营服务项目后，该集团将该项目交由其子公司厚发投资公司管理，由集团副总高小明兼任厚发投资公司总经理。但不论是德发集团还是厚发公司，作为云海后山堆纳场的建设、施工单位，无视安全生产规定，未按规定进行规划、建设和运营管理，现场作业混乱，对事故征兆和险情处置错误。德发集团和厚发公司严重违反有关法律规定，是造成事故发生的主体责任单位，其法定代表人及直接责任人应承担刑事责任。

联合调查组也给出了最终认定的事故直接原因：由于云海后山堆纳场没有建设有效的导排水系统，加上连日降雨，堆纳场内积水不能导出排泄，致使堆填的渣土含水过于饱和，形成底部软弱滑动带；而管理方又继续严重超量超高堆填加载，以至于下滑推力逐渐增大，稳定性降低，导致渣土失稳滑出，形成了巨大的冲击力。

事发后，德发集团和厚发公司董事长赵家才被警方带走，不久之后正式刑拘；同时被刑拘的还有市城管局局长，北山区一位分管城建的副主任，以及堆纳场的管理人员、施工人员等十余人。

可以肯定的是，如果张海峰没跳楼身亡，那他一定也在被刑拘的人员中。唯一有责任而没被刑拘的只有高小明。作为事故责任单位主要成员，他的责任仅次于赵家才。但是，他提前出逃了。

不过，警方很快就开始通缉他。

这期间，陈远林也受到了来自组织的压力。分管他的朱副主任很正式地找他谈过两次话，要他想办法把高小明叫回来。陈远林说："我确实不知道他在哪里。不然，我一定押着他来投案自首。"朱副主任说："我相信你说的话。但是，你要多做你姐姐、姐夫的工作，他们是不是也像你一样不知道高小明在哪里？他们如果知道，或者有什么蛛丝马迹，都应该立即报告。"

那段时间，区上风传要提拔一个副主任，陈远林也是候选人之一。和陈远林关系不错的另一个局的局长还曾善意地提醒他，非常时期，千万小心，错过这个村，就没这个店了。

陈远林唯有苦笑："影儿都没有的事，说得就像真的一样。我也是真没辙了。"

自从高小明出事逃走后，姐姐衰老的速度明显在加快。姐夫是个老实人，以前在农场做搬运工，总是沉默着，好像三两天也不会说一句话似的。母亲和姐姐在厨房里张罗，陈远林就和姐夫在客厅里呆坐，抽烟，喝茶，老半天也没人说一句话。

谁也没想到的是，四个人坐下来吃饭时，突然响起了低低的敲门声。陈远林坐得离门近，他去开的门。透过猫眼，他看到一个穿着某外卖平台服装的人，戴着帽子，帽檐压得很低，低到看不见脸。陈远林有些狐疑，问他妈："妈，你喊了外卖？"妈说她没有："我连智能手机都不会用，我哪会喊外卖。"姐姐和姐夫也摇头。

陈远林小心地把门拉开一条缝："你找谁？"

外卖服装的人急着往里进，陈远林拦住他，这时，他听到姐姐在背后惊喜地叫了一声："小明！"

陈远林定睛一看，这个穿外卖制服的人正是潜逃在外的高小明。

只不过，两个月前的高小明面色红润，略显肥胖，现在却满面憔悴，身材瘦削，所以陈远林一下子竟没有认出他来。

高小明进了屋，陈远芬立即扑上去抱住儿子呜呜地哭了起来，高小明推开他妈，有气无力地说："别慌着哭，先让我吃点东西。"

高小明坐到桌前，抓起筷子，埋着头，不断把饭菜往嘴里塞。陈远芬见了，忍不住又是一阵心酸，再次发出嘤嘤嘤的哭声。

陈远林无心再吃，坐到一旁的沙发上抽烟，皱着眉头不说话。他一直在犹豫，如果一会儿能劝说高小明去投案自首，那自然是最好的结果；可是，如果他不肯去，怎么办？要不要现在就悄悄报案？可是，姐姐那里怎么交代？

姐夫也心事重重地待在一旁。只有母亲坐在高小明面前，慈爱地给他夹菜。母亲并不知道高小明是滑坡事故的主要责任人，也不知道他出逃的事。她说："小明，你怎么瘦成这个样子了？你看你的衣服，这么脏，你工作再忙，也要记得换衣服。"

高小明只顾吃，不吭声。

过了十多分钟，高小明终于放下筷子，打着饱嗝，从桌上拿起一支烟抽起来。陈远芬逮住机会，小心翼翼地问："小明，你到哪里去了？"

高小明说："还能到哪里去，像老鼠一样四处躲藏呗。舅舅，"他扭头对陈远林说，"你带我去自首吧。当老鼠的日子我过够了，一天也不想再过下去了。是杀是剐，我都认命。"

母亲虽然年迈，且没文化，但也从几个人的对话中听出有些不对劲，她茫然地看看这个，又看看那个，最终谁也不看，坐在椅子上，闭上了眼睛。一会儿，她睁开眼，近乎自语地说道："我老了，我管不了你们了。老头子也走了，再也没人管你们了。你们就自己管自己吧。"

说完，她再次闭上了眼睛。从那之后，一直到陈远林带着高小明，后面跟着姐姐和姐夫，四人沉默着走出门去并把门带上，她都没有再睁开眼。

一个多小时后，陈远林一行又回到了母亲的安置房。这一次，四个人变成了三个人。少了高小明。

陈远林曾担心姐姐会情绪失控，还好，在公安局，当警察确认了高小明的身份并宣布将他刑拘，且戴上手铐押走时，姐姐虽然面色惨白，用力咬住嘴唇，却没有发出一丁点儿声音。高小明显得很轻松，也不知道是真轻松还是装轻松，他冲着他妈笑了笑："妈，别担心，等着我出来吧，要不了多久的，你就当我出了趟远门。"

进了屋，母亲对陈远林三人说："我刚才梦见了老头子。老头子说，他在那边过得不错呢。我怕是也该过去陪他了。"

陈远林忙说："妈，你说到哪去了，你还要长命百岁的。"

母亲摇头说："林仔，我还梦见我们云海村的老屋，老屋门口的龙船花，开得密密麻麻的。你在政府做事，你告诉我，还要多长时间，云海村才能重新修起来？"

陈远林说："妈，我不是上次就跟你说过了吗？滑坡之后，云海村已成为地质灾害隐患区，那里不会再重建了。以后，可能就是一片荒地，或者把它种上花花草草，建成一座公园吧。"

母亲却不相信："政府力量大得很，怎么会不重建？再说，云海村那地方，怕是都有几百年了，怎么会住不得人？"

陈远林无言以对。

母亲又说："这楼房太高了，我住不惯，我还是想回云海去住我们的老屋，老屋冬暖夏凉，邻居串个门说个话也方便。不像这里，家家户户关门闭户的，人都见不着一个。"

陈远林安慰她说："你可以下楼到中庭广场去呀，那里人多，而且几乎都是从云海过来的。"

母亲却说："我怕坐电梯。电梯太快了，我头晕。"

简单吃了晚饭，陈远林和姐姐、姐夫告别母亲，准备各回各家。临出门，母亲突然问："小明要多久才回来？"

姐姐望着陈远林，陈远林说："要不了多久，就三两年吧。"

母亲说："也不知道我还能等到他不。几十条命，几百座房子，一眨眼就没了，虽然不是他害的，可总是和他有关，政府才要抓他，对吧？我看哪，终归他还是为了一个钱字。钱害人啊。你爸要是不跑回去拿存折，不也好好的吗？他要在，今天准得喝两瓶酒。你看你们，半瓶酒都没喝完。"

## 4

陈远林回到家，已是晚上十点半。

林如凤还是不在。但她显然回来过。因为，桌子上放了两样东西，而这两样东西，早晨陈远林出门时并没有。

　　其一是一只玉镯。那玉镯陈远林很熟悉，尽管他已经好些年没见过它了。记忆中，少年时，母亲偶尔心情好，就会打开家里那只亮黑的柜子，从里面取出一只玉镯。玉镯闪烁着温润的光泽，让人有一种忍不住想要轻轻抚摸一下的冲动。母亲说过，玉镯是陈远林的爷爷的爷爷传下来的，"那时候，恐怕还是咸丰皇帝呢。"母亲并不懂历史，但看过不少戏，知道曾经有一个咸丰皇帝，"我嫁到陈家，你祖母就把它传给了我，以后，你娶了老婆，我就把它传给你老婆。"

　　母亲说这话时，陈远林觉得自己讨老婆是一件非常遥远的事情，孰料好像才一转眼之间，他就拉着林如凤，按家乡的礼仪，拜堂成亲了。那只玉镯果然从母亲手里传给了林如凤。不过，林如凤对它的兴趣并不大，她礼貌地收下它，尔后就把它锁在抽屉里。结婚许多年，从来没有取出来过，更没有佩戴过。而玉镯在母亲手里时，每逢春节，她总要小心地取出来戴在手腕上。

　　其二是玉镯旁边的一份文件。文件是一份打印的《离婚协议》。

　　看到玉镯，陈远林先是悚然一惊，随即预感到它的突然出现意味着什么。因而，及至看到《离婚协议》，他并不惊讶。或者说，一种淡淡的伤感代替了惊讶。

　　文件上，林如凤已经签名。也就是说，它出现在桌上，是林如凤等他签名。

　　陈远林想了想，取出笔，一笔一画地签上了自己的名字。签完之后，他发现协议正文里有两个错别字，忍不住又细心地把它们作了修改。

　　做完这些，陈远林突然有一种巨大的失落。他半躺在沙发上，望着天花板发呆。开初，他以为自己会伤心，或是在脑海里像放电影一样，回放这些年来他和林如凤的点点滴滴，再分析爱情为什么会走上绝路。但意外的是，不一会儿他就睡着了。他实在太累了，离婚的刺激也没能阻挡他进入一个悠长的睡梦。

　　他不知道林如凤是什么时候回来的。他本来是一个睡觉时容易被惊醒的人。但那晚，他却睡得很踏实，踏实得他自己都有些意外。

　　第二天早晨，他醒了。仍然睡在沙发上，只不过，身上多了一床毛毯。也就是说，在他睡着的时候，林如凤回来了。陈远林去看桌上，玉镯和协议都摆在那儿。南方冬日淡淡的阳光下，玉镯的光泽依旧柔和而谦逊，像一位彬彬有礼的长者。

陈远林到厨房做了早饭。两个人的早饭。他做早饭时，林如凤起床了。陈远林注意到，林如凤挂着两个黑眼圈，显然没睡好。

两个人坐下来吃早餐，始终默默无语。后来，林如凤率先打破了沉默："你跟单位请个假吧，我们今天就去民政局把手续办了。"

陈远林说："上午有个会。改天行吗？"

"上午有会，那就下午吧。"

"真的这么急吗？"

"你说呢？"

两人你一言我一语，都心平气和，如果不明真相的外人听了，不会以为他们是在协商去办理离婚的时间，而是在商量啥时去旅游。

陈远林上午真的有一个会。局长办公会。他是局长，不可能缺席的。"那我在家等你。"林如凤说。

陈远林默然。

上午开完会，在办公楼门口的小吃店吃过简单的午饭后，陈远林又一次回到家里。

推开门，客厅里静悄悄的，没看到林如凤。手镯和《离婚协议》还摆在老地方，但仔细一看，陈远林发现，原本杂乱的客厅显然清理过，地板也拖过。林如凤草拟的《离婚协议》上约定，这套房子归陈远林所有。陈远林愣了半晌，眼眶有些潮湿。他推开卧室门，看到林如凤歪坐在床头打盹。床边上，放着一只大旅行箱，显然，林如凤把她的衣服和日常用品都收拾好了。

陈远林站在床头，终于问道："真的一定要离？"

林如凤抬起头，点了点。

"真的就因为我没答应你马上调广州？"陈远林又问。

林如凤想了想，慢慢说："可能这只是一个诱因吧。"

"既然只是诱因，那就还有更深层次的原因。"

"我一直认为，爱情不是简单的一见钟情，而是哪怕结了婚，在以后越来越平淡的日子里，还会一次又一次地重新爱上对方。可是，我发现，我越来越做不到了。"

陈远林既伤心又有些愠怒："所以你就提出离婚。"

林如凤打断他："你放心，我外面没人。我只想换一种活法。在和你彻底结束之前，我不会另外有人的。我的教养和我个人的品行注定了我不可能干那种蝇营狗苟的事。"

这一点，陈远林倒是相信的。他也曾怀疑过林如凤是否外面有了人，但随即他就否定了这种怀疑。按他对林如凤的了解，林如凤不可能这样做。

那就是说，离婚的原因，真的就如她说的那样，她对现在的生活实在厌倦了，烦透了。她只不过想换一种活法。

这反而让陈远林更加悲凉。一个爱过你你也爱过的女人，她竟然对你们共同的生活感到难以承受的厌倦，那简直比她外面有了人还叫人绝望。就像一堆慢慢熄灭的火焰，最终，它将不可抵挡地变成一堆冰冷的灰烬；而在它冷却的过程中，如果你不能持续加入更多的柴火，就只能眼睁睁地看着它熄灭。

然而陈远林手中并没有更多的柴火。甚至，他坚持要留在北山，而不是如林如凤多年所愿那样调往广州，这简直就是往火焰上泼水。

十分钟后，两人默默地进电梯下楼，陈远林为林如凤推着那只旅行箱。到了底楼，刚出电梯，一直想着心事的陈远林差点撞到一个人身上。抬头要向人家道歉，却惊讶地发现，面前那人，竟是林如凤的父亲。

林如凤也看到了她父亲，同样有几分惊讶："爸，你怎么来了？"

林如凤的父亲乐呵呵地："我来这边开会，会完了，特意来看看你们。"

"怎么也不打个电话？"

"我住的酒店就在这旁边，想给你们一个惊喜，也就没打嘛。怎么，远林，你扛这么大一个箱子，是要出差？"

陈远林支吾着，瞟了林如凤一眼。林如凤装作没看见："爸，走吧，上楼去。"

陈远林又推着那只显眼的旅行箱回到家里。

林如凤的父亲带来了两个消息：其一，他说，之前打算把林如凤和陈远林调进去的那家省上的大型国企，该企业的一把手是他多年至交，不想，一个星期前被纪委约谈了，估计要出事。因此，两人的调动显然不可能再进行下去。"幸好，"林如凤的父亲挥着手掌，像一个大领导在做报告，"我当时还找了另一个朋友，是省上一家银行的副总。他那边，答应可以先把小凤调过去。看来，远林还得再在北山等一等，慢慢再找机会。"

其二，林如凤的父亲和北山区的江主任是战友。这次他到北山，两人见了面。见面时，江主任告诉林如凤的父亲，区上准备提拔一个副主任。就像之前陈远林听到过的小道消息那样，陈远林也是三个候选对象之一。林如凤的父亲意味深长地说："我和老江是战友，但走得不算很近，他也只能向我透露这么点消息。所以啊远林，你手里抓的工作，一定要出彩，至少，千万不能出什么差错，不管是工作还是生活，只要出了一丁点儿漏洞，你就算是出局了。这个位置，可不仅是你们三个备选对象在角力，后面还说不清有多少力量在博弈呢。北山区的副主任，那就是副厅了。想当年，我从部队上转业就是正团职，混到副厅也是耗了好多年啊。你还年轻，还有进步的空间。我看啦，如果广州没有好的位置，也不用急着往广州调。小凤，你不要瞪眼睛嘛。我是为你们好。"

5

王氏父子的林达电器租下了距云海村三里地的一片闲置厂房。云海村后面是云溪村，云溪村一多半也属于东平街办，只不过比云海村更偏僻一些。当地修建有不少中小型厂房，自己不使用，都用来出租。云海滑坡后，有几家企业都选择搬到云溪，云溪的房租也一下子涨了起来。还好，林达电器租的那片厂房位置不错，租金也还合理。

但是，冯大庆承诺陈远林在北山建丰华集团分厂的事却遇到了困难。冯大庆嫖娼被抓的事，虽然知晓的人很少，到派出所捞人那晚，陈远林又一再请卢所长和王副所长等人一定保密，他们也满口答应。可天下哪有不透风的墙，再说，那晚参与行动的警察也有好几个，再加上酒店方涉事人员，知道此事的人就多了。就这样，有一天，冯大庆很沮丧地告诉陈远林，他远在香港的岳父到底还是知道了这件事。"当然，我极力否认，说那是谣传。老头子还是半信半疑，而且疑多于信。"

冯大庆给陈远林讲过，他那岳父是个很传统的人，虽然挣下了偌大的家业，可一辈子连烟酒都不沾，更不要说包小三或是到夜总会找小姐了。"他恨不得连吸进去的每口空气都是贞洁的。唯一的爱好就是喝茶，我估摸，他这辈子，除了我那岳母，从来就没摸过其他女人的手。"陈远林记得，冯大庆当时醉醺醺地调侃他岳父，"所以，老头子有种令我讨厌的道德洁癖，老实说吧，当初，他对我并不满意，因为我爱喝酒爱热闹，有一帮狐朋狗友。我没说你，你当然不是狐朋狗友，你是良师益友。幸好我老婆坚持，而老头子又只有这么一个宝贝女儿，才不情不愿地答应了。老头子早晚要把事业交出来，由我来打理，可他至今不肯把大权放下来，就说明我还处于考察期。"

因为这个缘故，岳父虽然没有否定冯大庆提出的在北山建分厂的建议，但也没有立即批准，而是说还要再考察考察。

陈远林一听就急了，要是不能把丰华引进来，林达电器的生存就有困难，可冯大庆的难处，他也清楚，也不好过于勉强。

幸好，冯大庆笑嘻嘻地说："你听我把话说完。咱哥们儿既然答应过帮你，肯定怎么也得想想办法，不然，下次你还请我吃红烧乳鸽，还半夜到派出所捞人？经过我反复磨嘴皮子，我岳父好歹算是答应从林达这边订货。所以，即便北山分厂一时半会儿建不起来，至少可以保证林达那边恢复生产以后，产品有销路，也就不会关张大吉对吧？再有，建分厂对丰华来说是很重要的事，不可能拖太久，我再做做工作，老头子最后还是只有听我的。"

冯大庆这么一说，陈远林悬着的心才又放回肚里。他说："红烧乳鸽随时请你吃，半夜捞人的事就算了，下不为例。这把年纪的人了，不仅要管得住自己上头，还要管得住自己下头。"后一句话，已是在和冯大庆开玩笑了。

接到冯大庆准信后，陈远林专门给王长江打电话，王长江也就赶紧在厂房租赁合同上签了字。几天后，冯大庆就让他到广州签订了一份合作协议。拿到合作协议，王长江父子激动不已。王长江对儿子王宇说："这事要不是陈局从中间大力撮合，能有这么顺利？说不定，恐怕真的只有回老家了。"王宇附和说是啊是啊。王长江说："这个恩，我们得报。"

如何报呢，王长江有他自己的想法。第二天，他提前给陈远林打了电话，说要到局里给陈局汇报工作进度，陈远林答应了。在陈远林办公室，王长江把前天去广州和冯大庆签合作协议的事情讲了一遍。其实，这些情况冯大庆早就在电话里给陈远林讲过，陈远林仍然很礼貌地听王长江又讲了一遍。末了，王长江一再很诚恳地表达谢意。陈远林也很诚恳地说："林达能够留下来，在北山继续发展，和北山一同成长，说起来，应该是我感谢你们。"

陈远林的窗台上有一盆火鹤，红花绿叶，开得正艳。陈远林为王长江续水时，王长江走到火鹤前贴近了观看，说："陈局喜欢养花？我也有这爱好，厂子里的花几乎都是我在打理。可惜，全被滑坡给埋了。这下搬到新厂，一下子竟找不到时间侍弄了。"

两人又说了几句闲话，王长江告辞了。陈远林也端着茶杯去隔壁会议室开会。开会时，手机都调成了静音。直到一个小时后回到办公室，他才发现王长江发了条微信过来：你的火鹤该浇水了。

陈远林看了，有些狐疑，那火鹤明明早上才浇过水呢。他走到窗台前，顺手拿起火鹤盆，发现盆下有一个信封。信封上只写了123456六个数字。打开信封，里面掉出一张招商银行的卡。陈远林一下子明白怎么回事了。

陈远林轻轻掩上办公室房门，取出手机，从联系人里调出王长江并拨打，但还没等电话接通，他又挂掉了。他明白，王长江这是为了感谢自己给他介绍丰华集团的业务。王长江是个老派人，这么多年来在商场摸爬滚打，有他的小心思。如果现在坚持把卡退回去，恐怕他会有想法的，面子上也过不去。

陈远林给王宇打了个电话，请他立即到自己办公室来一趟，并叮嘱他不要告诉他父亲。王宇虽然满腹狐疑，却也十分爽快地应了。中午，王宇果然来了。陈远林取出那个装有卡的信封，把情况给王宇讲了一番。

王宇说："陈局，我爸说过，他一定要感谢你，你帮了林达电器的大忙。"

陈远林摆手："打住，我之所以把你叫过来，因为你是年轻人，更容易沟通。坦率地说，我是帮了林达，可那是我的工作。再说，你们能留下来，也是帮了我。我们两不相欠。你父亲是老派人，我如果把卡直接退给他，一是会伤害他的自尊；二是怕他有其他想法。你是他儿子，也是林达公司的总经理和接班人，你把卡拿回去吧。以后再找机会告诉他。"

王宇还想劝陈远林收下，但他想了想，点头说："行，陈局，我听你的。"

临走，王宇还告诉陈远林一个消息：江小雨的餐馆就开在林达公司新厂区门口。王宇说："改天你过来，我们一起去尝尝他的手艺。"


# 6


就像林如凤的父亲几天前告诉陈远林的那样，区上真的准备提拔一位副主任，而陈远林是候选者之一。机关里的人，最热衷的八卦就是谁要升迁谁要倒霉之类的消息。酒桌上摆谈起来，一个个都像地下组织部长，说得有鼻子有眼的。竟然已有不少人，真真假假地向陈远林道喜了。陈远林急忙否认："要提拔我，我怎么没听说过？拜托您别以讹传讹了。"

不过，私下里，一个人想起这事，也不禁令陈远林有些悠然神往。他便忍不住把自己的条件与据说是候选者的其他两个局长相比较。一比较，发现自己胜算要大得多。心里便有些自得，走路也更加轻快，开会时声音也更加洪亮。

这天他刚到办公室，就接到区组织部长的电话，要他到组织部去一下，有点事谈谈。陈远林心中忍不住一阵狂喜，看来，近些日子大家说的真不是空穴来风啊。

组织部就在同一栋楼，只是楼层不同。电梯门口，碰到朱副主任和刘副主任，陈远林恭敬地向他们问好，刘副主任点点头没说话，朱副主任伸手在陈远林肩膀上轻轻拍了一下。

到了组织部小会议室，进去才发现，除了区委组织部长以外，还有一个不认识的中年人。组织部长介绍说："这是市委组织部的贾处长，到我们北山了解一些情况，你们谈吧。"介绍完，出了门，只余下贾处长和陈远林。

后来陈远林回忆起来，那天和贾处长并没谈什么重要问题，当然更没谈要提拔他当副主任的事。只是很简单地问了些问题，比如哪年到北山区的，什么大学毕业的，干过哪些岗位，最近手里有些什么比较重要的工作，对北山未来发展怎么看，等等。

陈远林就像个小学生一样，老老实实地回答问题，话不多，但也尽量把事情说清楚。看得出，贾处长对他的回答很满意，一边在工作笔记上做记录，一边不时点头，像在鼓励陈远林说下去。

市委组织部找陈远林谈话的事情，一下子好像整个机关的人都知道了。

林如凤的父亲是最早把这风放给陈远林的，自然，林如凤也知道上面在考察他，要把他作为副主任人选。

几天前，两人正要去办理离婚手续时，林如凤的父亲打了个岔，这事暂时没提。陈远林想，难道林如凤回心转意了？

结果，他发现自己错了。组织部贾处长找他谈话第二天晚上，林如凤问他："听说组织部都找你谈话了，看来我爸那天说的是真的？我们还是赶紧把手续办了吧。"

陈远林有些急，他清楚，正在这节骨眼儿上，要是离婚的事一捅出去，提拔的事多半要黄。他说："真要离吗？那天你爸来家里，你可没给他汇报过。"

林如凤讽刺说："你是关心我爸的感受，还是怕离婚影响你的前途啊？"

陈远林只好说："既然你都知道是这样了，就不能再忍一段时间吗？"

林如凤恨恨地："古人说打仗是一鼓作气，再而衰，三而竭，离婚怕也是这样子，老是离不成，最后就懒得离了。我看还是趁现在想离，就尽快离了吧。"

陈远林说："我求你多担待，把这段时间熬过去吧。"

林如凤虽然有些不满，但也没有再逼他："那我们有言在先，这提拔的事一旦尘埃落定，你就跟我去民政局。"

"好，好，好。"

意外的是，市委组织部才来找过陈远林不到一周，市纪委又找上门来。在一般人眼里，组织部管干部，组织部找你谈话，多半是要提拔你；而纪委管纪检，纪委找你谈话，多半是你出了问题，要你协助调查，甚至，还意味着双规。对于别人的坏消息，人们总是比好消息更乐于传播。不到两天，似乎整个大院的人都知道，区社会管理局局长陈远林被市纪委约谈了。甚至，还有人有鼻子有眼地说，陈远林正在主持会议，市纪委的几个工作人员破门而入，直接把他带走了。于小晴就听到过这种说法，当即气得涨红了脸："你没长眼睛是吗？"

"我怎么没长眼睛？你这是什么话？"

"那你为什么不到社会管理局去看一看，陈局长好好地在局里上班，你凭什么捏造谣言？"

"无风不起浪，纪委找他谈话的事，又不是我传出来的。我也是听人说的呢。"

市纪委来的是一个处长和一名工作人员。很客气地寒暄之后，直言不讳地说："我们收到一些关于你的举报，要找你核实一下。希望你如实说明情况。"

然后就问他和哪些企业老板有往来。陈远林把冯大庆、王长江父子以及以前有接触的几个老板都说了一遍。处长一边做记录，一边不动声色地看着陈远林。等陈远林说完，处长冷不丁地冒出一句："你和这些人之间有经济上的往来吗？"

陈远林摇头："没有。"

"我提醒你一下，你应该能够理解，我所说的经济上的往来是什么意思。直白地说，有没有人向你行过贿？"

处长的直白说法让陈远林很不舒服，可他又不得不回答："没有。"

"真的没有吗？"

"是的。"

"那你看看这个是什么？请解释一下。"处长把笔记本屏幕推向陈远林，陈远林欠身细看，屏幕上是一张照片。拍的是他的办公室的窗台，聚焦在那盆火鹤上。陈远林略有些意外，一下子明白纪委找他的原因了："哦，我想起了，是有这么一回事……"

陈远林就把王长江如何拜访他，趁他不注意把装有银行卡的信封放到火鹤盆下，并在离开后发短信提醒他，他又如何把卡还给王宇的情况详细说了一遍。他深知，这事情如果说不明白，问题将会很大。因此，他说得很慢，一是尽力回忆当初的细节，二是尽量注意遣词造句。

处长听了，还是没有任何表情地问："你确定把卡还给王宇了？"

"是的，我确定。不信，可以找王宇对质。"

这时，处长突然笑了："陈远林同志，我们是接到群众举报来找你调查情况的。实话实说，这之前我们已经找过王长江和王宇父子了，王宇的确承认，你把银行卡还给了他。我们绝不会放过一个坏人，但也绝不会冤枉一个好人。"

陈远林如释重负。

但处长瞬间又收起微笑："不过，据我们调查，你曾经接受过王宇的吃请。席间还喝了茅台，你把这事说说。"

陈远林心中暗暗叫苦。冯大庆来北山吃红烧乳鸽那次，为了王氏父子的林达公司和冯大庆的丰华集团能够合作，在和冯大庆喝得半酣时，曾让王氏父子过来见面，而王宇当时正好带来一瓶茅台。碍于冯大庆的面子，陈远林不好拒绝。他请冯大庆喝的是从家里带的红花郎，而事实上他知道，这些年来随着生意越做越大，冯大庆几乎只喝茅台，最次也得青花郎。所以，当冯大庆带着酒意说"红烧乳鸽配茅台，这相当于郎才女貌"时，陈远林就不好阻止王宇打开酒瓶了。并且，王宇趁着上厕所的工夫，把当天吃饭的单也买了。陈远林当时想的是事后把钱还给王宇，可后来事情一忙，竟把这事给忘记了。

陈远林把这中间的前因后果，一一讲给处长听。处长听了，沉吟着说："你和冯大庆是同学和朋友，冯大庆又有可能到咱们北山投资，你请他吃饭，如果是私人带的酒，私人买的单，这完全是正常行为。但王氏父子的林达公司，是你对口帮扶的企业，是你的服务对象，你让他们买单，还喝了茅台，这就说不过去了。"

陈远林忙解释不是他让他们买的，是王宇趁他不注意买的，他也曾想过把钱给王宇，可事情一多忘记了。

"这些都不是理由，"处长挥手说，"中央从严治党，你身为领导干部，应该怎么做，心里应该跟明镜似的。"

陈远林默然。处长这才放软了语气："当然，你这情况也算是事出有因。我会把这些情况如实向领导汇报的。"

陈远林说："我下来就把菜钱和酒钱补给王宇。"

处长说："亡羊补牢，也对。"


# 7


纪委来谈过话之后，在楼道里碰见其他局、办的熟人，陈远林总觉得人家的微笑似乎别有深意。对他的议论，直到于小晴怒斥了环保局那个说陈远林被纪委当众带走的人之后才渐渐平息下去。人们见他每天上班下班，开会办公，与以前相比，似乎并没有什么不同，也就渐渐把这事给淡忘了。

可陈远林却没法淡忘。陈远林明白提拔副主任这事多半要黄。果然，大概就在纪委谈话一个多月后，区上突然召开了一个干部大会。会上，宣布了任命：原区党群办的孙主任被提拔为副主任。意外的是，孙主任，不，现在得叫孙副主任了，他此前并不在组织部考察过的三个传说中的候选者之中。

所以，失落的不仅是陈远林，应该说，其他两个候选者比陈远林还失落。

陈远林当然也失落。但这失落还不能挂在脸上，只能留在心里。林如凤嘲笑他："你小心翼翼地白挣表现了吧？"

陈远林突然有些恼怒："你不是要离婚吗？我明天就有空，就去办手续。"

这一回，反倒是林如凤不急了："我现在不急了。再说，我要现在和你离，人家还以为我是没当上副主任太太才恼羞成怒抛弃你呢。"

听林如凤这么一说，陈远林有些哭笑不得。

朱副主任请陈远林喝了一次小酒。是个周末，下班前，朱副主任打电话问他晚上有没有事，陈远林说没有，朱副主任说："这样吧，我这里有瓶战友送我的好酒，你陪我把它干掉。"

陈远林明白，朱副主任肯定不全是要让自己陪他喝酒，而是有话要说。

果然，两人在管理署背后那条小街上，找了家看上去还算干净的小餐馆坐下来，点了三四个菜，喝了两杯之后，朱副主任放下杯子说："心里不好受吧？"

陈远林摇头："没有。"

"不好受也没什么。不想当将军的士兵不是好的士兵嘛，咱们既然在体制内打拼，谁不想提拔？谁不想进步？换了我，我也会失落的。"

"好吧，那我承认，是有点失落。"

"这就对了。"

"我想不通，为什么纪委会找上我。"

"有啥想不通的？王长江给你送银行卡，这事是真的吧？你要是当时就把卡退给他，或是把它交给区领导，不就没后来的事了吗？"

陈远林苦笑："我根本没法把卡退给他，开完会我才看到他发的微信，才找到花盆下面的卡。我要是把它交给区领导，我倒是清白了，可王长江会怎么想？不把他弄得很尴尬吗？所以才想到把它还给他儿子王宇。"

朱副主任端起杯子："来，走一个。你这办法其实也不是不行。既保证了你的清白，也顾全了王长江的面子。"

"我纳闷的是，到底是谁到我办公室，把银行卡拍了照，还发给了纪委。"

朱副主任一下子变得很严肃："我们当领导干部的，都处在所有目光的焦点上。古人说，若要人不知，除非己莫为。你再去琢磨是谁拍的照，已经没有任何意义了。这事反倒提醒我们，违法乱纪的事情干不得。你以为天不知地不知，谁知道人家连照片都给你拍了。"

陈远林见朱副主任很严肃，忙放下酒杯，认真听他说。就在这时，他和朱副主任都看到一个头发完全花白的老人，慢腾腾地从餐馆门前的林荫道上走过。他和朱副主任一齐喊："赖老师。"

喊完后，两人相视一笑，朱副主任说："你怎么也认识赖老师？"

陈远林说："你忘了我是北山农场子弟？赖老师是我上子弟校时的班主任。你呢？你怎么也认识？"

"他是我父亲的战友。"

赖老师听到两人喊声，扭头过来，两人一齐走出餐馆，老板在后面着急地喊："先生，你们还没埋单呢。"

陈远林说："我们不会跑，马上就回来。"老板只好站在门口，紧张地搓着手。

一会儿，两人对饮变成了三人把盏。朱副主任先给赖老师敬酒，赖老师也不推辞，一口喝了。陈远林接着给赖老师敬酒。赖老师却不喝，说："林仔，这杯酒得老师敬你。"

陈远林吓了一跳："这是什么道理？"

赖老师神色严峻："我今年八十五了，小朱应该知道，我的党龄也有六十多年了。我这辈子，最大也只做过正科级的子弟校校长，可我有自己的原则。说穿了，这原则，也是一个共产党员的原则。"

陈远林听得云里雾里，不知道赖老师要说什么。人家说，树老根多，人老话多。放在赖老师身上，一点也没错。

只有继续洗耳恭听。

"纪委调查你的事，我早就听说了，我还想过要不要打电话问问你。可我又想，你要是有问题，我打电话岂不是要气死我？你要是没问题，我也用不着打电话。结果，就像我想象过的那样，你果然干净，没有问题。我教过你六年，不敢说教了好多东西给你，但原则这两个字，是我一直努力向你们灌输的。所以啊，老师敬你一杯。"

陈远林很感动，端起酒杯，站起身："老师，我先干为敬了。"

赖老师又说："张海峰为什么走到了绝路？说到底，也就是没有原则。"

气氛一时间有点凝重。陈远林忙说："事情已经过去了，就不再说他了吧。"

　　接下来的谈话就轻松了。赖老师问陈远林："你一定奇怪，我怎么和小朱这么熟，对吧？"

　　陈远林点头："刚才朱主任说，他爸和你是战友。"

　　赖老师陷入沉思："是啊。那时我还不到二十岁，他爸也差不多。我当时在广州上学，解放军南下，我投笔从戎，小朱他爸是我的班长，也是我的入党介绍人。新中国成立后，我是第一批被派到北山来办农场的。因为我祖籍就是这里的人嘛。那时候，东平只有一条不到两百米的街，街面上全都是茅草房。至于现在这些地方，你看现在都是高楼大厦，那时候都是荒郊野岭。林子里，还有野猪出没。"

　　朱副主任说："赖老师有好多次机会调到广州，可他一直都没去。"

　　赖老师笑道："是啊，你爸虽然后来做了很大的领导，可他一直还记得我这个当年的老部下。七几年八几年，他几次想把我调到广州去，我呢，也不是说有多么崇高，我只是已经习惯了北山。习惯了这里的山，这里的水，这里的树，这里的人，再把我挪个窝，我怕是再也不习惯了。所以我就一直留在北山，哪里也不去。"

　　赖老师一共只喝了三杯酒，他说："我爱喝酒，可我八十多了，不敢像年轻时那么尽兴了。我还要去散散步，每天必须走八千步。你们接着喝，我先走了。"

　　送走赖老师，陈远林和朱副主任也结束了酒局。陈远林准备埋单，朱副主任说："你是我部下，你请我大大不妥，我请你天经地义。"

　　出了店门，两人在十字口告别。

　　陈远林打算走路回家。他折进一条偏僻的小巷。小巷两旁，种植着不少高大的杧果树。偶然间，他发现明亮的月光透过杧果树的枝丫投射下来，把他的影子拉得又细又长。抬起头，有一轮满满的圆月，月亮旁边，亮着一颗星。陈远林突然想起，刚刚从大学分回北山时，晚饭后，他和林如凤常常手牵手散步。那时候，北山还是特区最偏远的城乡接合部，站在街上，能看到大片大片的荔枝林和杧果林。那时候，他们一同踩着如水的月光，一直走到花山山巅。

想起这些，陈远林有些激动。于是，他独自穿过那条小巷，又走过一条大街，然后，来到了花山脚下。花山不高，只有两百米的样子。山顶，竖着一方塔，亮着霓虹。

后来，陈远林慢慢爬到山巅。他站在塔下，极目远眺，入夜的北山亮着无数灯火。遥远而温暖，如同逝去的往事。他想，一会儿回家，一定得心平气和地与林如凤好好谈谈……


# 8


云海后山堆纳场滑坡事件发生将近一年后，对有关人员的处理终于尘埃落定。

法院发布的公告上称，经审理查明，该起滑坡属于特别重大生产安全责任事故，经营管理堆纳场的厚发公司及其母公司德发集团，未按有关规定进行规划、建设和运营管理，现场作业混乱，对事故征兆和险情处置错误。其法定代表人赵家才犯重大责任事故罪、单位行贿罪，数罪并罚，判处有期徒刑十五年，并处罚金人民币一千万元。德发集团副总经理兼厚发公司总经理高小明构成重大事故罪，判处有期徒刑五年。市城管局原局长敬树声犯滥用职权罪、受贿罪，数罪并罚，判处有期徒刑二十年，并处罚金人民币八百万元，依法追缴赃款，上缴国库。北山区城管局原局长张海峰犯滥用职权罪、受贿罪，鉴于本人已故，不再追究刑事责任。

除此之外，另有包括堆纳场场长、施工员等在内的多人也被判处三到五年不等的有期徒刑，北山区有关领导也被上级诫勉谈话。

宣判那天，电视台做了现场直播。但那天是星期三，陈远林一直在忙，也就没时间去看直播。快下班时，他想起这事，从网上搜到视频，匆匆晃了几眼。他看到，姐姐陈远芬满面沮丧地坐在旁听席里。下班后，陈远林直接去了姐姐家。

没想到，开门的却是陈远林的母亲。陈远林问母亲："姐呢？"母亲朝卧室努了努嘴："里面呢。"

客厅里没开灯，光线很暗，陈远林这时才发现，姐夫坐在沙发上，双手抱着头，一声不吭，像塑像。听到陈远林和母亲说话，这才站起来招呼，并顺手打开灯。

姐姐也听到了声音，从卧室里走出来，头发胡乱披在肩上，双目红肿，还在小声抽泣。陈远林想劝她几句，终是不知道如何劝起，只好接过姐夫递过来的烟，默默把烟点燃，走到阳台前抽烟。

站在阳台上，能看到远处的花山公园，冬天的特区依旧红花绿叶，一派盎然生机。花山公园的山那边，就是云海村。数十代人生活了上千年的古老村庄，此时业已不存。

突然，陈远林听到母亲的声音。在陈远林记忆中，母亲的声音一向很细很柔，可这一回，却变得很粗很尖，她大喊说："你还在哭，哭了半天了，你也不想想，几十条人命，几百座房子，一转眼就没了，还有他外公，也没了，他关五年你还嫌多？政府要不把他弄去关几年，我都不服。"

陈远林很吃惊，也隐隐发现，自从父亲走后，母亲慢慢变得强势。或者说，母亲其实也是一个强势的人，只是由于父亲更强势，才在父亲的遮蔽下，没有把强势的一面展现出来。

陈远林担心姐姐顶撞母亲，但姐姐没吭声，也没有再哭泣。过了老半天，她才长长地叹了一口气："妈，你说的道理我都懂，可他是我的儿子。"

"他还是我的外孙呢。"

9

清明节快到了。那时候，林如凤已经在两个月前调到广州一家国企了。不过，他们没有离婚。首先一点，林如凤的父亲得知他们要离婚的消息后，坚决反对。但依陈远林看来，林父的反对固然起了作用，更大的作用其实还是来自林如凤。

大概因为折腾得太久，林如凤一下子对离婚失去了兴趣。或者说，她忽然间觉得，离婚也不一定就能带来想要的生活。既然如此，那就没必要多此一举地去离婚。当然，分开一段时间也是好的。她说："如果分开一年半载，我——不，我们，发现分开过得更好，那就永远分吧。"

林如凤前往广州前一天晚上，两人在家里心平气和地聊了半天。陈远林问她："什么样的生活才是你想要的生活？"

林如凤想了想说："我也不知道。但肯定不是现在这种生活。"

"如果你不知道自己想要的是什么样的生活，那生活本身就是生活。"

"也许吧。"

次日把林如凤送到高铁站，林如凤拖着两大口箱子消失了。陈远林慢慢走回停车场取车，坐在车里，他半天没有发动汽车，手抚方向盘，心中百感交集。这时，手机提示有微信，他点开一看，是林如凤发来的：如果你有本事，你就重新追我，让我也重新爱上你吧。

陈远林笑了笑，回道：好啊，那我只好再谈一次黄昏恋了。

林如凤走后不久，转眼，就到了清明。

其时，造成滑坡的后山堆纳场进行了加固。原本光秃秃的黄土上，种植了一排排树木。原本被挖掘得七零八落的滑坡现场——地下还埋着无数的民居与厂房，已经做了深入处理。地面平整后，上面也种了不少花草，成了一座小型的公园。原本的村口位置，新立了一块碑。那是一块警示碑。碑上，一排大字：云海后山堆纳场滑坡事件遇难者纪念碑。大字下面的碑文，记录了一年前发生在这里的那场惨剧。碑的后面，刻写着七十三位遇难者的名字和籍贯。

清明节那天清晨，陈远林带着母亲，以及姐姐和姐夫，到纪念碑前为父亲献花。那是救援结束之后，陈远林第一次来到滑坡现场。如果不是直刺蓝天的纪念碑和碑上的文字，谁也想不到，就在短短的一年多前，这里竟发生了如此重大的事故。

陈远林和姐夫搀扶着母亲走到碑前，母亲把手里的鲜花放下，过了老半天，轻轻地说："时间过得可真快啊，你爸一走就是一年多了。也不知道他在那边过得好不好？"

陈远林和姐夫对望一眼，没说话，慢慢搀扶着母亲走到碑旁的椅子上坐下来。

他们在椅子上坐了十来分钟。十来分钟里，陈远林先后看见好几个熟悉的人来到碑前，献花，鞠躬，尔后离去。他没有和他们打招呼，他不想惊动他们，在今天这样一个特殊的日子，而且又是在这样一个特殊的地方。他想静静。其他人肯定也想静静。

首先看到的是王长江和王宇父子。他们搬到云溪村后，工厂已经在几个月前投产，生产的电器设备，都销到了冯大庆的丰华集团。看到王氏父子，陈远林很自然地想起了冯大庆。这家伙在哪里逍遥呢？他已经有快一年没到过北山了。他不是馋那口红烧乳鸽么？忙过这段时间，应该把他约过来，一起喝杯小酒了。这样的朋友，一辈子有一个就值了。

之后看到的是迟丽和梁娟，以及梁娟的母亲文心雨。在陈远林印象中，文心雨似乎是一个永远不会老的女人。但短短一年多不见，她也老了，头发几乎全白了，穿戴得倒还是很整齐。听说，梁娟在迟丽的帮助下考取了社工资格，成了迟丽的同事。

再之后看到的是江小雨。江小雨挽着一个年轻女子，年轻女子肚腹隆起，明显是个孕妇。陈远林一下子想不起那女子的名字了，只知道是那年江小雨要跳楼时，也跟着起哄要跳楼，从而把江小雨救下来的那个。江小雨的餐馆就开在王氏父子的林达电器对面。之前，江小雨说他要主打红烧乳鸽，结果，原本和他合作的那个会做红烧乳鸽的厨师在开业前却因股份问题与江小雨发生矛盾，一怒之下不干了，江小雨只好另找合作伙伴。找来找去，发现都不如当年一起从青石关出来的文娃子更合适。于是，两人就开了一家规模不大的川菜馆。红烧乳鸽也就顺理成章地变成了回锅肉和麻婆豆腐。

最后看到的是一个身材高挑的女子，脸上戴着一个硕大的口罩。一开始，陈远林并没有认出她。当她走到纪念碑前弯下腰放下手中的鲜花时，正对着她的陈远林这才发现，她是王青青。他的大学同窗王青青。他的发小张海峰的妻子王青青。

差一点，陈远林就要站起来喊她，但是，他忍住了。他默默地看着王青青放下鲜花，向着纪念碑深深地弯下腰，鞠了三个躬，尔后转身，匆匆离去。

张海峰跳楼后，留下王青青和两个孩子。陈远林不好过多地去关心，不过，林如凤却经常和她联系。因此，对王青青的情况，陈远林偶尔会从林如凤那里获知一二。

张海峰的父亲把两个孩子接去和自己一起生活，为了照顾孩子，请了两个保姆。王青青也结束了全职太太生涯，重又出来上班。据说，已经有人为她提亲了。显然，她早晚还会再婚，还会组织自己的家庭，乃至生儿育女。

死者长已矣，生者却要活下去，而且还希望得更好。道理就这么简单。

"下雨了，我们回家吧。"姐姐取出伞，张在母亲和陈远林头上。清明时节的风轻轻吹拂，无边无际的细雨像一张网，笼罩万物，滋润苍生。毛杜鹃、鸡冠刺桐和繁星花都开了。这些人工种植的花木之外，稍荒凉处，野生的鬼针草也吐出了白中带黄的小花，风一吹，雨一淋，更加楚楚可怜。

陈远林扶着母亲站起来，再次走到纪念碑前。站在那里，一边，能看到近处的公园、林木，以及远处的楼房和街道；另一边，也就是云溪村的方向，一线青山在最远处的天际横过，近处，却是一马平川。按市、区规划，北山的大部分土地，都纳入了科学城的范畴。原本和云海村一样古老的云溪村已经拆迁完毕。昔年那些破败的民居不见了，唯有一座陈仙姑庙作为文物保存下来，孤零零地矗立于原野上。庙前，一些大型工程机械来回作业。隔得远，只能听到隐隐的机器声，恍似儿时随父亲到大鹏湾姑婆家，夜里睡在阁楼上醒来时，传入耳朵的海涛阵阵。

面对这片生活了四十来年的土地，陈远林第一次发现，它是如此熟悉，又是如此陌生。

# 第七章

## 1

光阴荏苒，一晃，时间又过了三年。

此时，云海滑坡事件，已是四年前的往事了。

古人说，士别三日，当刮目相看。一座城市，经过四年发展，变化简直是天翻地覆。这么说吧，对陈远林这些不曾离开过北山的人来说，也常常惊觉城市的变化太大；要是离开了四年再回来，很可能会在街头迷路：这就是北山吗？这就是曾经被戏称为特区西伯利亚的北山吗？

两年前，经国务院批准，北山区由功能区改制为行政区。区工委和管理署，也就相应地变更为区委和区政府。

两年多前，林如凤又调回了北山。分开的两年里，林如凤在广州，陈远林在北山，虽然分居两地，交流反而比住在一起时多一些。那时，两人虽然都在北山，同住一套房，同吃一锅饭，同睡一张床，可长达一年多的冷战里，除了少有的几次交流外——且这交流还无一例外地以吵架告终——便是有意无意的回避。曾经，陈远林想到了杜甫的一句诗，正对应了彼时他和林如凤的关系：人生不相见，动如参与商。可老杜感叹的是世事茫茫，友朋相隔，自己却是与老婆冷战。他既觉滑稽，又觉伤感。

不过，两地分居个把月后，两人都体会到了古人所说的相见不如怀念。他们开始频频发微信，先是文字，后是语音，再后来是视频。

所以，那年春节，陈远林也没给林如凤提前打招呼，除夕那天，自顾跑到广州，去了林如凤家。林如凤有些惊讶，也有些感动。林如凤的父母早知道两人有些隔阂，正好趁这机会勉力撮合。

饭桌上，林母热情地给陈远林夹菜。林母是中山大学生命科学院的教授，在业内颇有些影响，回到家里，却能立即变身贤妻良母。林父举起杯子和陈远林碰了两杯，略带歉意："远林，如凤调回广州一年多了，你的事呢，我也挂在心上。但一直没有适合的位置。你在北山，也是正处级干部，这边应该有个相应的职务才行，所以可能还得等等。"

陈远林忙表示感谢，末了，又吞吞吐吐地表示，组织部最近又找他谈话了，他任副区长的公示也出来了。

林父林母听了，都由衷地高兴，只有林如凤略带讥讽："又升官了？官运亨通啊。"

吃了饭，回到房间。陈远林趁着酒兴，拉住林如凤的手："你不是让我再追你嘛，我这就追到广州来了。你跟我回北山吧。"

林如凤幽幽地说："回去当副区长夫人？"

陈远林摇头："我知道你根本不看重这个，不要说一个副区长，就是区长、市长，你也不看重。"

"那你说说，我看重什么？"

"人。感情。"

林如凤沉默。

陈远林又说："爱一个人就像牙痛，平时不知不觉，只有痛起来的时候，你才恍然大悟。"

"你牙痛吗？"

陈远林点头："太痛了。"

林如凤笑道："我又不是牙医。"

"你当然不是牙医，你就是那颗让我痛的牙。"

过完春节，林如凤真的又从广州调回了特区。林父林母有些遗憾，但他们也知道如果两人再分居下去，这婚姻迟早得出问题，不如趁他们感情还在，还是在一起好些。


## 2


下午，母亲来电话，让陈远林和林如凤晚上回家吃饭。其时，陈远林履新两个月了，正是忙得不可开交的时候。接母亲电话时，他心里默算了一下，已经有将近一个月没去看老人家了。尽管晚上还有事，他还是答应了："好的，我和如凤回来吃饭。"

两个月前，市上任命陈远林为北山区副区长，同时兼平阳街道党工委书记。在这之前，方书记上调市人大，刘区长做了书记，朱副区长接任了区长。对陈远林的安排很特殊，在这之前，还没有副区长同时兼任街道书记的。

当然，这一安排，都和当时以及后来相当长一段时间里，北山区最核心的大事——科学城密切相关。

北山之前，国家层面的科学城，全国只批了三个，一个是北京的怀柔科学城，一个是上海的张江科学城，一个是安徽的滨湖科学城。

科学城是什么东西呢？那段时间，常有外地的同学在微信上或是电话里，向陈远林打听北山科学城。比如冯大庆就是其中一个。

陈远林回答说："如果按政府文件的解释，我背给你听，那就是'立足全球视野，服务国家战略，通过布局一批世界级重大科技基础设施集群，集聚一大批科学研究顶尖人才，释放出强劲绵长的发展功能，助推镇海驶入新一轮高质量发展的高速路，建设成为粤港澳大湾区国际科技创新中心的重要载体和平台'。"

冯大庆听陈远林一口气背完，笑着说："算了，你还是用通俗易懂的话来说吧。我听你背文件，头痛。"

"通俗易懂地说，就是要建设一个世界级的重大科技基础设施集群，打造为综合性国家科学中心的重要节点。这么说吧，科学城建成以后，这里会有许多全球顶级的实验室和科研基地。"

冯大庆说："牛啊。那你这个刚上任的副区长，跑去兼平阳街办书记，又有几层意思呢？"

陈远林说："这你就不懂了是不是？北山是全特区土地资源储备最丰富的地区，而北山的土地储备，又主要集中在平阳街办，当然，还包括与平阳街办相邻的我老家云海、云溪。按科学城最终的规划，占地要达到将近一百平方公里，最主要部分就在平阳，所以，我不仅兼了云海街办书记，还兼了另一个更重要的职务。"

"啥职务？科学城拆迁现场指挥长？你要去管拆迁？"电话那头，冯大庆惊问，"这玩意儿，我听说你们当领导的最不愿干的就是它，不要说难以出政绩，能够不出事就阿弥陀佛了。"

陈远林吁了口气，说："是啊，我也知道这事儿头痛，可领导亲自点将，我能推吗？我只有接受任务。至于政绩，还真的不敢去多想，只要能让领导满意，让拆迁群众满意，我就算烧高香了。"

"哇，看来，这红烧乳鸽，最近是不要指望你陪我吃了。"

"那也不一定，你要来，我还是要陪。"

就像陈远林在电话里和冯大庆讲的那样。他这个副区长兼平阳街办党工委书记，同时还兼任了科学城拆迁现场指挥长。

接到任命时，陈远林就明白这事烫手。以前，北山还是区的时候，一个社会管理局，统揽了教育、文化、体育、广电、卫生、民政等互不相干的工作，事情已经够多够杂了。与之相比，副区长兼街办工委书记，工作当然也多，但并不见得比社会管理局更多。要命的是，同时还得兼科学城拆迁现场指挥长，这就令人头都大了。

刚从子弟校考进政府机关时，陈远林曾在平阳街办干过。当时，街办还叫镇。镇上为了建一座工业园区，也成立了由镇长牵头的拆迁办，陈远林被抽调到拆迁办。那大半年，天天都是些叫人头痛的事。涉及拆迁的单位，如果是国有企业或是事业单位的房子，这很好办；不好办的是拆迁私人的房子或是占用农民的土地，直接与他们的个人利益挂钩，麻烦简直就是花样百出。比如，在听说要建工业园后，有人突击在早就不种的地里插了些树枝，占地时，要求按棵赔偿，条件不满意，就睡在地里，拦住要施工的挖掘机。还有一户人家，除了正常修建的房子要赔外，违章搭建也想浑水摸鱼。镇长不答应，他就支使家里的老人拎了一桶汽油浇在身上，声称要自焚。陈远林跟在镇长身后，苦口婆心地劝，软硬兼施地劝，好不容易把人劝下来，镇长却一不小心摔倒在刚拆过的地基上，后脑勺被钉子凿了一道大口子，进医院缝了七针，第二天又缠着满头纱布挨家挨户去找钉子户谈话。

所以，对区委区政府分配的任务，陈远林很有些七上八下。虽然在会上，他并没有过多地说什么。那是他知道，上面交的任务，没法讨价还价。朱区长看出了他的不安，散会后，悄悄对他说："晚上没事吧？一会儿下班，老地方见。"

下班后，两人就到区政府后门那家小店里，要了几样菜，一瓶酒，慢慢对酌。陈远林几番想把自己的担忧说出来，一时又不知从何说起。等他终于想开口时，朱区长却挥手制止了他，朱区长说："科学城是个大手笔，不仅对北山、对特区、对广东是这样，乃至放在全国，都是个大手笔。可再大的大手笔，也需要从细处和小处落笔，就像再高的大楼，也得从地基挖起。我年龄比你大好几岁，这区长的位置，估计最多也就干一届，到时不是去人大就是去政协，总之退居二线。那么，这个科学城，可能就是我这辈子参与的最重要的一桩大事了。远林，让你去兼平阳街办书记和拆迁现场指挥长，是我的主意，当然，刘书记也很支持，我们一起找市上主要领导做了汇报，市领导也同意我们的看法。你为人沉稳，踏实，又有一股子韧劲，我不依靠你，依靠谁？我知道你有难处，拆迁嘛，天下第一难，能够没难处？可你想想，如果连你这种干部都撂挑子了，那工作靠谁来干？大道理我们不讲那么多，但为官一任，造福一方的精神还是要有的。何况，北山还是你土生土长的家乡。"

趁着朱区长说话的间隔，陈远林说："朱区长，我明白你说的道理，我只是怕工作干不好，有负你和刘书记的期望。"

朱区长端起酒杯和陈远林碰了一下："如果真干不好，别忘记了，我的责任比你大，处分也好，免职也好，我都走你前头。总之，话我不多说了，就一句：你不但要干，还要干好。明天，你就去工地，先把办公场所弄出来，到时候，我会从各个部门抽调精兵强将，组成指挥部。"

# 3

母亲和姐姐在厨房里忙碌了一下午。陈远林进门时，餐桌上已经摆满了热气腾腾的菜肴。

陈远林和母亲以及姐姐打了招呼，纳闷地问："今天是啥日子？好像没谁过生日吧？怎么整这么多菜？"

尤其让他纳闷的是，自从高小明被抓并判处有期徒刑五年后，姐姐就总是沮丧着脸，而现在，姐姐脸上竟然罕见地洋溢着喜气。

母亲笑着说："一会儿你就知道了。"这时，有人敲门，陈远林正准备开门，姐姐却从厨房里快步走出来，抢先一步开了门。

姐夫领着一个人走了进来。陈远林定睛一看，发现姐夫身后跟着的，正是外甥高小明。高小明比四年多前瘦了很多，也黑了一些。他看到陈远林，叫了声"舅舅"。

陈远林恍然大悟："你回来了？"

之前，陈远林听母亲说过，高小明在狱中表现不错，可能要提前释放。没想到已经回来了。

一家人坐下来吃饭，陈远林想和高小明说点什么，想了半天，终于憋出一句："在里面过得怎么样？"

高小明是在广东另一个市的监狱服的刑，四年多服刑期间，陈远林没去看过他。有一次，他到高小明服狱那个城市开会，原想去看看，但开会总是集体行动，不方便，也就罢了。

高小明说："还好。生活得规律了，肚子没了，连高血压也正常了。"

陈远林说："塞翁失马，焉知非福。"隔了一会儿，又问他，"那以后有什么打算？准备干点什么？"

高小明有些颓唐："像我这种情况，要再去给人家打工，怕是很难，人家听说我是里面出来的，多半另眼相看。如果有合适的事，倒不如自己干。"

这时，姐姐急切地看着陈远林："林仔，你现在负责科学城拆迁，我听人家说，拆迁有很多工程，要不就让小明组一个工程队，来帮你拆迁如何？你在里面，也好关照他一下。"

陈远林听了，嘴里正嚼着一块鸡肉，急忙把鸡肉吐出来，摆着手："姐，这个可不行。我不但没法关照他，而且，我还要劝你们，趁早打消这主意。"

姐姐有些不满，高小明似乎也有点失望，只有姐夫，憨厚地笑着，朝陈远林举了举酒杯。母亲看看陈远林，又看看高小明和姐姐，叹了一口气，没说话。

接下来，饭就吃得很沉闷。

那天晚上，林如凤原说一起到母亲家吃饭，但当陈远林打电话问是否去接她时，她说身体不舒服，就不去了。

所以，母亲问陈远林："林仔，小凤又在加班吗？"

陈远林想打破饭桌上的沉闷，摇头说："没加班。"

母亲不满了："既然没加班，为什么不来吃饭？"

陈远林说："你猜猜，她为什么不来？"

母亲说："难道她父母过来了？那更应该把他们都请过来吃饭。"

陈远林摇头。

母亲也摇头："我笨，那我就猜不着了。"

"她身体不舒服。"

"怎么？病了？去医院看了吗？"

"没有，不需要看。她恶心，呕吐。"

母亲还没反应过来，姐姐大声说："小凤是怀孩子了？"

陈远林点点头。

母亲大喜过望："真的真的？你们确定是怀孩子了？"

陈远林说："去医院查过了，是怀孕了。"

母亲双手合拢，不断对着空中作揖："菩萨保佑，菩萨保佑啊。"又黯然道，"要是你们爸还活着，知道他要当爷爷了，他该有多高兴啊。"说着，竟掉下泪来。复又指着高小明说，"你和你那个赵老板，千不该万不该，搞那个什么堆纳场。远芬，我给你们说，小明就是出去打工，也不要去给林仔惹麻烦。还有，小明，你在里面这几年，也算是买了个教训，以后啊，违条犯法的事千万不能干，发财当然重要，可平平安安，对得起自己的良心，才更重要。"

高小明低着头，轻轻地嗯了一声。

陈远林顺势站起来："我先走了，回去陪陪小凤。"

母亲忙说："对对对，你快走，回去陪小凤，给她说，我过两天去看她，我给她煲靓汤，给她好好补补身子。"


## 4


和朱区长喝了那顿小酒的次日，陈远林正式启动了科学城拆迁现场指挥部的工作。

那时候，严格地讲，指挥部还存在于文件上，连一寸办公室都没有。可任务却摆在那儿：科学城需要拆迁出的几十平方公里的土地，必须在三个月内整备完成。

几乎所有人都在背后议论，认为这简直就是一件天方夜谭般的事情。但市上区上其实也没有办法，因为必须得这么快的进度，才能把首批合作企业安置进来。

只好把担子往下压。

陈远林干的第一桩事，是给指挥部弄个窝，不然，马上就要到岗的从各个部门抽调的数百号工作人员，根本就没地方办公。

街道找不到这么宽的办公场所，区上虽说可以拼凑，可距离现场太远，那就不是现场，而是后方了。用朱区长的话说："你陈远林是前线总指挥，必须带着你的将士在前线奋战，我是总司令，我在后方给你调兵遣将。"

指挥部这个窝，还真不好找。陈远林带着最初抽调过来的几个部下，或开车或走路，在科学城规划红线及其附近跑了两天，看中了几个房子，可都因各种各样的问题被否定了。

眼看快三天了，连指挥部地址都没定下来，一夜之间，陈远林嘴角就长出了泡。那是心火给急的。

谁知正应了那句戏文上的话：踏破铁鞋无觅处，哪知得来全不费功夫。这天，陈远林与朱区长陪一位省上某厅的领导到科学城看规划。回来路上，陈远林看到紧靠规划红线不远的地方有一片厂房，厂房看起来有些面熟。等到行经大门口，他看到吊牌上的黑字"林达电器有限公司"时，他一下子恍然：这不就是王长江和王宇父子的工厂嘛。

他取出科学城规划图纸比对了一下，这地方刚好在红线之外，大概距红线不超过一百米。心里一下子亮堂起来。

一会儿，他进了厂，把车停下，四处看了看。由于一直在与冯大庆的企业合作，林达电器势头不错，几个车间里机声轰鸣，工人们正在忙碌。看到这些，陈远林忽又有些担心。

他看中了林达电器这地儿，想找王长江父子协商一下，看能否把其中一个车间和一片空地租出来。他计算过，按市上和区上的计划，届时投入科学城拆迁的工作人员将会有四五百之多，如果把一个车间整理出来，虽然有点拥挤，但还是勉强能容得下。只是，林达电器是否能调得出多余的车间呢？

到了办公楼，王氏父子都在，见了陈远林，都是由衷地高兴。几年前，王长江把一个装有银行卡的信封放到陈远林办公室的花盆下，陈远林不声不响地把信封退给了王宇，并让王宇暂时别告诉王长江。没想到，那信封竟被人拍了照送到纪委。纪委也约谈了陈远林，好在清者自清，纪委也是明察秋毫。这事儿，后来还是传到了王长江耳朵里。王长江得知后，后悔不已，亲自跑来向陈远林道歉。陈远林笑着说："事情已经过去了。你把林达搞得风生水起，就是最好的道歉。"王长江连连点头："陈局放心，只要我还有一口气在，一定让林达在北山扎根。"

寒暄后，很自然地谈起了科学城。王宇说："我看新闻上说，您兼任拆迁现场指挥长。谁都知道，拆迁是最烦琐最细屑也最麻烦的，您现在可比以前更忙了。"

陈远林苦笑："是啊，这指挥部，连办公地点都还没找到。"接着，他就把这几天忙于找办公地点却一无所获的情况说了一遍。王氏父子听得很仔细。听完，王宇安慰他不要着急，慢慢来。陈远林正在想把他的想法和盘托出，姜到底还是老的辣，就在陈远林犹豫之际，王长江把话挑明了："陈局，哦，陈区，你是不是看上我这地方了？"

陈远林一笑："王董事长世事洞明啊，不瞒二位说，我正有此意。只是，我刚才到车间转了一下，好像林达也没有闲置的地盘。"

王长江说："我挪一个车间给你，只是有些简陋，还有那边那栋库房，也挪给你。车间可以用来办公，库房可以做食堂。如何？"

陈远林噌地一下站了起来，激动地拉着王长江的手："真是太好了。只是，你怎么挪得开？"

王长江说："你不用管。我自然有办法。"

王宇也说："我们最困难的时候，是你和区上支持我们，帮助我们，现在区上需要我们支持，我们肯定义无反顾。"

第二天，陈远林带人来到林达电器，车间和库房已经神奇地在一夜之间搬空了。接下来十几天，这间两千多平方米的铁皮房里，密密麻麻地摆了五百多张桌椅，分成了若干个不同的组团。又在铁皮房两侧，分隔出几十间小办公室和会议室。库房里，一应厨房设施、餐桌、椅子也置办到位。

大门口，左侧挂着林达电器有限公司的吊牌，右侧挂着科学城拆迁现场指挥部的吊牌。

从各个单位抽调的四百来号人陆续到位，林达电器顿时门庭若市。刘书记、朱区长陪同市上主要领导前来视察，市领导满意地点头，拍着陈远林的肩膀说：

"不错，不错，就是要雷厉风行，可别忘记了，特区是诞生镇海速度的地方。"

## 5

急匆匆从母亲家出来，陈远林并没有像他跟母亲说的那样，要急着回家陪林如凤。林如凤的确怀孕了，但陈远林也的确太忙，他还得去看一个人。他需要这个人的帮助。

这事儿，得从于小晴那儿说起。

于小晴已于三年前升任为文体局副局长。成立科学城拆迁现场指挥部时，她也被抽调进来。

现场指挥部除设办公室和后勤处外，最重要的机构就是二十多个协调小组，每个协调小组都领受了任务，负责与被拆迁的业主进行协商谈判并办理相关手续。于小晴这个组比较特殊，她是迁坟一组组长。

科学城这片几十平方公里的土地，一部分属于北山农场，一部分属于曾经的平阳镇和云海村、云溪村，这其中，大约有十来座村庄，其余便是耕地、果园、池塘和荒山，里面有数百座坟。

这些坟，有的有主，有的无主。总体来说，迁死人远比迁活人更难。为此，指挥部设立了两个迁坟组。

于小晴一年前结了婚，丈夫一家都是北山本地人，丈夫就在毗邻北山的宝安一家中学当副校长，公公和婆婆都已退休。于小晴被任命为迁坟一组组长后，说实话，她也觉得这事有些瘆人，但她也明白，这事情没法讨价还价，就像陈远林之前在干部会上说的那样："谁都知道拆迁是件烫手的活，可因为烫手，就都不接，那这活到底还干不干？我不想说那么多豪言壮语，我只想提醒一句，养兵千日，用兵一时。我们受党这么多年教育，现在需要我们拿出一点奉献精神，你还好意思讨价还价？"

所以，于小晴也不打算讨价还价，她默默地接受了任务。不过，对家人，尤其是对公公和婆婆，她只笼统地告诉他们：她抽调到拆迁现场指挥部了，具体干啥，她却不说。

于小晴所在的组一共分配到了八十余座坟和一百五十多座金塔。什么是金塔呢？于小晴到北山工作已有好些年，金塔这词儿也听说过，但一直没有真正搞清楚过，当然以前也没有兴趣去搞清楚。

原来，北山这地方，流行二次葬。人死后入土为安，等到过了十年或十五年，埋在地下的棺木开始腐烂了，死者的亲人就会掘开坟墓，把里面的遗骨拣出来，不让它与棺材一起烂掉。这称为拾骨。这些骨殖，要用一口圆缸把它盛起来，这个盛了骨殖的圆缸就称为金塔。金塔仍然放回原来坟墓的位置，但不埋到地下，而是半露在地面。刚到北山时，有一次，于小晴和一个同事在山坡上散步，远远地看到荔枝林外有几口缸，很好奇地跑过去一看，发现里面是些乱七八糟的骨头，正在疑惑，一个当地人把真相告诉她们，她们吓得撒腿就跑，回去做了好几次噩梦。

谁也没想到的是，有一天，她的工作竟然要和这些金塔打交道。

搞清了她领导的迁坟一组的任务后，于小晴和组员们就通过各种渠道——包括但不限于走访当地老人，询问村组和社区干部，以及在各居民点张贴告示，在北山有线电视台循环播放启事——寻找每一座坟墓和每一座金塔的家属。

因为每一座坟墓和金塔都有政府发给的补贴，动起了歪脑子的人也不少。比如，于小晴所在的组，就遇到了两起造假案：有两户人家，伪造了金塔，塔里面放的不是他们的亲人的骨头，而是猪骨头和牛骨头。他们敢这么干，就是认定了拆迁小组的人，多半不会真的揭开盖子看。

可是，没想到的是，于小晴带头揭开了盖子。

倒不是于小晴天生火眼金睛，而是她发现，金塔实在太新。

伪造金塔的村民，后来被警方抓了。从那以后，造假倒是再也没人敢干了。

可不配合的却多着呢。

最不配合的是进士坟的后人。在平阳，说起进士坟，当地人无人不知，无人不晓。在一片香蕉林尽头，一座小山的山脚下，就是修建于明朝中期的进士坟，坟前有石人石马，青石砌成墓穴，立着高大的墓碑。进士坟的主人姓赖，是当地的大族。据说赖进士的后裔，不仅分布在北山，整个珠三角一带，足有上万人。

像这种势力强大的宗族墓地，要拆迁，只能找族长商量。偏偏赖家的族长是一个固执的老头儿，无论如何也不同意。他倒不完全是想多要补偿，毕竟，偌大一个宗族，就是多要个仨瓜俩枣，分配到每家人头上，肯定也是毛毛雨。他最大的不情愿在于，他认为祖宗已经入土为安几百年了，再把先人折腾一番，恐怕对后人不吉利。

于小晴带人找了他三次，前两次还算客气而礼貌地拒绝，最后一次简直就是把人给赶了出来。

于小晴没辙了，只好搬救兵。她找到陈远林，"陈局，"尽管陈远林已是副区长了，于小晴还是一下子没改过来，继续沿用旧称，"我实在没办法了，只好找你。你是本地人，而且，我以前听你说过，你的中学老师就姓赖，他和这个赖进士，有没有什么关系？是不是也是进士那个祠堂的赖家后人？"

陈远林想了想："你倒真是找对人了。我隐约记得，赖老师说过，他们祖上是进士，是书香门第呢，你不要着急，我去找赖老师问问。"

于小晴见问题有了解决的途径，一扫几天的郁闷。

陈远林问她："有多久没在家吃过晚饭了？"自从指挥部运转起来后，中午自不必说，肯定都在食堂解决，而像于小晴这种一组之长，几乎没有一天不加班，就连晚饭也只能在食堂解决。

于小晴回答说："记不清了。"

"那今天回家去吃个晚饭吧。"

于小晴就难得地准点下班回家，公公婆婆见她回来了，都十分高兴，婆婆又埋怨她不早说一声，不然好多准备几个菜。于小晴丈夫说："那不如今天就到小区门口饭馆里撮一顿，免得做饭太累。"

一家四口有说有笑地进了餐馆，还要了个小包间。婆婆知道于小晴爱吃排骨，首先就点了一份排骨绿豆汤。

然而，当排骨绿豆汤热气腾腾地上桌，婆婆热心地给于小晴盛了一碗，还把肉最多的几根排骨都夹到她碗里，于小晴拿起碗，突然干呕一声，急忙往洗手间跑去。

　　于小晴吐了。

　　其他三个人都面面相觑。一会儿，婆婆突然反应过来，问于小晴的丈夫："小晴这是有了吗？"

　　于小晴的丈夫很迷惑："没听她说过啊。"他走到洗手间门口，于小晴正在捧了水漱口。他问于小晴是不是有了，于小晴睁大眼睛："有什么？"

　　"有孩子啊。你这不是吐了吗？"

　　于小晴又好气又好笑，"有你个头啊。我这是……算了，我还是不说了，说了你也吃不下排骨了。"

　　可丈夫一定要她说，于小晴只得把迁坟中天天看到大堆大堆骨头的事告诉了他，末了又叮嘱他，千万别告诉公公婆婆。

　　丈夫此前知道于小晴是迁坟一组组长，可没想到竟要身先士卒，天天和死人骨头打交道，心疼得快要哭了。

　　尽管于小晴特意交代丈夫不要把真实情况告诉公公婆婆，吃饭时，丈夫确实也没有说。但是，第二天早晨，当于小晴要出门时，婆婆和公公一齐喊住了她。于小晴站在客厅里，看到婆婆手里拿着一只银制的手镯走过来，她挽起于小晴的手，轻轻为她戴上。于小晴不解地望着婆婆，婆婆说："这个手镯是辟邪的，你戴上吧。"

　　一刹那，于小晴明白了，公公和婆婆都知道了她最近的工作。于小晴忍住泪水，笑笑说："谢谢妈妈。"

　　公公在一旁说："你工作忙，能回来吃晚饭就回来，不能回来我们也不会怪你。"

　　婆婆打断他："怪什么怪？小晴啊，要是不回来吃饭，你在食堂，一定要多吃点，吃饱，你还年轻。"

# 6

近两年，赖老师年岁越发地大了，身体渐渐不如从前，终于听从了儿子的劝告，搬来和儿子同住。赖老师儿子的家，与陈远林家只隔了一条马路。哪怕走路，也不过五分钟。

按了门铃，出来开门的是赖老师的孙子。陈远林问他："你爷爷在吗？"赖老师的孙子摇头："去医院了。"

陈远林一惊，急忙问哪个医院。

原来就是楼下不远处的中医院，再问什么病，赖老师的孙子茫然。陈远林只得告辞，下楼后，再往中医院而去。

赖老师住在心血管科。陈远林进门时，赖老师斜靠在床头发呆，同病房也没其他人。一扇小小的窗口，能隐约听到风在林梢上刮过的声音隐隐透窗而来。春天正在抵达这座温暖的城市。

陈远林的到来让赖老师意外而兴奋，连连招呼他坐下，甚至还想站起身，陈远林忙止住了他，拖了把椅子，坐在病床前。

"赖老师，你这是什么病？"

"还不是老毛病，每年季节变化，血压就要升高。我说没必要住院，可他们非要把我拉到这里来。你看我不是好好的吗？你今天怎么想到来看我？我看区上的报纸还有线电视台上的新闻，说是科学城正在平整土地，你是指挥长，不是忙得不可开交吗？来看我做啥？"

陈远林没法回答，只能微笑着看着赖老师。赖老师说了半天，陈远林给他倒了杯水递上去。赖老师喝了口水，望着陈远林："你一定有什么事找我，对吧？"

陈远林笑："什么事都瞒不了您老人家。我还真有事，可您在住院，还是改天说吧。"

赖老师一听，急了，把水杯塞给陈远林："快说，不然我就马上起床。"

陈远林问："我记得您以前说过，您祖上出过一个进士？"

"对啊，明朝嘛，出过一个进士，是二甲第十名，点在了翰林院呢。"

陈远林就把进士坟要搬迁的事告诉了赖老师，也说了赖氏宗族的现任族长因担心对子孙不吉利而不肯配合的事。

赖老师听得很认真，末了，他说："远林，你来找我是找对了。你说的赖族长，算起来，他是我的晚辈，要喊我七爷了。他也是我看着长大的，他小时候家里穷，我有时还接济他一下。这样吧，我跟你一起去找他，负责把他的思想工作做通。"

看赖老师的架势，似乎马上就要起床，陈远林忙阻止了他："不急，明天再说吧。"

一会儿，趁着上洗手间，陈远林到护士站问了一下赖老师的情况，的确不严重，也就是季节变化引起血压波动，明天出院也可以。陈远林这才彻底放了心，回到病房，又和赖老师聊了一阵，最终，两人约好明天下午去找赖族长。

事实上，后来回顾起整个科学城的拆迁工作，令人头痛的事固然不少，但令人感动的事也相当多。

比如陈远林听手下一个组长讲过，一个叫张姨的女业主的故事。

张姨是北山农场下属的牛场员工，在牛场工作了几十年，也在牛场附近居住了几十年。最初，她和农场许多职工一样，住在干打垒的简易房子里。后来，随着条件改善，干打垒房子变成了砖混的小四合院。张姨退休后，尽管三个儿女都在广州，且一直都要她去广州居住，但张姨舍不得生活了几十年的北山，更舍不下那些老邻居老同事。张姨爱种花草，院子里，绿肥红瘦，四季花开，就连低矮的围墙上，也总是爬满了三角梅、蔷薇花和铁线莲。

恰好，张姨的小院也在拆迁线内。

按政策，张姨可以领到一笔补偿，但她的三个孩子，虽然在这里出生、成长，但鉴于他们已经在外地工作，无法享受到安置补偿。张姨的孩子们有些想法，反倒是张姨很看得开，爽快地在拆迁协议上签了字。

然而，真到了拆迁那天，她把家里的东西都搬出来了，那些没法搬动的花草，一部分送给了不需要搬迁的邻居。根深树大的三角梅和蔷薇，却只有留下了。当工作人员把封条贴到小院门上时，原本一直乐呵呵的张姨，终于趴在小院的围墙上大声哭了起来。

工作人员和帮忙的邻居都愣住了。一会儿，一个女工作人员上去抚着她的肩膀，柔声说："张姨，我们知道你舍不得，你毕竟在这里生活了几十年，这里的一草一木，都和你有感情。可是，科学城建设是头等大事。"

张姨脸上挂着泪水，点头说："我明白的。"

工作人员又安慰说："好在，科学城土地整备项目的回迁房会在原地兴建，如果你愿意，最多三五年，你还可以回来住。而且，到了那时，与科学城为伴，环境和配套也要比现在好出几十倍。"

张姨说："我老了，怕是回不来了。"

虽然这样说，她终究还是止住了哭泣。


# 7


赖氏族长叫赖雨华，是个五十多岁的中年人，看上去却比真实年龄老得多，满面沧桑，身材矮小。陈远林和赖老师走进他家院子时，他正在一边扫地，一边骂那群在院子里觅食的鸡。

他家的住房，也在科学城的拆迁之列。陈远林已经问过和他对接的那个组的组长，赖雨华在房子的拆迁协议上，倒是比较痛快地签了字。组长说："他又不傻，他那个院子，还是他爷爷修的，早就破烂不堪了，三个儿子，还有两个没结婚，人家就嫌他家买不起新房。这一拆迁，正好有婚房了。"

了解到这些情况后，陈远林心里有了些底。那就是说，赖雨华并不是想利用进士坟来为难拆迁以达到其他目的，他可能真的发自内心地认为，搬迁了老祖宗的坟，对子孙不吉利。

赖老师喊了一声雨华，赖雨华抬头一看，愣了足有两秒，失声叫道："七爷，你怎么想起到我这里来了？我怕是有五六年没见过你了。"

说着，忙冲屋里喊他老婆搬椅子出来，一行数人就在院子里坐了下来。

赖雨华看看陈远林，又看看赖老师："七爷，这几位是？"

赖老师却问他："雨华，你今年六十几了？"

赖雨华笑了："七爷，我哪有六十几，我今年五十八。"

"老大孩子多大了？"

"五岁了。"

"老二、老三呢？"

赖雨华叹了口气，又用力抽了口烟："老二老三都还没结婚，老二二十八，老三二十五，同龄的都有孩子了。他们还没结婚。"

"为什么不结？"

"七爷，你看我这院子，怎么结？人家女方说，不买新房就不办证。"

"那怎么办？"

赖雨华笑了："这科学城不是拆迁吗？我这院子正好该拆迁，政府要给我赔偿四套房子。三个儿，一人一套，还剩一套，我老两口住。"

"那你算是托了科学城的福了。要不是政府搞科学城，你买得起四套房子？"

"不要说四套，我一套都买不起。我听说，北山街上的房子，要四万多一平方，我三个儿子都是打工的，我们老两口，种点果树，养几头牛，这点收入，哪买得起房？"

"那你说修科学城好不好？"

"那当然好啊。"说到这里，赖雨华有些狐疑，"七爷，你问这个干啥？"

赖老师伸手在小方桌上敲了敲，有几分严厉："既然你也知道修科学城好，你为什么要阻拦呢？"

赖雨华愣住了："我没有阻拦啊。"又扫了陈远林等人一眼，一下子明白了，"七爷，你是说祖爷爷的坟吧？"

赖老师看着他，不吭声。

"七爷，祖爷爷的坟埋在石牛坡几百年了，早就入土为安了，现在让他老人家搬家，对后人不吉利啊。"

赖老师问他："你叫我什么？"

"七爷啊。"

"在北山赖氏家族，你是族长，可我是年龄最长的，也是现在不多的几个端字辈的了，比你高两辈。他是你的祖爷爷，未必不是我的祖爷爷？"

"七爷……"

"你说动了祖爷爷的坟不吉利，可我怎么看到的都是吉利呢？建科学城，你一家有四套房子，解决了老二老三结婚的难题。以后，科学城建起了，还要提供好多好多就业机会，你那三个孩子，也不用像现在这样，跑到宝安那边去打工。至于生活的环境和条件，你看看你这房子周围，不是荔枝林就是荒山，蚊蝇成群，哪有点城市的样子？你说说，以后这么大的改变，是吉还是凶？"

赖雨华苦着一张脸："七爷你说的都对，可万一祖爷爷在地下发脾气怪我们这些后人怎么办？"

"要怪，也得从我们这些端字辈的怪起，然后才是和字辈，才是你们华字辈，天塌下来，有高个子撑着，你怕什么？"

赖雨华不吭声了。

赖老师突然情绪激动地拍了拍方桌："我给你说，赖雨华，科学城是政府的大事情，祖爷爷的坟必须迁。你要是再不同意，那我劝他们把红线改改，你这院子也不拆，你半套房子的补偿也没有。"

赖雨华终于说："七爷，既然你说一定要迁，那我只有听你的。反正，祖爷爷心头清楚得很，我是反对迁坟的。"

赖雨华同意之后，趁热打铁，陈远林立即让随行的工作人员办理了有关手续。赖雨华就跟牙痛似的，拿起笔，歪歪扭扭地签下自己的名字。

送赖老师回家的路上，陈远林发现赖老师气喘得厉害，忙问他："要不我们还是回医院？"

赖老师却坚决不肯："我没事，你把我送回家就是了。"

陈远林只好把赖老师送回家，把他交给他儿子。临走，陈远林由衷地说："赖老师，你算是帮我解决了一道难题。"

赖老师摇摇手，情绪有些低落："我真的老了，以后怕是越来越不中用了。"

# 8

次日一早，于小晴就带了拆迁一组的工作人员去迁进士坟。

陈远林知道这事的重要，生怕又出什么意外，在处理了两件紧急事情后，也悄悄开车赶往现场。

进士坟在一个叫石牛坡的地方，公路只能通到一公里外，余下的一公里，是一条两三尺宽的小路，路两侧，都是郁郁葱葱的荔枝林，偶尔有些荒地，荒地上，起了不少坟和金塔。若是一个人从那里经过，还真有些怕人。

因为经常要到拆迁现场走走，那些日子，陈远林早就不穿皮鞋，而是一双黑色的运动鞋，这鞋耐脏，也好走路；身上则是牛仔裤和夹克。总之，从衣着上看，不像一个副区长，倒像电子厂的工人。

还好，进士坟的迁坟工作进展顺利。陈远林和于小晴打了个招呼，问了几句，见没什么意外，也放心了，准备再到周边转转。就在这时，他听到从山脚那边的荔枝林尽头，远远地传来一个老人的哭声。

隐约能看到那边有一群人正在忙碌，显然也是在迁坟，不过不是于小晴这一组，而是另一组。听到老人的哭声，陈远林心里一惊，急忙朝那边快步走去。

一会儿工夫，他看到荒地上挖出一个大坑，一个头发花白的老人，正趴在一堆泥土上伤心地哭，一边哭，一边喊："不要再挖了，不要再挖了，我宁肯不要补偿，也不愿意让你们认为我在欺骗政府……"一个上身套着红马甲的人正在安慰他。那是拆坟二组组长，区民政局的副局长杨科。

红马甲是指挥部成立时，陈远林让人去订制的，凡是党员或副组长以上的干部，人手一件，上班时必须穿在身上，包括他自己。他的意思是，要让老百姓一眼就知道谁在负责，有问题一下子就能找到领导干部。

陈远林悄声问离他最近的一个工作人员发生了什么事，工作人员小声说："陈伯是从香港回来的，这地方埋的是他的高祖父，他说以前他父亲在时，每年都会带他来这里扫墓，后来他父亲去世了，他也回来扫过好多次墓。可谁知道挖了这么大一个坑，既没挖到棺材，也没挖到金塔和骨头。他担心我们说他在撒谎，所以情绪激动。其实，我们什么也没说。"

看到陈伯满头白发，不知为什么，陈远林脑海里一下子浮现出赖老师的形象。

陈远林上前扶起陈伯，柔声说："陈伯，你别着急，我是这里负责的，我叫陈远林，我们都姓陈，你是我的长辈呢，请你相信我，我们一起来解决这个问题吧。"

陈伯止住哭泣，眯着眼对陈远林说："我心里不安啊。一是挖了这么久都没挖到，给你们添了好多麻烦；二是这么大的动静，老祖宗在地下也不得安生；三是我申报了，可今天却找不到，那岂不是让人误以为我在欺骗政府。所以我说干脆别挖了，补偿我也不要了。"

陈远林明白，老人肯定没有说谎，但如果真的挖不出来，他一辈子都不会安心。陈远林对陈伯说："您放心，我们相信您说的都是真的，绝不可能欺骗政府。我们再挖挖再找找，如果还是找不到，那一定是年代太久远了，已经风化了。但既然您的先祖埋在这里，我们还是要举行一个仪式，把他迁走，您看好不好？"

陈伯说："我怕给你们添麻烦，你们事情那么多。"

陈远林说："没关系，我们不怕麻烦，您放心吧。"

陈远林陪同陈伯站在荔枝树下，看着工人们再一次挥动铲子。又过了大约半小时，陈伯再次露出将要崩溃的表情时，一个工人突然叫了一声："挖到了。"

陈远林立即扶着陈伯走到坑边。在两米深的坑里，有一个破烂不堪的金塔。陈远林示意工人把遗散的骨殖都细心地捡起来放进事先准备好的陶坛里。

陈伯紧紧握住陈远林的手，一个劲儿地表示感谢。末了，又掏出一张纸片，认真地在上面写下他在香港的地址和电话，郑重塞给陈远林："你要是到香港，一定来我家做客。"

　　陈远林说："也请您多回北山看看。"

　　陈伯眼里再次有了泪光："那是一定的。只要我还走得动，我就会每年都回来，这里是我的根，我的源啊。"

# 尾　声


1981年10月8日，中国一冶承建的镇海国商大厦破土动工。

1982年4月，大厦提前九十四天竣工，平均每层楼的修建时间不到五天。这一事件，成为特区改革开放建设发展的象征，被誉为"镇海速度"。

三十多年后，镇海速度有了新的注脚。

那是一个春风吹拂的季节。林达电器公司内的科学城拆迁现场指挥部会议室里，一场简单而隆重的签字仪式如期举行。

签字的一方是指挥长陈远林，另一方是一个姓余的业主。

出席签字仪式的包括区委区政府主要领导，刘书记、朱区长等人都来了。之所以他们都出席，是因为这是最后一户业主。

原先，根据工作进度，区上给指挥部预计的签约时间是一个月，但随着余姓业主的签字，一个月缩短到了二十天。它不仅创下特区土地整备的奇迹，也再次刷新了镇海速度。

科学城土地整备创造的镇海速度以及整个科学城的高层次规划被众多媒体报道后，一个曾来镇海视察过好几次、对特区颇为关注的高层领导说："从云海滑坡到科学城崛起，从百年不遇的大灾难，到百年不遇的大发展，这是什么？我看啊，这就是化蛹为蝶嘛。"

签字仪式结束一个月后，暮春的一个下午，陈远林刚开完区长办公会回到办公室，还在走廊上，手机响了。一看，是林如凤发来的微信，急忙点开：母女平安，六斤八两的胖丫头。

陈远林不由惊喜地啊了一声，朱区长回过头来望着他，陈远林说："朱区长，我今天怕是要请假早退了。"

朱区长问他什么事，陈远林晃了晃手机："如凤刚生了个女儿。六斤八两的胖丫头。"

朱区长责怪他："那你不陪她到医院，还来上什么班？"

陈远林说："有我妈和我姐在，又是顺产，不用担心。再说，您今天的办公会和我分管的事有关，我能不出席吗。"

"好了好了，别说了。你快去医院吧。哦，不，等等我，我和你一起去。"

半个小时后，陈远林在病房里见到了林如凤，她正一脸幸福地倚在床头，母亲、姐姐等人陪着她。"女儿呢？我女儿呢？"

母亲指了指旁边的婴儿床，陈远林凑过去，看到一个满脸粉嫩的婴儿睡得正香。他笨手笨脚地把她抱起来，不想却把她弄醒了，小家伙不满地哭起来。林如凤说："看你那动作，哪像抱婴儿，简直就是搬砖头。快，给我。"

女儿在林如凤的抚慰下，很快又入睡了。

朱区长问："叫什么名字？"

林如凤说："还没取呢。"

陈远林说："要不朱区长您给取一个。"

朱区长笑着摆手："那我就成越俎代庖了，这可是你和小林的权利。"

陈远林想了想说："要不，就叫为蝶吧。陈为蝶，怎么样？"

林如凤问："陈为蝶，陈为蝶，挺好听的。不过，你想表达什么呢？"

陈远林和朱区长相视一笑，同时脱口而出：

"化蛹为蝶。"

2019.4.28—2019.11.13一稿

2019.11.18修改

2019.12.14再改

# 后　记

我有两个旗帜鲜明的朋友。

一个是损友蒋胖子，一个是诤友远人。

和蒋胖子在一起，我们吃香的喝辣的，有时也干些焚琴煮鹤的荒唐事，却又总是企图像庄子先生教导的那样，在屎溺之间悟出道之所存。

和远人在一起，我们也吃香的喝辣的，但总是发乎情止乎礼。更多时候，我们相互鼓励，像一对革命伴侣。比如他曾劝我，老聂啊，要趁现在写得动多写一些，否则有一天就写不动了。

说得我心中一凛，以后和蒋胖子一起寻欢作乐时，想到远人正在默默码字，竟有种强烈的犯罪感。

有一天，正和蒋胖子对饮，远人来电话说，他要去深圳。去深圳就去深圳吧，蒋胖子以为他是去出差或者开笔会。不，我纠正他，远人说，要去深圳工作。

蒋胖子很意外，我也很意外。因为，据我们所知，远人已经在他的祖籍之地长沙生活了四十多年，人到中年，怎么才想起深漂呢？

远人说，他要到深圳下属一个区，去当这个区的作协主席。当然，当作协主席只是一个契机。更深的想法是，换一个地方，不但有更丰富的人生阅历，也会有更丰富的创作源泉。

老实讲，我和蒋胖子之前从来没听说过这个区，尽管这个区的名字非常阳光非常响亮：光明。

几个月后，有一天我捏着遥控板看电视，突然看到一条新闻说，深圳光明发生一起严重滑坡。光明？不就是我的诤友远人开始他新生活的地方吗？他不会喝凉水都塞牙吧……急忙拨通他的电话，你没事吧？

电话那头笑了，我没事。我离现场有好几公里呢。

一下子就如释重负。孰料，远人说，这地方啊，真有许多新鲜素材，和内地不一样。你要是有空，一定过来看看。保准你不会失望的。

又过了几个月，我终于第一次来到光明。

原来就是深圳西北部的一个新区。老实说，那时的光明很是杂乱，街道杂乱，人流杂乱，人行道旁如火如荼的花花草草也杂乱。

人们常说，深圳是一座年轻的城市，以前没有特别感受。到光明算是补了一课。早晨，坐在酒店落地窗前吃早餐，十米开外路上行色匆匆的人群，细一看，很少有超过四十岁的。经远人兄介绍认识的众多新朋友，也少有和我年龄相当，或者竟比我还老的。

我和他们谈起光明、谈起滑坡，他们细细为我讲述——如同远人之前预言过的那样，这些故事的确吸引了我。

如果仅仅局限于此，还不足以产生写一部长篇的冲动。

好在，就像损友要经常见面一样，诤友也必须经常见面。损友让我热爱生活，诤友让我反思人生。以后三年里，我多次来到光明——有时是路过，有时是应邀参加文学活动。对光明的了解，也就愈来愈深。

光明的变化是日新月异的。

2018年9月，光明完成了从功能新区到行政区的跨越。我看到光明新区作家协会的牌子，变成了光明区作家协会。

2019年春天，远人带我去一个距光明作协十来公里的地方。那里已是城乡接合部，荔枝林、龙眼林和菠萝林星罗棋布，林子之外，散布着一些农舍和小厂房。不过，大多数农舍和小厂房都已成为一片废墟。机器嘶吼，工人忙碌，原来是一片拆迁工地。

远人告诉我，那里就是正在进行土地整备的科学城，它是深圳历史上最大的投资项目，占地将达一百多平方公里。

那一次，我在光明停留了五天。五天里，我和远人驾一辆破车，出没于光明的大街小巷，农场工厂，社区学校。有一个很可笑的词叫深入生活，我想，我这也是在深入生活——其实，每个人都在生活中，就像每个人都在空气中一样，生活原本是不需要深入的。只不过，面对一片陌生的土地和一群陌生的人，而你又有了解、理解它和他们的冲动时，那就必须走过去，贴近了聆听。

有一天傍晚，我和远人坐在光明区文化中心广场的花台上，一边抽烟一边闲扯。那时，我已决定要写一部长篇。写什么呢？我想，阵痛之后变化中的光明，如同一只即将破茧的蝴蝶，充满故事性。那些生逢其时的光明人——既包括土生土长的光明本地人，也包括更多的像远人这样的外来者——他们的命运与时代命运的碰撞，人与人的冲突与和解，这一切，都是小说可以纵马驰骋的广阔空间。

又过了两个月，初夏时，我再一次来到光明。这一次，我坐在光明的一家酒店里，敲下了这部小说的第一行字。

我是个有仪式感的人。我觉得，既然这部小说是以光明为灵感来源，那就应该在光明破土动工。唯有如此，我和光明之间，才能建立起某种神秘的关联。当然，这部小说虽然受光明的灵感启发而作，但故事纯属虚构，读者们特别是我在光明认识的朋友们切勿对号入座。

这部小说的完成，除了感谢光明区作家协会、感谢远人外，我还必须感谢几次光明之行中结识的光明宣传文化部门和文化艺术中心的朋友们。愿他们在光明的土地上，毕生光明，像我的诤友一样思考，像我的损友一样生活。